Hamza Özyol

China – 210 Tage hinter Gittern

Die Deutsche Nationalbibliothek verzeichnet diese Publikation in der Deutschen Nationalbibliografie; detaillierte bibliografische Daten sind im Internet über http://dnb.dnb.de abrufbar.

© 2017 Hamza Özyol
Alle Rechte vorbehalten.
Vertreten durch: Hamza Özyol
Covergestaltung: by michael-barth-design.de
Buchsatz: Kerstin Barth (mbd)
Herstellung und Verlag:
BoD – Books on Demand, Norderstedt
ISBN: 978-3744836548

Vorwort

Mit großer Freude, ebensolcher Hoffnung und insbesondere auch mit banger Sorge und Schmerzen im Herzen habe ich mich darangemacht, die Geschichte über den dunkelsten Abschnitt meines Lebens aufzuschreiben. Ich war zur falschen Zeit am falschen Ort und schätzte die Situation völlig falsch ein.

Aus diesem Grund musste ich eine der schrecklichsten Erfahrungen machen, die ein Mensch durchleiden kann. Dies ist natürlich subjektiv – ich bin mir bewusst, dass es Menschen gibt, die wesentlich Schlimmeres erlebten. Seit den Ereignissen war mein ganzes Denken darauf ausgerichtet, wieder nach Hause zu kommen. Schon darüber zu schreiben, erinnert mich an diese bedrückende Zeit.

Noch heute, zwei Jahre später, überfallen mich die Erinnerungen Tag und Nacht. Ein Teil meines Lebens wurde mir genommen. Und doch geht es in meiner Geschichte vor allem um Hoffnung. Mag sein, dass ich damals für viele wie weggeworfen, unbeachtet und vergessen war, doch für einige ganz bestimmte Personen war dies nicht der Fall.

Man hatte mich unter schlimmsten Bedingungen für ungewisse Zeit verhaftet, mich Tag und Nacht gedemütigt und über mich hergezogen, geschlagen und hungern lassen. Aber meinen Überlebenswillen konnte niemand brechen. Auch hatte es den Anschein, dass mich in jener Zeit ein unsichtbarer Mantel umgab, der mich rund um die Uhr beschützte.

Natürlich erzählte ich den Personen aus dem engeren Umfeld das eine oder das andere darüber, welche Erfahrungen ich in China gemacht hatte; aber ich hoffe, durch mein Buch werden meine Erlebnisse verständlicher werden. Wieder und wieder habe ich mich in dieser schwierigen, aussichtslosen Zeit aufgerafft und durchgehalten, um eines Tages wieder ein normales Leben führen zu können. Wie ich das geschafft habe, davon will ich jetzt berichten.

Über mich

Als Sohn türkischer Einwanderer wurde ich 1980 in Deutschland geboren und hier aufgewachsen. Mein Vater war lange Zeit Arbeiter für eine namhafte Firma, meine Mutter hingegen Hausfrau. Es sind einfache Menschen, doch sie besitzen ein großes Herz.

Ohne sie wäre ich heute ein anderer, schwächerer Mensch. Wir besaßen nicht viel, aber wir waren glücklich und gaben uns mit dem zufrieden, was wir hatten. Materieller Reichtum bringt Annehmlichkeiten, ist klar, doch er ist bedeutungslos, wenn der Rest innerhalb der Familie nicht stimmt. Meine einzige Schwester heiratete bereits in jungen Jahren mit achtzehn und verließ das Elternhaus, als ich gerade mal vierzehn Jahre alt war.

Mit fünfzehn Jahren begann ich Zeitungen in drei Dörfern auszutragen. Zwar ging dafür eine Menge Zeit am Wochenende drauf, doch der Verdienst war für einen Teenager nicht schlecht. Freunde in meinem Alter konnten sich gerade mal so eine Portion Pommes in der Frittenbude leisten. Ich dagegen war Stammkunde im Chinarestaurant. Außerdem tat mir das Radfahren an der frischen Luft sehr gut. Ein Walkman und die passende Musik durften dabei natürlich nicht fehlen.

Ich besaß nie ein neues Fahrrad und verspürte auch nie den Drang danach. Stattdessen besorgte ich mir die zum Teil kaputten, gebrauchten Räder von Freunden oder der Nachbarschaft, die ihre Räder durch ein neues ersetzten. So bastelte ich mir mithilfe meines Vaters die Fahrräder zurecht, der mir dadurch so ganz nebenbei das Schrauben beibrachte.

Nach der Hauptschule besuchte ich für weitere zwei Jahre die Berufsfachschule für Gastronomie. Dort absolvierte ich meinen Realschulabschluss. Als es um die Berufswahl ging – ich war gerade neunzehn geworden – hatte ich dann nur einen Tag Zeit, um mich zu entscheiden, welchen Beruf ich ausüben sollte; entweder Einzelhandelskaufmann oder Metallbauer. Ich ließ mir letztlich sagen, dass Einzelhandel eher etwas für Frauen sei und ich als Schlosser später besser verdienen könne. Ohne bis dato eine nähere Vorstellung über den Beruf des Schlossers zu haben, fing ich ganz spontan die Ausbildung an und absolvierte diese erfolgreich.

Um nach der Ausbildung mehr Berufserfahrung zu sammeln, wechselte ich öfter die Firmen. Durch Zufall jobbte ich bei Firmen in der Bohrbranche. So bekam ich die Möglichkeit, in ganz Europa zu arbeiten. Als Bohrarbeiter in der Gas-Öl-Industrie verdiente ich in zwei Wochen mehr als jemand, der jede Woche arbeitet.

Doch irgendwann endete diese Phase. Im Jahre 2003 wurde ich Vater. Obwohl meiner Freundin von den Ärzten gesagt wurde, dass es zu neunundneunzig Prozent ein Mädchen wird, gebar sie einen Jungen. Ich hatte das Glück und konnte von Anfang an bei der Entbindung dabei sein.

Zu dieser Zeit drückte ich erneut die Schulbank und

besuchte die Fachoberschule Technik, um das Fachabitur zu erlangen, damit ich hinterher studieren könnte.

Leider begann es in der Beziehung zur Mutter meines Sohnes immer mehr zu kriseln, was sich negativ auf meinen Lernerfolg auswirkte und ich die Schule ohne Abschluss verließ. Als mein Sohn fünf Jahre alt wurde, trennten wir uns.

Mittlerweile arbeitete ich in der Automobilbranche. Im Frühjahr 2008 brach plötzlich auch dort die Krise aus und ich verlor den Job. Nach kurzer Arbeitslosigkeit fand ich in einer Tageszeitung eine Anzeige. Dort war zu lesen, dass man den Lkw-Führerschein machen könne und dass das Arbeitsamt diese Maßnahme förderte. Daraufhin rief ich bei der Behörde an und erfuhr, dass ich den Bildungsgutschein von der Agentur bekäme. Danach könne ich gleich loslegen, sagte man mir.

Zu meinem Glück kam die Zusage von der Agentur für Arbeit in wenigen Tagen. Die Ausbildung dauerte sechs Monate. Wir waren dreizehn Teilnehmer und hatten drei Monate Zeit für den gesamten Lkw-Führerschein sowie weitere drei Monate für den Bagger-, Radlader- und den Gabelstaplerschein. Es war mir klar, dass man mit einem Lkw-Führerschein leichter in der Bohrbranche unterkam.

Später, nachdem ich alles erfolgreich absolviert hatte, bekam ich die Chance, im Brunnenbau zu arbeiten. Auch wenn es mich einige körperliche Anstrengungen kostete, war es interessant. Nach neun Monaten kündigte man mir vor Wintereinbruch saisonbedingt. Danach arbeitete ich zwei Jahre für eine namhafte Bohrfirma.

Jedoch wurden die Aufträge immer weniger und als dann auch noch ein Großauftrag im letzten Moment von dem Auftraggeber zurückgezogen wurde, war das Ende abzusehen. Weil ich der Letzte war, der eingestellt wurde, war ich daraufhin der Erste, der wieder gehen durfte. Und so wohnte ich mit über dreißig Jahren immer noch bei den Eltern.

Trotz abgeschlossener Ausbildung, Berufserfahrung und Führerschein hatte ich keine fixe Anstellung und hielt mich ab und an durch Gelegenheitsjobs über Wasser. Auch auf Flohmärkten versuchte ich, die Kasse aufzubessern.

Jobangebot in China

Im Frühjahr 2014 saß ich um die Mitternachtszeit gelangweilt vor meinem Rechner und surfte auf Facebook. In den Neuigkeiten fand ich eine Werbung von jemandem, mit dem ich ausschließlich über das Internet bekannt war. Durch seine Posts wusste ich, dass er in China arbeitete. Als zweites Standbein und zusätzliche Einnahmequelle verkaufte er nebenbei Handys auf selbstständiger Basis. Ich sollte seine Posts in meiner selbst erstellten Gruppe mit über 12.000 Mitgliedern veröffentlichen. Weil diese Gruppe allerdings ein Forum für Mitfahrgelegenheiten darstellte, lehnte ich diese Werbung zu seinem Bedauern ab.

Neugierigerweise fragte ich ihn kurz darauf, welchen Job er denn hauptberuflich ausübe.

Er antwortete: „Ich bin Druckluftarbeiter, dazu selbstständig, und selber?"

„Ich bin Schlosser", schrieb ich, „jedoch momentan arbeitssuchend."

„Mitarbeiter werden immer wieder benötigt und gesucht", schrieb er weiter. „Falls Du einen deutschen Pass besitzt, wüsste ich, bei wem Du Dich bewerben könntest. Weitere Voraussetzungen wären da noch die ärztliche Untersuchung und der praktische Teil vor Ort, den Du jeweils erfolgreich absolvieren müsstest."

Im Tunnelbau zu arbeiten sei zwar ein Knochenjob unter schwierigen Bedingungen, schrieb er im weiteren

Verlauf, aber man verdiene als Junggeselle locker das Dreifache von einem normalen Facharbeiter in Deutschland.

Aus einem einfachen Small-Talk hatte ich nun ein überwältigendes Jobangebot erhalten und bedankte mich.

Schon am nächsten Tag schrieb ich mit vollem Elan die Online-Bewerbung. Es dauerte keine achtundvierzig Stunden, bis sich der Inhaber der Firma per E-Mail bei mir meldete. Er befinde sich momentan im Ausland und sobald er wieder zurück sei, werde er mich telefonisch kontaktieren.

Fortan wurde das Thema „Arbeiten in China" zu meinem zentralen Thema. Meine Familie, Freunde und Bekannte und vor allem meine Freundin, mit der ich zu diesem Zeitpunkt bereits zwei Jahre zusammen war, rieten mir davon ab, dort hinzugehen. Ich könne auch hier in Deutschland einen neuen Job finden. Geld zu verdienen sei nicht das Wichtigste im Leben, war der allgemeine Tenor.

Davon abgesehen, sei es nicht wirklich ungefährlich, wenn man plötzlich in einem diktatorischen Land arbeite, wo andere Gesetze herrschten. Von den ganzen Umweltverschmutzungen und den zahlreichen Krankheiten, mit denen man sich leicht anstecken könne, sei es zum Beispiel nur durch schlecht zubereitete Gerichte oder mangelnde hygienische Bedingungen, mal ganz abgesehen.

Als dann endlich der Tag näher rückte und ich die Laufereien hinter mich gebracht hatte, die ärztliche Untersuchung sowie die praktische Prüfung vor Ort bestand und letztendlich meinen bis dahin besten Arbeitsvertrag in Händen hielt, gab es kein Zurück mehr.

Ich muss gestehen, meine Gedanken rotierten. Einerseits freute ich mich auf die ganze abenteuerliche „Mission" und die neue Herausforderung, andererseits stand ich total neben der Spur und war verunsichert. Mein Gefühl sagte mir letztlich: Mach es und versuch es wenigstens. Denn wer nicht wagt, der hat bereits verloren. Auch wenn es schieflaufen sollte, dann kannst du immer noch sagen, dass du es versucht hast, und kehrst erhobenen Hauptes zurück.

Allein der Gedanke war schon aufregend, in einem Land zu arbeiten, von dessen Küche ich bereits seit fast zwei Jahrzehnten begeistert war. Nie hätte ich mir vorstellen können, in dieses Land einzureisen und schon gar nicht, dort zu arbeiten. Anfangs sollte ich jeden Tag mindestens elf Stunden arbeiten, wobei die Arbeitszeit an manchen Tagen auch bis zu sechzehn Stunden dauern könnte. Es wurden allerdings, unabhängig von der tatsächlichen Arbeitszeit, immer nur elf Stunden bezahlt. Danach hatte ich zwei Wochen frei und durfte nach Hause fliegen. Ab dem zweiten Arbeitseinsatz musste ich sechs Wochen durcharbeiten und bekam dann zwei Wochen frei. Die Aufenthaltszeit auf den Baustellen richtete sich nach den Auftraggebern und konnte sogar laut Arbeitsvertrag bis zu drei Monate betragen.

Nach einiger Zeit kam der Anruf von meinem neuen

Chef: „Die Kollegen warten schon drüben auf Sie. In nur zwei Tagen fliegen Sie dahin. Ein weiterer Neueinsteiger wird Sie ab Frankfurt begleiten. Sie fliegen dann zusammen nach Hongkong. Zeitgleich wird ein weiterer, langjähriger Kollege aus München in Hongkong ankommen. Mit ihm zusammen nehmt ihr dann ein Taxi zum Hotel. Die Baustelle liegt etwa zehn Minuten vom Hotel entfernt. Die Arbeit haben Sie locker nach einer Woche drauf. Also, angenehmen Flug wünsche ich Ihnen."

Meine Gedanken glichen einer wilden Achterbahnfahrt; einerseits hatte ich berauschende Glücksgefühle, jedoch andererseits ein mulmiges Gefühl. Schon übermorgen sollte es also losgehen.

Vor meiner Abreise nach China hatte ich das Bedürfnis, mit meinem Sohn und der Tochter meiner Freundin den Film „Green Mile" anzuschauen. Ein Zitat brannte sich bei uns allen im Kopf fest:

> *„Ich bin müde, Boss. Am meisten müde bin ich, Menschen zu sehen, die hässlich zueinander sind. Der Schmerz auf der Welt und das viele Leid, das macht mich sehr müde. Es gibt zu viel davon. Es ist, als wären in meinem Kopf nur Glasscherben."*

16

Anflug nach China

Meine Freundin war von Anfang an dagegen, dass ich in China arbeite. Trotzdem begleitete sie mich bis zum Flughafen Hannover.

„Ich hoffe, wir sehen uns noch mal wieder", sagte sie skeptisch.

„Wir werden und müssen die vier Wochen aushalten, mein Herz", tröstete ich sie und verabschiedete mich.

Nach kurzer Zeit, in Frankfurt angekommen, telefonierte ich noch schnell mit meinem Sohn, um seine Stimme noch mal zu hören. Meine Eltern waren in dieser Zeit in der Türkei und wir hatten uns bereits verabschiedet.

Danach traf ich mich mit dem neuen Kollegen und bald darauf starteten wir. Emotional war ich zu aufgeregt, um ans Schlafen zu denken, obwohl es im Firstclass-Bereich ziemlich gemütlich war. Zwar mochte ich das lange Fliegen nicht, jedoch war ich nun mal in der Situation und musste es irgendwie aushalten. Zum Zeitvertreib schaute ich mir nacheinander Spielfilme an.

Endlich, zwölf Stunden später, befand sich das Flugzeug im Anflug auf Hongkong. Ein vierwöchiger Antritt zur Arbeit auf Probe im Ausland war lang, aber zu ertragen, dachte ich mir. Ich würde danach entscheiden, ob ich erneut nach China fliegen möchte oder nicht. Natürlich reizte mich der hohe Verdienst, keine Frage.

Wir traten aus dem Flugzeug in die schwüle Sommerhitze Hongkongs. Als wir die große Empfangshalle betraten, wurden unsere Sinne von einer weiteren, unangenehmen Wahrnehmung überschwemmt: dem überwältigenden Gestank von Körperausdünstungen. Das habe ich noch nie ausstehen können. Ich hoffte nur, dass wir da bald wieder herauskämen, aber in dem unübersehbaren Raum war eine Unmenge von Passagieren zusammengepfercht und alle drängelten und schubsten.

Wir benötigten etwa eine Dreiviertelstunde, um uns unseren Weg durch die Menge bis zur Passkontrolle zu bahnen, wo ein Beamter nach kurzer Kontrolle den deutschen Pass abstempelte. Mir fiel auf, dass fast jeder fünfte Chinese, ob Angestellter vom Flughafen oder Passagier, mit Mundschutz herumlief. Meine Alarmglocken läuteten sofort und ich fragte mich ernsthaft, warum ich hergeflogen war.

„Du musst nur diese vier Wochen überstehen", sagte ich mir und versuchte mich zu beruhigen. Ich rief mir in Erinnerung, was mein Hausarzt mir mit auf dem Weg gab: nichts Rohes essen, dafür Gekochtes und Gegartes.

Kurz darauf warteten wir auf unser Gepäck, bis wir auf einmal einen Aufruf hörten: „Mein Name ist Ulf. Ihr seid sicher die beiden neuen Kollegen. Wenn wir alle drei unser Gepäck haben, bestellen wir uns ein Taxi und fahren ins Hotel."

Erschöpft verließen wir ungefähr zwei Stunden später das Terminal. Schweißgebadet vermutete ich, dass ich mittlerweile wie die anderen riechen musste. Als unser

Taxi endlich da war, setzte sich unsere Reise fort.

Bis dato dachte ich immer, dass es im türkischen Straßenverkehr chaotisch zugeht. Dass der Verkehr in China noch chaotischer ist, überraschte mich dann doch. Die engen Straßen waren verstopft und die Autos förmlich ineinander verkeilt. Jeder Fahrer suchte nach einer Lücke und wenn er eine gefunden hatte, drückte er gleichzeitig auf Gaspedal und Hupe. Das laute Fluchen des Taxifahrers gehörte hier scheinbar zum Geschäft.
Endlich, erschöpft im Hotel angekommen, konnten wir uns im Zimmer frisch machen. Unser Hotel sah nicht nur von außen, sondern auch von innen, nicht zuletzt des chinesischen Ambiente wegen, ansprechend gut aus.

Mein komfortables Zimmer befand sich im fünften Stock und der Ausblick war einfach überwältigend.

Wir hatten das Glück, noch nicht am selben Tag arbeiten zu müssen. So erklärte sich Ulf bereit, uns etwas die Gegend zu zeigen. Nach einer knappen Stunde trafen wir uns in der Lobby und zogen gemeinsam los. Die Straßen waren kunterbunt und voller Menschen. Überall stiegen Dampfwolken und Düfte von brodelnden Garküchen in unsere Nasen.

In den Straßen Chinas werden rund um die Uhr unzählige, kleine Köstlichkeiten angeboten. Um die langen Pausen zwischen Frühstück, Mittagessen, Abendessen und wieder Frühstück zu überbrücken, wird allerlei Gegrilltes, Gekochtes und Gedämpftes gegessen. Wer die Sprache nicht versteht, muss eben einfach mal reinbeißen und schmecken, was der neue Kollege und ich auch bald darauf taten.

Die Menschen auf den Straßen und in den Gassen waren freundlich und bemusterten uns förmlich, weil wir uns deutlich durch unsere Erscheinung unterschieden.

Nach einer Weile kehrten wir wieder in das Hotel zurück. Obwohl mein Zimmer unglaublich bequem war, konnte ich die ersten Nächte wegen der neuen Umgebung kaum schlafen.

Beginn der neuen Arbeit

Am nächsten Tag mussten wir zur Arbeitsstelle gehen — wie gesagt, waren wir nach zehn Minuten zu Fuß dort. Neben zahlreichen Mitarbeitern aus ganz Europa waren auch chinesische sowie türkische Mitarbeiter vertreten.

Mein Aufgabengebiet lag nun im Tunnelbau. Am Ende sollte jedenfalls eine U-Bahn-Strecke daraus entstehen. Um es vereinfacht zu erklären: Im Erdbereich, etwa 150 bis 200 m tief, durchbohrte ein Riesenbohrer die Erde. Dieser Riesenbohrer (Schneidrad) von etwa zehn Meter Durchmesser besaß quasi Hunderte kleinere Metallbohrer, die nach und nach erneuert und ausgetauscht werden mussten, da sie entweder durchs Gestein im Erdbereich gebrochen waren oder mit der Zeit unscharf wurden. Durch das Bohren der Riesenanlage und der permanenten Reibung war der Arbeitsbereich ziemlich heiß. Zum Glück konnten wir uns durch Wasserleitungen, aus denen kaltes Wasser herausströmte, immer wieder in kurzen Zeitabständen abduschen.

Bevor wir zum Arbeitsplatz gelangen konnten, mussten wir zunächst eine kleine Vorkammer betreten (Personenschleuse), wo wir unter Druck gesetzt wurden und Stickstoff einatmeten. Diese Maßnahme war notwendig, weil wir in Überdruck arbeiteten. Der Vorgang löste jedes Mal Angstzustände bei mir aus. Unter erhöhtem Luftdruck wurde die Atmung tiefer, das Atemvolumen nahm zu, die Frequenz ab. Schon während der Einschleusung in der Vorkammer bekam meine Stimme einen metallischen Klang. Das Pfeifen war erschwert.

Nachdem wir unsere Arbeit nach etwa sechs Stunden beendet hatten, wurden wir durch andere Kollegen abgelöst, die jetzt im Arbeitsbereich ihre Arbeit verrichten konnten. Allerdings musste ich nun dieselbe Zeit über die Schleuse mit dem richtigen Arbeitsdruck per Steuerung manuell regeln und mich übers Funkgerät mit den Kollegen verständigen, wenn zum Beispiel weitere Werkzeuge, neue Bohrer oder etwas zum Trinken benötigt wurde.

Der Tunnelbohrer fraß sich, je nach Beschaffenheit des Bodens, ein paar Meter am Tag weiter. Die chinesischen Hilfsarbeiter hingegen befestigten den Tunnel mit Betonplatten, damit der Tunnel nicht einstürzte. Vor uns lag die drückende Hitze, bedingt durch das Bohren im Gestein und in unmittelbarer Nähe hinter uns, zwei große Rohre mit etwa zwei Meter im Durchmesser, aus denen eiskalte Luft herausströmte. Durch diese Zugluft von hinten, der man sechs Stunden ausgesetzt war, hatte ich eine dauerhafte Erkältung und meine Nase lief ständig. Angst ergriff mich, da ich wegen des Druckausgleichs in der Vorkammer eine freie Nase brauchte.

Mit Sicherheitsvorkehrungen nach deutschem Standard war ich hierhergelockt worden, jedoch zeigten sich die Sicherheitsvorkehrungen hier „unter aller Sau". Ohne Sicherheitsschuhe, Handschuhe und Helme mussten wir arbeiten. Stattdessen waren wir nur mit Boxershorts und Badelatschen ausgerüstet.

„Schließlich sind wir hier in China!", sagte ein Kollege, als ich ihn auf das Thema ansprach.

Anfangs konnte ich mich nicht wirklich zu einhundert Prozent auf die neue Arbeit konzentrieren. Die Einarbeitung ging entsprechend langsam voran. Neben wenig Schlaf und der erdrückenden Hitze von 38 Grad Celsius aufwärts, rund um die Uhr, hatte ich so einige Anfangsschwierigkeiten.

Die Kollegen besaßen eine chinesische Telefonkarte, weil es auf diese Art kostengünstiger war zu telefonieren. Wir arbeiteten unter anderem auf Abruf und nach zwölf Stunden Feierabend konnten wir jederzeit angerufen werden, egal zu welcher Uhrzeit. Bei diesen unterschiedlichen Arbeitszeiten konnte sich der Körper nicht wirklich an einen gesunden Rhythmus gewöhnen.

Schon bei unserem ersten Rundgang mit Ulf und dem neuen Kollegen, besorgte ich mir eine chinesische Prepaidkarte, doch mein Handy wollte diese einfach nicht akzeptieren und ich war somit nicht erreichbar, was zur Folge hatte, dass ich gleich am ersten Arbeitstag zu spät kam. Daraufhin erklärte sich ein Kollege bereit, mir sein Zweithandy zu leihen.

Weiter ging es mit meinen finanziellen Problemen. Mit nur fünfundsiebzig Euro war ich nach China geflogen. Deswegen bat ich den Chef im Vorfeld um einen Vorschuss. „Kein Problem, dreihundert Euro werde ich Ihnen aufs angegebene Konto überweisen. Das Geld können Sie bequem dort drüben an verschiedenen

Geldautomaten abheben", meinte er.

Vor dem Abflug hatte ich meine Bank gewechselt, bei der ich schon ewig Kunde war. Weil die Bank allerdings ganz plötzlich ihren Sitz wechselte, kündigte ich mein Konto dort und meldete mich bei einer anderen Bank vor Ort an und erhielt somit auch eine neue EC-Karte. Genau mit dieser Karte jedoch konnte ich an keinem Automaten in China Geld abheben, obwohl mein Konto gedeckt war.

Die Situation war mir sehr unangenehm. So blieb mir nichts anderes übrig, als den Chef in Deutschland telefonisch darüber zu informieren und die Sachlage zu schildern.

Er zeigte Verständnis und löste das Problem, indem ein weiterer Kollege mir aus eigener Tasche eintausend RNB, umgerechnet einhundertfünfundzwanzig Euro, als Vorschuss gab, was der Chef mit ihm verrechnete. Den Rest in gleicher Höhe würde der Kollege mir dann geben, wenn ich wieder blank wäre.

Der Kontakt zu meiner Familie, meinem Sohn und meiner Freundin war anfangs nur übers Telefon möglich, weil ich keinen Zugang zum Internet hatte. Es war wie verhext. Weit und breit war einfach kein Internet-Café zu finden. Zwar befand sich ein Computer in der Empfangshalle des Hotels, aber weil in diesem Land einige soziale Netzwerke wie Facebook verboten waren, hatte ich nur die Option, über meine Hotmail-Adresse mit meiner Freundin in Kontakt zu treten. Nachdem ich Hilfe vom Hotelpersonal bekam, die Spracheinstellung von Chinesisch auf Deutsch umzustellen, rief ich meine Hotmail-Adresse auf. Jedoch konnte ich mich nicht wie gewohnt dort einloggen, weil vermutet wurde, ich sei ein Häcker.

Gelegentlich trafen wir uns mit einigen Kollegen zum Feierabend an einem kleinen Laden. Der Inhaber war ein netter, junger Chinese, der etwas englisch sprach. Während die anderen ihr Bier tranken, fragte ich den Chinesen, ob ich seinen Rechner benutzen dürfe, um erneut auf meine Hotmail-Adresse zugreifen zu können, sodass ich meiner Freundin ein Lebenszeichen von mir geben konnte.

Später, nachdem dieser sein Okay gegeben hatte, kam die Option, dass ich mir einen Zugangscode auf mein Handy zusenden lassen musste, sodass ich nach paar Tagen erstmalig meine Freundin schriftlich kontaktieren konnte.

Neben dem kleinen Laden befand sich ein Massagesalon. „Der Salon ist absolut empfehlenswert", sagte der ältere Kollege aus der Schweiz. „Für umgerechnet fünf Euro wirst du nicht nur massiert, auch die ganze Hornhaut an deinen Füßen wird dir weggebimst. Eine Sitzung dauert übrigens eine volle Stunde. Genuss pur, also worauf wartest du noch?"

Ich ließ mir das nicht zweimal sagen und zack befand ich mich auch schon im Salon. Nachdem ich von den Mitarbeitern nett begrüßt wurde, sollte ich wie die anderen Kunden Platz nehmen und man gab mir eine Karte, worauf stand, welche Massagen angeboten wurden. Ich entschied mich spontan für die Variante, die umgerechnet fünf Euro kostete. Man brachte mir einen Eimer Wasser, schüttete eine Flüssigkeit hinein und wies mich an, meine Füße hineinzustellen.

Daraufhin wurde ich an den Schultern, am Nacken und Rücken sowie an den Waden und Füßen massiert. Nachdem auch nacheinander die Hornhaut von meinen Füßen abgeschabt wurde, war ich überaus glücklich und dachte nur noch daran, ins Hotel zurückzugehen und mich in das schöne, große Bett zu kuscheln, um zu schlafen.

Ich verabschiedete mich rasch bei den Kollegen, die noch beisammensaßen und ging Richtung Hotel.

„Gut, dass mein Zimmer klimatisiert ist", dachte ich, bevor ich einschlief.

Aber das Leben ist leider kein Ponyhof und zur Krönung hatte ich am vierten Tag einen Arbeitsunfall. Wie schon erwähnt: Zu Beginn der Arbeit gehen immer zwei Arbeiter in die Vorkammer hinein und werden unter Druck gesetzt. Dort müssen sie fünf Minuten ein Gemisch aus Stickstoff einatmen, bis der benötigte Arbeitsdruck erreicht wird und erst dann gelangt man in den eigentlichen Arbeitsbereich. Weil der menschliche Körper nicht allzu lange hohem Druck ausgesetzt werden kann, müssen die Arbeiter nach maximal zweieinhalb Stunden die Arbeit beenden und in die Personenschleuse zurückkehren, damit der Druck abfallen kann. Dieser Vorgang dauert zweieinhalb Stunden. Entweder im Sitzen oder aber im Liegen wird durch eine Atemschutzmaske Sauerstoff eingeatmet.

Die Technik des Druckausgleiches in der Kompressionsphase sind Pressmanöver durch die Nase, Schlucken oder eben Kaubewegungen. Meine größte Sorge war, dass ich Schwierigkeiten haben könnte, den Druckausgleich auszuführen. Mit der Zeit verging die Angst jedoch und es passierte etwas ganz anderes: Zu meinem Pech war ein Schlauch von der Atemschutzmaske defekt gewesen und die Folge war, dass ich Stunden später stechende Schmerzen an der rechten Schulterhälfte bekam. Stickstoffanteile konnten durch diesen Defekt nicht vollständig aus meinem Körper entweichen und genau das verursachte diese Schmerzen. Beim zu Bett gehen biss ich die Zähne zusammen, aber am nächsten Tag, bevor ich erneut unter Tage eingeschleust werden sollte, erzählte ich dem Kollegen davon und er leitete die Information dem Schichtleiter weiter.

Sofort wurden zwei chinesische Ärzte vor Ort bestellt, die mich allerdings nicht einmal untersuchten. Stattdessen forderten sie mich auf, dass ich wieder in die Krankendruckluftkammer gehe und erneut unter Druck gesetzt werde. Aber diesmal statt 2,6 Bar mit über 3 Bar für fünfundvierzig Minuten, da vermutet wurde, dass sich womöglich Stickstoffanteile bei mir im Körper befinden könnten.

„Ganz sicher nicht mit über drei Bar", entgegnete unser Schichtleiter den beiden Ärzten.

Im Vorfeld bekam ich mit, dass die Chinesen anfangs selber versuchten, den kilometerlangen Tunnel zu bohren, bevor sie Fremdfirmen aus dem Ausland beauftragten. Fünf Arbeiter fanden kurz darauf den Tod, weil die Chinesen unwissend waren und zu unvorsichtig mit dem Druck in der Vorkammer umgegangen sind. Auch sonst gab es hier auf der Baustelle in einer Woche mehrere schwere Arbeitsunfälle. Dieser Job gehörte nun einmal zu den gefährlichsten Arbeiten.

Letztendlich musste ich widerwillig in die Krankendruckluftkammer und wurde mit 1,3 Bar unter Druck gesetzt und das gleich zweimal zu je fünfundvierzig Minuten. Dieser lange und laute Vorgang war alles andere als Routine, aber ich musste dies jedes Mal über mich hergehen lassen. Zum Glück durfte ich nach Abschluss ins Hotel zurück und nicht schon wieder in eine Kammer, um dann irgendwelche Bohrer im Tunnel auszutauschen.

Da ich mittlerweile tagtäglich unter „Strom stand" und permanent unter Druck arbeiten musste, waren erste Rötungen am ganzen Körper zu sehen. Es sah fast so aus, dass ein Problem das andere jagte. Zu alledem bekam ich auch noch Vorwürfe und Verdächtigungen von meiner Freundin zu hören, weil sie mir nicht vertraute, aufgrund der Tatsache, dass ich sie vor geraumer Zeit betrogen hatte. Zugegeben, nicht nur einmal. Gerade jetzt hätte ich Kraft und Zuspruch gut gebrauchen können.

Ein Tief überfiel mich und noch am nächsten Tag, vor Beginn meiner Schicht, schmiss ich das Handtuch. Ich ging in das Büro und sagte, ich möchte heimfliegen. Das Ganze habe keinen Sinn und ich möchte hier nicht länger arbeiten. Man hörte mir aufmerksam zu, ließ mich ausreden und zeigte zunächst Verständnis.

Zu meiner Überraschung wurde ich motiviert, weiterzumachen. Ich würde es hinterher bitter bereuen, wenn ich aufgeben und zurückfliegen würde- und so wurde ich umgestimmt. Die klaren Worte meiner Kollegen und Vorgesetzten motivierten mich und ich nahm mir vor, wenigstens die restlichen Wochen durchzuziehen. Ob ich erneut herfliege, würde ich dann noch überlegen.

Das Hotelpersonal brachte mir in der Zwischenzeit einen Rechner aufs Zimmer, sodass ich endlich den direkten Draht zu meiner Freundin hatte.

Nachdem nun die Probleme weniger wurden, konnte ich mich nach gut einer Woche ganz der neuen Arbeit hingeben. Die ersten Handgriffe saßen und schon bald wurde alles zur Routine und der neue Job fing sogar langsam an, Spaß zu machen, besonders mit den Türken aus Istanbul. (Deren Türkisch die beste türkische Aussprache war.)

Die Handvoll türkischer Mitarbeiter von etwa dreißig Jahren waren eigentlich vom Beruf Taucher gewesen. Auch in diesem Beruf war das A und O der Umgang mit hohem Druck, dem sie ausgesetzt waren. Die Arbeit im Tunnelbau eigneten sie sich ebenfalls an. Sie erzählten mir von anderen Baustellen, wo sie bereits eingesetzt worden waren. Unter anderem in Dubai und in Istanbul.

Den chinesischen Kollegen gegenüber sollten wir uns übrigens auf Wunsch der Firmenleitung als ausgebildete Experten ausgeben.

Jeder Tag war mit dem vorigen identisch. In China gibt es keinen Sonntag und in dieser Branche erst recht keinen freien Tag. Jeder Tag verschlang nicht nur viel Kraft und Nerven, sondern auch eine Menge Geld. Täglich musste ich dreizehn bis fünfzehn Stunden arbeiten. Dann endlich erschöpft im Hotelzimmer angekommen, rasch duschen, Mails abchecken und draußen etwas essen. Später nach etwa acht Stunden Schlaf erneut aufstehen und duschen (hier hätte man den halben Tag unter der Dusche verbringen können, man schwitzte ständig). Im Anschluss zum Frühstücken, wenn es zeitlich passte, und zu allerletzt auf den Anruf warten, der einen zur Baustelle beorderte.

Die Abwechslung und das Abschalten, um neue Kraft zu tanken, begannen mir allmählich zu fehlen. Mittlerweile war ich zwei Wochen hier und hatte de facto Tag und Nacht gearbeitet. Ich wollte aber endlich auch mal etwas Freizeit haben und unter Leuten sein. Mich einfach nur für zwei bis drei Stunden dem Alltag entziehen, obwohl ich Scheu davor hatte, alleine loszuziehen. Der eine oder andere Kollege, mit denen ich mich gut verstand, musste entweder arbeiten oder war schon mit anderen verabredet. Unter den deutschen Kollegen, die bereits länger in China arbeiteten, sprach sich herum, dass es in der Nähe Bars und Clubs gab.

Der Ausgehabend

Vom 22.08.2014 auf den 23.08.2014 musste ich über Nacht arbeiten und hatte gegen 14:30 Uhr Feierabend. Ich nahm mir vor, etwas vorzuschlafen und abends ins Partyviertel zu gehen. Bevor ich mit dem Taxi losfuhr, schrieb ich meiner Freundin, die mir nach wie vor misstraute und Vorwürfe machte, über E-Mail. Dabei trank ich auch etwas zum „Aufwärmen".

„Liebe Dich ganz dolle, mein crazy Türke", schrieb sie mir, als wir zeitgleich aktiv online waren. „Küsse und umarme Dich. Eins – zwei – drei, da kommt ein Küsschen vorbei, vier – fünf – sechs, upps, er hinterlässt einen kleinen Klecks, sieben – acht – und es hat Boom gemacht. Höre gerade türkische Musik, da ich ja sonst nix von dir habe, außer deine Bilder und die Musik. So lerne ich schneller die türkische Sprache zu verstehen. Hier ist nur schlechtes Wetter und Regen bei maximal zwölf Grad."

„Ich liebe dich auch", antwortete ich, „hier dagegen ist das Wetter heiß und schwül." Nebenbei erinnerte ich sie daran, dass sie mir meinen Sohn grüßen soll, den kleinen Frechdachs.

„Werde ich, und übrigens habe ich vor, nächstes Wochenende alleine wegzugehen, weil ich hier niemanden habe und alleine noch durchdrehe", schrieb sie weiter. Sie zog übrigens vor Kurzem aus ihrer Stadt in meine Gegend.

„Wo willst du denn alleine ausgehen", fragte ich.

„Zuerst auf eine polnische Party, danach eventuell auf eine türkische."

Ich dachte, ich lese nicht richtig. „Komm, ist gut, dann weiß ich ja Bescheid", schrieb ich. „Bringt eh nichts, mich aufzuregen. Von wegen, du wirst nie alleine ausgehen. Denkst einfach wie ein Kerl. Meine Nerven sind grad ganz unten. Egal auch, that's real live. Mach's hübsch."

Sie antwortete mir noch mit folgender Mail, ehe ich den Rechner wieder runterfuhr: „Deine Nerven sind ganz unten?" Ja und dann ein: „Sorry." Danach: „?? Hmm, hast wohl deine neue Liebe nicht bekommen, oder hat dich eine billige Nutte verarscht?! Glaube auch nicht, dass du arbeiten bist, sondern deinen Fun hast. Lass mich einfach in Ruhe. Du hast da was am Laufen und fickst da sicherlich rum und wer weiß, was du da sonst noch machst. Und mir Liebe und Treue vorspielst. Du kannst auf Sex, anbaggern und rummachen nicht verzichten. Ich dagegen brauche diesen ganzen Mist nicht und bleibe meinen Wurzeln und meiner Erziehung treu. Möchte im Alter stolz auf mich sein, dass ich anders bin. Dir viel Spaß. Es hat echt null Sinn. Shit of this untrue Love. Ade, ade, ade!"

Mit hängendem Kopf stand ich nun da, diese Worte schmerzten. Ich konnte sie, muss ich leider eingestehen, natürlich sehr gut verstehen. Wie gern würde ich alles rückgängig machen, um nur wieder ihr Vertrauen zurückzugewinnen. Allein die Vorstellung, dass sie am kommenden Wochenende alleine um die Häuser ziehen wird, versetzte mir einen Keulenschlag. Wer, wenn nicht ich, wusste, wie das meist endete.

Schließlich nahm ich mir kurz vor Mitternacht ein Taxi und ließ mich ins Partyviertel chauffieren. Der Anblick der Partymeile mit den feiernden Leuten aus aller Welt sah dank des chinesischen Stils in jeder Beziehung einladend aus.

Ich zog von einer Bar in die nächste und holte mir Nachschub zum Trinken – mein Pegel sank so nie ab. Sowohl chinesische als auch ausländische DJ's berockten die überfüllten Bars. Endlich konnte ich etwas abschalten und ein wenig tanzen, auch wenn die Tanzflächen klein geraten sind und man durch die Menschenmassen leichte Platzangst bekam. Natürlich vergaß ich nicht, dass ich auf Abruf stand. Darum schaute ich öfters auf mein Handy.

Unter den feiernden Leuten fielen mir zwei Kinder auf, die auf die Leute zugingen und versuchten, rote Rosen zu verkaufen. Den beiden drückte ich aus Mitleid etwas Geld in die Hand, ohne die Rose anzunehmen. Sie erinnerten mich in diesem Moment an meinen Sohn, den ich vermisste.

Mein Alkoholpegel war mittlerweile auf „high", als ich in eine weitere Bar hineinging. Auch hier war das Lokal überfüllt. Ich musste einen hohen Stehtisch passieren, um auf die Tanzfläche zu gelangen. Hierbei fiel mir auf, dass drei Handys übereinander und mittig auf einem leer stehenden Tisch lagen. Ohne stehen zu bleiben dachte ich, dass sie vielleicht jemand vergessen haben könnte, und steuerte auf die Tanzfläche zu, welche proppenvoll besetzt war. Das Tanzen zu der Musik tat natürlich gut, bis ich allerdings nach ungefähr fünfzehn Minuten aufhörte, weil der Platz auf der Tanzfläche mit der Zeit doch zu eng wurde.

Kurzerhand beschloss ich, die Location abermals zu wechseln. Um zum Ausgang zu gelangen, ging ich erneut an dem Tisch vorbei, welcher immer noch leer stand. Zu meinem Erstaunen waren die Handys immer noch unberührt und übereinander auf dem Tisch.

Es kam mir so vor, als wenn sich niemand für die herrenlosen Handys interessieren würde. Nur weil sich nun diese bestimmte Frage in meinem Kopf abspielte, ob die Handys nun vergessen worden waren oder eben nicht, steckte ich mir spontan eine Zigarette an und spielte den Beobachter, um zu sehen, ob mögliche Inhaber an den leer stehenden Tisch zurückkommen würden. Wiederum fragte ich mich, wer allen Ernstes seine Handys etwa zwanzig Minuten unbeaufsichtigt, mitten auf dem Tisch in einer überfüllten Bar, liegenlässt! Nach weiteren fünf Minuten war die Zigarette aufgeraucht und meine Überlegung schien sich zu bestätigen, dass die Handys vergessen worden waren. Alkoholisiert erfolgte eine Kurzschlussreaktion, für die ich mich heute noch ohrfeigen könnte. Ich griff mit einem Satz nach den Handys und steckte sie in meine hintere Hosentasche und verließ ganz normal die Bar.

Draußen brach plötzlich Panik in mir aus und es kam die Erkenntnis, dass ich die Handys wirklich eingesteckt hatte, auch wenn ich es zunächst nicht ganz glauben wollte. Daraufhin schaltete ich aus Angst alle Handys aus und steckte sie erneut in meine Hosentasche. Kurze Zeit später wurde ich von einem Chinesen und einem Amerikaner angesprochen, ob ich mich auf ein Gespräch zu den beiden an den Tisch setzen möchte. Etwas Gesellschaft kann nicht schaden, dachte ich mir, und wir unterhielten uns auf Englisch und prosteten uns zu. Jeden Moment könnte ich angerufen werden und dann musste ich in einer Stunde auf der Baustelle sein. Bewusst nahm ich mir kein Taxi, um ins Hotel zu fahren. Davor musste ich noch schnell was erledigen, dachte ich mir, denn das schlechte Gewissen plagte mich mittlerweile.

Beim Unterhalten beschloss ich dann, nach einer Stunde etwa, erneut in die Bar zurückzugehen, um die Handys wieder abzugeben, ganz egal, ob an die möglichen Besitzer oder an das Personal. Die Handys wirst du unbedingt zurückbringen, dachte ich. Schließlich ist es nicht nur eine Sünde, sondern auch eine Straftat und mit einem reinen Gewissen lebt es sich besser.

Nach etwa eineinhalb Stunden, es war mittlerweile die Nacht von Samstag auf Sonntag den 24.08.2014 gegen 2:00 Uhr, torkelte ich tatsächlich in die Bar zurück mit der Absicht, die Handys zurückzubringen, ohne mir wirklich dem Ernst der Lage bewusst zu sein.

Ich schaltete den Tunnelblick ein und steuerte direkt auf den Tisch zu, welcher nach wie vor unbesetzt war. Zwei Russinnen kamen mir entgegen und ich fragte sie auf Englisch, ob sie jemanden am runden Stehtisch gesehen hätten. Statt eine passende Antwort zu bekommen, kam eine Gegenfrage und sie wollten wissen, aus welchem Land ich kommen würde. Ehe ich darauf eine Antwort geben konnte, klopfte man mir von hinten auf meine rechte Schulter. Es war ein ausländischer, groß gebauter Türsteher von der Bar, womöglich ein Amerikaner. Schweigend verglich er mich mit dem Kamerabild, was er in Händen hielt und worauf ich zu sehen war. Die entscheidenden Merkmale waren neben meinem Aussehen, die Gesichtszüge und meine Klamotten.

„Was will der Typ von dir?", fragte mich eine der Russinnen.

„Keine Ahnung!", entgegnete ich, doch ich ahnte Böses.

Ein weiterer, ebenfalls ausländischer Türsteher mit denselben Zügen im Gesicht kam dazu und begutachtete das Kamerabild. Schließlich schauten sie sich an und nickten anschließend mit dem Kopf zueinander und baten mich, in einen Nebenraum zu gehen.

„Was geht denn jetzt ab?", dachte ich mir nur.

Einer von den beiden Türstehern fragte mich nun, aus welchem Land ich sei, was der Grund für meinen Aufenthalt in China wäre und ob ich alle Handys dabeihätte, da mittlerweile über eine Stunde vergangen sei. Nachdem ich ihm seine Fragen beantwortete, fügte ich noch hinzu, dass ich geglaubt hätte, dass diese höchstwahrscheinlich vergessen worden sein, da die Handys über eine bestimmte Zeitspanne auf dem Tisch gelegen hätten, obwohl der Laden proppenvoll war.

In diesem Moment stürmten zehn Polizeibeamte in den Raum. Ich sollte mich auf einen Stuhl setzen. Es herrschte unzweifelhaft dicke Luft und ich war nervös. Die Beamten hingegen waren ziemlich hektisch. Der eine Türsteher versuchte, mich zu beruhigen, und sagte mir auf Englisch, dass er versuchen werde, mir zu helfen und mit dem Beamten über die Lage sprechen würde. Ich erinnerte ihn noch daran, den Beamten mitzuteilen, dass ich mir sofort ein Taxi hätte nehmen können, wenn ich wirklich gewollt hätte, die Handys zu behalten. Ich war nicht mehr bei Sinnen, hatte für meine Verhältnisse zu viel getrunken, die Situation womöglich falsch eingeschätzt, das Ganze bereut und bin zum Schluss in die Bar zurückgekehrt, um die Handys abzugeben.

Vorläufige Festnahme

Das Hin- und Hergerede brachte jedenfalls nichts und der besorgte Türsteher meinte, er könne da leider nichts mehr für mich tun. Er schaute mich mitleidend und etwas betroffen an, wobei der andere großgebaute Türsteher, der mir anfangs auf die Schulter klopfte, das Ganze eher zu feiern schien, als mir die Beamten plötzlich Handschellen anlegten.

Ich bin regelrecht in mein eigenes Verderben gerannt und wollte die ganze Situation und was um mich herum passierte einfach nicht wahrhaben. Es war wie ein falscher Film; da wollte ich einmal in China ausgehen und etwas abschalten und dann passierte mir gleich so etwas. Ich wurde von zwei Beamten sowie dem „feiernden" Türsteher abgeführt und zum Polizeiwagen gebracht. Als Erster musste ich ins Auto einsteigen. Nachdem sich die Beamten noch bei dem Türsteher bedankten und danach ins Auto eingestiegen waren, rasten wir förmlich zu der nächsten Polizeidienststelle. Dort angekommen, musste ich mich auf eine Sitzbank setzen, wo bereits eine weitere junge Chinesin und ein älterer Chinese in Handschellen warteten.

Bei unserer Ankunft war es kurz vor 3:00 Uhr. Niemand verstand mich, und dies machte mir noch mehr zu schaffen. Mein Handy sowie meine Hotelkarte wurden mir abgenommen, umgerechnet etwa zwanzig Euro konnte ich behalten. Der Raum war zweigeteilt und wir wurden von einem älteren Beamten beobachtet.

„Wann kann ich wieder gehen, ich werde bald angerufen und muss zur Arbeit!", redete ich verzweifelt auf den Beamten ein. Dabei hoffte ich, dass er ein wenig Englisch verstand.

Doch ich hätte auch chinesisch reden können, es interessierte ihn nicht – eine Antwort blieb aus. Stattdessen versuchte er, mir durch Handzeichen mitzuteilen, dass ich in den Nebenraum zum Schlafen und Ausnüchtern gehen sollte. Widerwillig ging ich zwar in den Nebenraum hinein, im Stillen dachte ich mir nur, für kein Geld der Welt lege ich mich freiwillig auf den kalten und dreckigen Boden zum Schlafen hin.

Stunden später kamen zwei weitere Männer in Handschellen dazu. Der eine war so benommen und außer sich, dass er keine Kontrolle über sich hatte. Der andere hingegen versuchte immer wieder, sich mit mir zu verständigen. Vereinzelte Wörter auf Englisch verstand er. Der Rest ging über Zeichen- sowie Handsprache. Es war wie in einem falschen Film, aber leider konnte ich nichts machen, außer Ruhe zu bewahren.

Dem einen Mitgefangenen machte ich deutlich, dass ich mich nach einer Zigarette sehnte, wonach er dasselbe Bedürfnis hatte. Er brachte mich schließlich auf die Idee, da ich Ausländer bin, den Beamten nach einer Zigarette zu fragen. Ich würde sie womöglich eher bekommen als er. Nun fasste ich mir Mut, ging an das Gitter, sah den Beamten an und bat ihn, mir eine Zigarette zu geben.

Er verstand mich und antwortete hastig: „No, no smoking." Genau diese Art von Antwort wollte ich gerade nicht hören und bat ihn hartnäckig weiterhin, mir eine einzige Zigarette zu geben. Zu meiner Freude bekam ich dann auch tatsächlich eine, die ich dann auch sofort mit dem anderen Gefangenen teilte. Er war übrigens mit Kokain im Blut beim Autofahren erwischt worden. Irgendwann später wurde eine Urinprobe von mir genommen, die nach möglichen Drogen untersucht wurde, aber erstaunlicherweise wurde kein Alkoholtest durchgeführt.

Alle paar Stunden wechselten sich die Beamten ab, die uns zwar in Augenschein nahmen, aber eher damit beschäftigt waren, mit ihren Handys zu spielen. So versuchte ich, alle paar Stunden bei allen weiteren Beamten mein Glück, dass ich eine oder zwei Zigaretten bekam. Meine Nerven waren kurz vor dem Explodieren.

Gegen 8:00 Uhr morgens wurde ich aus dem Raum gerufen und dann kam eine englischsprachige Übersetzerin. In Zusammenarbeit mit dem Beamten begann ein Frage-Antwort-Spiel. Fragen zu dem ganzen Vorfall wie: Warum? Weshalb? Wieso?, worauf ich auf Englisch antworten sollte, überforderten mich schon nach kurzer Zeit, da ich nur Schulenglisch beherrsche. Völlig übermüdet und nervlich am Ende hoffte ich nur, dass sich die Situation bald zum Guten wenden würde.

Ganz zum Schluss, etwa nach einer Stunde, sagte mir die chinesische Übersetzerin Folgendes: „Wir bedanken uns für Ihre gute Zusammenarbeit."

Der erhoffte Satz: „Nun sind Sie wieder auf freiem Fuß und können raus", war hingegen nicht zu hören. Deswegen hakte ich nach und wollte wissen, was nun Sache ist.

Sie war irritiert und unwissend von den Gesetzen, die hier herrschten und konnte über die Gesetzeslage keine Auskunft geben, da Sie nur Dolmetscherin sei. Sie fragte den Beamten und ließ sich sagen, dass ich nicht freikäme. Ich müsse mit mindestens vier Wochen Gefängnisstrafe rechnen, hieß es. Die Beamten ließen sich gerne viel Zeit in China und dementsprechend würden sich die Bearbeitungszeiten in die Länge ziehen. Doch Genaueres könne er nicht sagen.

Somit wurde mein schlimmster Albtraum wahr. Ich sagte mir schon immer, dass mich nichts mehr schocken könnte, als eine Verhaftung und Gefängnis, und das auch noch in einem fremden Land, wie hier in China.

Gegen den Willen so vieler Mitmenschen war ich hierhergekommen, um mich beruflich weiter zu qualifizieren und gutes Geld zu verdienen. Nun sollte von einer Minute auf die nächste, schlagartig alles den Bach runtergehen und die Hölle wahr werden.

Am Boden zerstört und niedergeschlagen, sollte ich nach dem Verhör in den Raum zurückgehen. Kurze Zeit später brachte mir ein Beamter was zum Essen, was ziemlich scharf war. Zwar hatte ich Hunger, doch konnte ich das scharfe Essen am frühen Morgen nicht runterkriegen und es wurde hinterher von einem Beamten in den Müll geworfen. Irgendwann am Nachmittag waren zwei etwa gleichaltrige, junge Beamte vor uns am Tisch und diesmal bat ich sie, mir gegen Geld eine kalte Cola und eine ganze Schachtel Zigaretten zu kaufen – ich bekam die Sachen zu meiner Freude tatsächlich. Jedes Mal erhielt ich, wenn ich danach fragte, nun zwei Zigaretten, die ich weiterhin teilte. Mit den beiden Männern im Raum scheiterten allerdings jegliche, weitere Kommunikationsversuche.

Auch die darauffolgende Nacht, konnte ich kein Auge zudrücken und diesmal war ich gezwungen, mich widerwillig mit der einzigen, stinkenden Decke zuzudecken, die im Raum vorhanden war, da ich kurz vor dem Erfrieren gewesen war. Durch die eng umschlungenen Handschellen taten mir nach so vielen Stunden die Handgelenke weh, aber was sollte ich tun?

Untersuchungshaftanstalt Shenzen / China

Am Montag, den 25.08.2014, wurde ich nach einem medizinischen Check-in die Untersuchungshaftanstalt gebracht. Als wir auf den Straßen unterwegs ins Gefängnis waren, verabschiedete ich mich quasi von der Außenwelt. Graue Mauern mit mehreren Wachtürmen waren von außen zu sehen, als wir uns dem Gefängnis näherten.

In einem Raum nahm man mir meine Wertsachen und Kleidung ab und tauschte sie gegen zwei Paar graue T-Shirts und Boxershorts ein. Latschen bekam ich auch, jedoch waren sie vier Nummern zu klein. Normalerweise habe ich Schuhgröße 46.

Von mir wurden Fotos aufgenommen und diese musste ich durch Fingerabdrücke kennzeichnen. Zu diesem Zeitpunkt hatte ich schon über sechsunddreißig Stunden kein Auge zugemacht und kaum etwas gegessen. Neben einer Cola hatte ich Wasser bekommen, wovon ich mittlerweile wegen des hohen Chlorgehaltes Bauchschmerzen hatte.

Meine Handschellen wurden mir endlich nach so vielen Stunden abgenommen. Nachdem ich die kratzenden, grauen Einheitsklamotten angezogen hatte und in die zu kleinen Latschen geschlüpft war, musste ich stehend, mit weiteren zwei Häftlingen, vor dem Eingang zum Innenhof der Haftanstalt warten. Spontan fragte ich beide, ob sie Englisch verstehen, weil ich einen Anruf zu meinen ahnungslosen Eltern machen wollte, die sich zu dem Zeitpunkt in der Türkei befanden. Der eine Mithäftling verstand tatsächlich Englisch und leitete mein Anliegen den Beamten auf Chinesisch weiter.

Ich sei ein verurteilter Straftäter und dürfe keinen Anruf tätigen, ließ ich mir zurückübersetzen, was ich ganz und gar nicht verstehen konnte. Sogar in Amerika im Knast hat jeder Häftling vor seiner Verhaftung das Recht, einen Anruf zu seiner Familie zu machen, dachte ich mir in diesem Moment.

Nun stand ich mit fast Mitte dreißig kurz davor, in einem chinesischen Gefängnis eingesperrt zu werden. Der pure Horror, obwohl ich mir bis zu diesem Zeitpunkt nicht den geringsten Gedanken darüber gemacht hatte, wirklich eingesperrt zu werden. Ich hoffte, nach unendlich langen Stunden in der Polizeistation, wieder auf freien Fuß zu kommen, da weder die Beamten noch die englisch sprechende Übersetzerin mir Genaueres sagen konnten.

Dann wurde ich von einem freundlichen Beamten abgeholt, der mich zum Innenhof der Haftanstalt brachte. Dort befanden sich fünfzig nebeneinander aufgebaute Zellen.

Zelle Nummer 3, das neue Zuhause

80 Quadratmeter für 40 Gefangene

Vor Zelle 3 blieb der Wächter mit mir stehen und schloss auf. Den Anblick vor dem Eintreten in diese Zelle werde ich niemals vergessen. Der ganze Raum war zum Bersten voll mit unzähligen, auf den Boden schlafenden Häftlingen. Ich ging mit gemischten Gefühlen rein, wurde aufgefordert, meine Latschen vor der Gittertür auszuziehen.

Barfuß betrat ich die Zelle. Angst überfiel mich, jedoch ließ ich mir nichts anmerken. Die Tatsache war nun mal, dass ich diesen Häftlingen ausgeliefert war.

Vierzehn Augenpaare starrten mich an, die restlichen dreiunddreißig Gefangenen schliefen seelenruhig aufgeteilt unten auf dem Fliesenboden und etwas darüber auf dem Holzpodest.

Der Chef der Zelle, ein Mithäftling, den die Wächter dazu ernannt hatten, teilte mir den Schlafplatz zu. Der zweite Platz ganz links unten auf dem Fliesenboden. Obwohl die meisten am Schlafen waren, kam ich mir jetzt schon beobachtet vor, weil ich mit meinen 1,87 m nicht nur groß gebaut war, sondern auch auffiel, da ich eben der einzige Ausländer war.

Wie gerne würde ich die Augen schließen wollen, um den bisherigen ganzen Schock, dem ich seit achtunddreißig Stunden ausgesetzt war, absacken zu lassen.

Jedoch sträubte ich mich weiterhin, auf dem kalten, harten Boden zu schlafen. Schon auf der Baustelle hatte ich Mitleid mit den Hilfsarbeitern gehabt, da sie nach Feierabend im bereits fertigen Tunnelabschnitt auf dem Boden schliefen.

Es gibt ein türkisches Sprichwort, das besagt: „Lach niemanden aus, sonst passiert dir eines Tages dasselbe." Mit den Hilfsarbeitern hatte ich Mitleid gehabt, nun musste ich früher oder später ebenfalls diese Hürde auf mich nehmen.

Niedergeschlagen beobachtete ich im Schneidersitz die hohen Wände im Raum, die mit offenen Gitterfenstern ausgestattet waren, sodass Tag und Nacht Luft ein- und ausströmen konnte. Es war trotz der Ventilatoren unausstehlich warm. Die Wände waren verschmutzt und alle Ventilatoren waren voller Spinnweben. An der Wand hing eine Uhr mit digitaler Anzeige. Es war genau 12:32 Uhr.

Schon nach kurzer Zeit fühlte ich mich bedrohlich eingeengt. Erst fühlte es sich an, als wäre mein ganzer Körper taub. Dann, als würden mich tausend Nadeln gleichzeitig stechen. Mir dröhnte der Kopf.

Die ungewohnte Stille während der ganzen Zeit, machte mir weitere Angst und ich fragte mich, ob es hier immer so leise zu gehen würde. Jedoch hatte ich bis zu diesem Zeitpunkt nicht die geringste Ahnung und irrte mich gewaltig. Plötzlich, gegen 13:30 Uhr, wachten alle gemeinsam auf und mir wurde erneut mulmig im Magen, weil ich nicht wusste, was als Nächstes passieren würde und wie die Reaktionen sein würden. Ich kam mir wie ein eingesperrter Vogel im Käfig vor.

Nun wurde ich aufgefordert aufzustehen und neben der Eingangstür der Zelle auf die Knie zu gehen, was ich überhaupt nicht verstand. So erniedrigen lass ich mich nicht, dachte ich mir und gab dem Mithäftling auf Englisch zu verstehen, dass ich mich auch ganz normal in gerader Haltung und im Stehen vorstellen könne, weil ich nun mal der letzte Neuzugang war.

„It's okay, no problem", sprach mich nun ein kleinerer Mithäftling von etwa vierzig Jahren an. Dann redete er auf Englisch weiter, wobei mich der ganze Rest regelrecht von oben bis unten in Augenschein nahm. „Ich bin hier der Boss, bin bereits seit zehn Jahren hier inhaftiert und in den kommenden zwölf Monaten werde ich endlich auf freiem Fuß sein", sprach er und lächelte mich daraufhin scheinheilig an. Warum ich hier sei, wollte er nun wissen. Nachdem ich ihm darauf antwortete, erwiderte er, dass er glaube, ich käme frühestens nach einem Jahr wieder raus.

Einige Leute, die mich freundlich begrüßten, sprachen ebenfalls etwas Englisch. Normalerweise muss jeder neue Gefangene bei Haftantritt kommunistische Literatur von drei DIN-A4-Seiten auswendig lernen und bestimmte Arbeiten verrichten, wie täglich den Boden wischen, das Klo putzen oder abwaschen. Aber weil ich Ausländer bin, wurde ich davon ausgeschlossen, was mir recht war.

Es war sehr warm und so waren alle Häftlinge mit Boxershorts bekleidet. Ich fiel also nicht nur durch meine Größe auf, sondern auch durch meinen Haarwuchs am ganzen Körper. Die Chinesen hingegen waren alle kahl. Der Raum war nur achtzig Quadratmeter groß und in zwei Hälften aufgeteilt. Die eine hatte fünfzig Quadratmeter und diente als Aufenthaltsraum, worin auch geschlafen wurde. Der kleinere Raum von dreißig Quadratmetern war durch Gitterstäbe abgetrennt und wurde zum Zähneputzen, Duschen und um Mahlzeiten zu sich nehmen genutzt. Außerdem wurden hier Lebensmittel und Hygieneartikel gelagert.

Die Decke im kleineren Raum war mit Gitterstäben versehen und neben dem Himmel war auch die chinesische Flagge am Wachturm zu sehen. Ab und zu, für eine kurze Weile, schien sogar zu bestimmten Tageszeiten die Sonne hinein. Außer zu den Essenszeiten, morgens um 7:00 Uhr, 10:30 Uhr und nachmittags um 16:00 Uhr, und um uns einmal am Tag frisch zu machen, durften wir uns ausschließlich, laut dem Boss und seinen fünf Helfern, die ebenfalls Mithäftlinge waren, nur im Aufenthaltsraum aufhalten und uns nicht frei bewegen. Dauernd mussten wir auf dem Boden Platz nehmen. Ich saß fast den ganzen Tag über auf meinen zweiten Boxershorts auf dem Boden und konnte mich mit dem Rücken an die Wand lehnen. Die restlichen Häftlinge hingegen saßen im Schneidersitz in Reihen hintereinander gegliedert auf dem Holzpodest.

Die Strukturen waren im Gefängnis streng hierarchisch. Im Aufenthaltsraum war nur ein einziges Plumpsklo für alle und der Gestank hinterher war jedes

Mal kaum zu ertragen, was mich einfach den Rest meiner Nerven kostete. Bei einer so hohen Anzahl an Häftlingen war das Klo nämlich regelmäßig besetzt. Wäre das hier ein Film, wäre er einer jener Psychodramen, die sich ins Gedächtnis einbrennen, weil sie vorführen, wie einem Menschen der Boden unter den Füßen weggezogen wird.

In unsere Zelle führte ein Kupferrohr, durch das wir von Beamten dreimal am Tag mit heißem Wasser beliefert wurden, die dafür von außen den Wasserhahn aufdrehten. Das heiße Wasser floss durch das Rohr direkt in einen Zehnlitereimer, von dem sich alle vierzig Mann bedienen mussten. Es war unglaublich, aber uns allen stand nur ein einziger Becher zur Verfügung. Da wir beim Trinken den Becher nicht mit dem Mund und den Lippen berühren durften, schütteten wir das Wasser von oben in den Mund. Wie menschenunwürdig war das Ganze! Im Raum war es ohnehin zu warm und schwül und ich hatte schlimmeren Durst als je zuvor. Es war wie ein blöder Scherz, aber leider doch die Realität.

Irgendwann, nach ein paar Stunden bereits, tat mir der Hintern vom Sitzen weh und ich stand kurz auf und nahm eine gerade Haltung ein. Sofort wurde ich von allen Seiten mit lauter Stimme aufgefordert, ob vom Boss oder einem seiner Helfer, mich wieder hinzusetzten, mit den lauten Worten: „Sit down, sit down."

Von meinem Sitzplatz aus konnte ich zum Glück den Himmel durch das Gitter an der Decke vom Nebenraum beobachten. Dieser Anblick löste immerhin das Träumen und das Hoffen in mir aus. Auch wenn mir die ersten Stunden wie eine halbe Ewigkeit vorkamen, tickte die Uhr dennoch im gleichen Tempo.

Gegen 16:00 Uhr gab es eine weitere Mahlzeit und wir alle gingen in den Nebenraum und mussten in der Hocke auf unser Essen warten. Der Boss und seine Helfer hingegen saßen gemütlich und gut gelaunt am reichlich gedeckten Tisch gleich am Anfang des Raumes. Laut dem Boss sollte ich in der Hocke seitlich neben dem Tisch auf mein Essen warten.

Junge Häftlinge unter achtzehn Jahren bildeten Arbeitskolonnen zu je drei Mann und versorgten die fünfzig Zellen mit Essen. Sie schoben eine große, rechteckige Schubkarre vor sich her, füllten alle Plastikteller mit Reis und gekochtem Gemüse und reichten uns diese jeweils der Reihe nach durch die kleine Öffnung der Gittertür. Das Essen wurde nun von Häftling zu Häftling weitergereicht, sodass alle ihr Essen bekamen.

Zu meiner Überraschung schenkte mir der Boss eine kleine Flasche Cola, welche meine Rettung war, um meinen Durst zu stillen. Es war nicht zu überhören, wie alle Insassen schmatzten. Doch ich wusste das schon vorher. Im Gegensatz zu den Europäern war dieses Essverhalten hier in China völlig normal.

Der Boden der Zelle war zum Ende hin geneigt, worin Abflussleitungen zu erkennen waren, um das Abfließen des Wassers zu ermöglichen. Heruntergefallenes Essen konnte so ebenfalls weggespült werden, was sich aber sofort die Ratten holten, die am Anfang des Rohres darauf bereits warteten. Ekel kam über mich, als ich die fressenden Ratten sah. Auch der Gestank aus dem Abwasserrohr, worin sich die Tiere aufhielten, war bestialisch, allein schon wegen des Kots.

Jeder Häftling hatte eine Geldkarte, die nur von Angehörigen oder Bekannten außerhalb des Gefängnisses aufgeladen werden konnte. Schlimm ist es allerdings für jene, die draußen niemanden hatten, der für sie die Geldkarte auflädt, um zusätzliche Nahrungsmittel kaufen zu können. Von dieser Regelung wusste ich lange Zeit jedoch nichts und dachte, die Beamten hätten ihre Hände mit im Spiel.

Nach dem Essen gingen wir alle gemeinsam in den Aufenthaltsraum zurück, außer der Boss und seine Helfer, die weiterhin am Tisch saßen und sich in der Runde amüsierten. Drei Mithäftlinge waren nun für den Abwasch zuständig. Ich musste erneut meinen Platz einnehmen und wollte die Gesamtsituation einfach nicht wahrhaben.

Mit quälenden, noch nie da gewesenen Schmerzen im Kopf und im Herzen war ich meinem ungewissen Schicksal ausgesetzt. Wie gerne hätte ich in diesem Moment eine Zigarette geraucht, um etwas meine Nerven zu beruhigen. Doch hier im chinesischen Gefängnis herrschte striktes Rauchverbot und jeder von uns war nur eine Nummer.

Als wir uns dreißig Minuten später im Aufenthaltsraum befanden, fing der Boss an, mich in Augenschein zu nehmen. Mit seinem dürftigen Englisch versuchte er immer wieder, mit mir zu kommunizieren. Dabei probierte er mir durch seine Posen zu imponieren und gleichzeitig seine Macht zu zeigen. Auch kam es vor, dass er uns allen kurz seinen nackten Hintern vorführte, sodass alle anfingen zu lachen. Sein erneut scheinheiliges Lächeln und die schräge Show, die er vollführte, verrieten mir, dass er ein falsches Spiel spielte. Aber ich spielte sein Spiel nicht mit und erst recht nicht nach seiner Nase.

Fakt war, dass ich hier in einem Loch mit lauter Chinesen steckte und schlimmsten Bedingungen ausgesetzt war. Hinzu kam die quälende Ungewissheit über meine Zukunft. Ich stand da, ohne über meine Rechte und Pflichten informiert worden zu sein. Ich wollte einfach in Ruhe gelassen werden. Aufmerksamkeit wollte ich schon gar nicht, dafür war ich nervlich zu angeschlagen. Letztendlich hatte ich keine andere Wahl und musste mir das schräge Theaterspiel widerwillig ansehen. Nach einer Weile hörte er zwar damit auf, weil er durch meine gleichgültige Reaktion darauf zu spüren bekam, dass mich das Ganze nicht im Geringsten interessierte, aber die nachfolgenden drei Tage versuchte er weiterhin, dieselbe Show abzuziehen.

Eine Weile später bekam ich den Drang zu schreiben und fragte einen seiner Helfer, ob er mir weiterhelfen könnte. Zu meiner Überraschung bekam ich ein DIN-A4-Blatt und einen Kugelschreiber. Sofort legte ich los und berichtete drüber, was seit Tagen mit mir geschehen war. Dies blieb nicht unbemerkt, weil man hier keine Privatsphäre hatte, und ich erntete zahlreiche

Blicke. Den Zettel versteckte ich später in einem der Fächer unter dem Holzpodest, wo selbst gebastelte Kissen aus T-Shirts und Boxershorts verstaut waren.

Der Aufenthaltsraum war mit zwei kleinen Kameras an den Wänden ausgestattet, sodass uns die Beamten rund um die Uhr beobachten konnten, was aber auch unserer Sicherheit diente. Eine Sprechanlage für den Notfall gab es ebenfalls. Dazu war der Raum mit seinen hohen Decken so konstruiert, dass über uns ein Gitterfenster war, durch welches uns zu jeder Zeit ein Beamter beobachten oder wenn irgendwas nicht passte, mit uns kommunizieren konnte.

Von meinem Platz aus sah ich rechts von mir, wie der Boss mit seinen fünf Helfern im Nebenraum am Duschen war. Als sie fertig waren, durften wir, eingeteilt in zwei Gruppen, ebenfalls zum Duschen eintreten. Mir wurden Seife und ein kleines Handtuch gegeben, was so groß wie ein DIN-A4-Blatt war. Nun war ich erst recht Blickfang Nummer eins. Sowie ich erstaunt über die Chinesen war, waren sie auch über mich erstaunt. „Du bist ein richtiger Mann", sprach mich einer an.

Mehrere Plastikrohre waren ineinander verkeilt und diese wurden an den Wasserhahn befestigt, sodass wir darunter in halb geduckter Haltung abwechselnd eiskalt duschen konnten. Das kalte Brunnenwasser schockte zwar im ersten Moment den Körper, hinterher fühlte man sich jedoch einigermaßen erfrischt, trotz der Schwüle und Hitze. Auch sonst wusch ich täglich mehrmals meine Hände.

Kurz vor 19:00 Uhr hörte man plötzlich durch die Sprechanlage die Stimme eines Beamten. Wir alle mussten nun in gerader Haltung auf dem Fliesenboden stehen und zuschauen, wie zwei Häftlinge mit jeweils einem Putzlappen auf allen vieren das Holzpodest sauber wischten. Anschließend warfen sie den Lappen auf den Boden. Nun war darauf zu achten, dass wir zunächst auf den nassen Lappen traten und uns dann erst auf das Holzpodest stellten, sodass der Fliesenboden nun von weiteren zwei Häftlingen, ebenfalls auf allen vieren, sauber gewischt werden konnte. Danach setzten sich alle im Schneidersitz auf das Holzpodest, streng in Reih und Glied. Ich nahm als einziger erneut meinen Platz auf dem Fliesenboden ein, mit dem Rücken an die Wand gelehnt. Zum Glück wurde ich vom Schneidersitz ausgeschlossen, was mir recht war.

Plötzlich gab der Boss halblaut einen gesanglichen Takt vor und alle Häftlinge fingen anschließend zu singen an, so laut sie nur konnten. Ich kam mir wie in einem chinesischen Fußballstadion vor und bekam durch die heftige Lautstärke Ohrenschmerzen, auch weil die Stimmen durch die hohen Wände zusätzlich lauter schallten. Das ganze Gejaule dauerte etwa fünf Minuten. Dieser Prozedur war ich täglich dreimal am Tag für jeweils eineinhalb Stunden ausgesetzt, morgens um 8:00 Uhr, mittags um 14:30 Uhr und abends noch mal gegen 19:00 Uhr für dreißig Minuten. An den Wochenenden hingegen hatten wir frei und wurden von den Schneidersitzen freigestellt.

Der erste (ein Ladyboy) und der zweite Boss, der

dieselbe Körperstatur wie ich hatte, und wohl auch hier das Sagen, marschierten vor meiner Nase auf dem Fliesenboden hin und her und kontrollierten die Rückenhaltungen aller Häftlinge beim Sitzen, da sie vermutlich aus Respektgründen für die Beamten gerade sein mussten. Bei nicht korrekter Sitzhaltung gab es einen festen Stoß mit der flachen Hand gegen den Rücken.

Wie von Geisterhand wurde gegen 19:00 Uhr der Fernseher von den Beamten eingeschaltet, der an der Wand hing und unglaublich laut aufgedreht wurde. Alle Häftlinge durften dann die neuesten Nachrichten im Staatsfernsehen sehen. Ich war immer über die aktuellen Aktivitäten der kommunistischen Parteiführung informiert, obwohl mich Politik nicht im Geringsten interessierte.

Im Anschluss gab es zwei Folgen einer chinesischen Seifenoper. Gegen 21:00 Uhr war erneut durch die Sprechanlage die Stimme eines Beamten zu hören, dieses Mal musste ich mich mit auf das Holzpodest im Schneidersitz hinsetzen, wo wir uns in Reihen eingliederten. Man hörte in bestimmten Abständen kurze, laute Rufe, die unserer Zelle immer näher kamen. Schließlich stand ein Beamter über uns an unserem Gitterfenster, während er seinen Kontrollgang durchführte. Der Boss schrie nun lautstark etwas auf Chinesisch, was „Gute Nacht" bedeutete. Während der ganze Trakt es noch lauter im Chor erwiderte, war der Beamte bereits weitergegangen.

Nun sollte der Horror wahrwerden und ich musste auf

dem harten Boden schlafen, ob ich wollte oder nicht. Als Kissenersatz nahm ich meine Boxershorts, die ich zusammenwickelte. Das Ersatz-T-Shirt kam unter meinen Rücken. Sobald der Fernseher gegen 22:50 Uhr abgeschaltet wurde, war Schlafenszeit. Zu meinem Erstaunen blieben die Lichter an und wurden nicht ausgeschaltet.

Jeder Häftling musste in der Nacht sowie in der Mittagszeit jeweils zwei Stunden mit einem anderen Häftling Wache halten. Falls jemand laut schnarchte (was häufig der Fall war), rüttelte man den Übeltäter kurz an, sodass andere nicht geweckt wurden.

Offiziell musste man Wache halten, um aufzupassen, dass sich niemand umbringt oder einem Mitgefangenen an die Kandare ging. Tatsächlich waren die Zellen so überbelegt, dass die Schlafplätze nicht ausreichten und nicht alle Insassen gleichzeitig liegen konnten. Kein Wunder bei vierzig Mann auf so beengtem Raum von fünfzig Quadratmetern. Sogar beim Liegen bekam ich Platzangst, da wir quasi Schulter an Schulter wie die Sardinen zusammengepfercht lagen. Trotz der Rückenschmerzen bin ich dann irgendwann doch eingeschlafen. Denn nie zuvor im Leben hatte ich es geschafft, so lange, ganz ohne Schlaf, wach zu bleiben.

Am nächsten Tag um 6:30 Uhr weckte man uns. Die Vorstellung, das Ganze sei nur ein Albtraum gewesen, wurde von der Realität Lügen gestraft, als ich meine Augen öffnete. Freiwillige, die sich bewegen wollten, gestalteten das Holzpodest zu einer Laufstrecke und liefen im gleichen Tempo auf- und abwärts, wobei sie vom zweiten Boss mit lauten Worten angefeuert wurden. Durch das Laufen wurde der Staub, der ohnehin reichlich vorhanden war, noch mehr aufgewirbelt. Der Rest der Häftlinge, marschierte langsam unterhalb auf dem Fliesenboden auf und ab.

Nach fünfzehn Minuten erfolgte das Zähneputzen im Nebenraum. Es unterlag einer strikten Regelung. Ich bekam eine Zahnbürste, die um die Hälfte gekürzt war, damit man sie nicht als Waffe verwenden konnte. Nummerierte Boxen aus alten Spülmittelflaschen hingen an der Wand, wo die Handtücher und die Zahnbürsten verstaut wurden.

Gegen 7:00 Uhr gab es Frühstück. Ein trockenes Brötchen, ohne alles – leider war es nicht einmal ausgebacken und innen roh. Dazu heißes Wasser – mehr nicht. Spätestens jetzt hatte mich die Realität eingeholt. Die Mitgefangenen, die von Außenstehenden Geld auf ihre Geldkarte bekamen, schlürften hingegen ihre Fertigsuppen oder aßen andere Lebensmittel. Mir blieb nur das Nachsehen, und dieses Gefühl war schon sehr bitter.

Um kurz vor 8:00 Uhr brüllte der ganze Raum fünf Minuten lang, so laut es ging. Dann nahmen wir für die nächsten eineinhalb Stunden im Schneidersitz Platz.

Um 10:00 Uhr gab es dann Essen im selben Ablauf. Reis mit etwas gekochtem Gemüse und kurz nach 11:00 Uhr war auch schon Mittagsschlaf angesagt.

Was passiert hier nur mit mir, dachte ich. Da ich das Liegen auf dem Boden verabscheute, sagte ich dem

Ladyboy, dass ich freiwillig zwei Stunden Wache schieben möchte, abgesehen davon, dass ich ohnehin tagsüber nicht schlafen wollte.

Immer, wenn es mucksmäuschenstill war, tat die Ruhe einerseits gut, aber meine Gedanken spielten umso verrückter und das Grübeln begann. Von einem Moment zum anderen verwandelte sich mein Leben in einen Abgrund und als ich wieder nüchtern wurde, da war es zu spät. Ich konnte nicht mehr klar denken und meine Gedanken fuhren Karussell. Mein Herz schien doppelt so schnell zu schlagen und meine Kopfschmerzen waren unerträglich. Fakt war, dass ich hier gefangen war und es war ungewiss, wann ich wieder rauskomme. Diese verdammte Ungewissheit zerriss mich. Hier drinnen war ich nur eine Nummer von vielen. Die täglichen monotonen Abläufe waren immer dieselben. Natürlich dachte ich auch an meinen Arbeitgeber. Würde er mir vielleicht helfen, hier rauszukommen? Wohl eher nicht, wenn ich an den Ärger und die Kosten denke, die ich ihm bereitet habe. Was wird meine Freundin denken, weil ich ihr nicht mehr auf ihre E-Mails antworte? Oder wurde ihr bereits mitgeteilt, dass ich verhaftet wurde, so wie meiner Schwester?

Alle paar Tage kamen neue Häftlinge in unseren Raum und einige wurden in andere Zellen gebracht. Im Raum befand sich mittlerweile eine Handvoll Chinesen, die etwas Englisch konnten. Weil ich dem Ladyboy nicht nach der Nase tanzte, desavouierte er mich ab dem dritten Tag bei allen Mithäftlingen. „Du wirst erst in fünf Jahren hier rauskommen", versuchte er, mich mit der Aussage zu erschrecken. Er verbot allen den Kontakt zu mir und wollte, dass mir niemand etwas zu Essen gibt, geschweige denn zu Trinken. Dennoch unterhielten wir uns gelegentlich heimlich in bestimmten Situationen, aber wenn sie uns dabei erwischten, wurden wir sofort angeschrien.

Ein englisch sprechender Häftling kam in Haft, weil er unechte Handys im Internet verkauft hatte und wegen sich anhäufende Beschwerden und Anzeigen auffällig wurde. Von dem anderen Häftling wusste ich, dass er ein Fernsehgeschäft hatte. Was genau vorgefallen war, warum er verhaftet wurde, wusste ich jedoch nicht. Mit einem weiteren Mithäftling war die Kommunikation leider schwierig, dennoch gab er mir auf versteckte Weise seine Handynummer.

Weil der Ladyboy mir nun ganz den Rücken zudrehte, bekam ich weder Cola noch irgendwelche extra Lebensmittel, weder von ihm noch von einem anderen, und musste zusehen, dass ich mit der normalen Tagesportion zurechtkam. Ich hungerte regelrecht und mir knurrte der Magen. Zwar wusste ich, dass Fasten eine gute Methode zur Entgiftung ist, doch ich war einfach zu schwach. Bald bekam ich Magen und Bauchschmerzen vom trockenen Reisgericht ohne Soße, was uns täglich zweimal zubereitet wurde.

Infolge des einseitigen Essens, der fehlenden Nährstoffe und natürlich auch wegen der aussichtslosen Situation war ich ständig gereizt. Es war wie eine Doppelbestrafung, weil der Ladyboy alle gegen mich aufhetzte und ich das Gefühl hatte, dass ich von den Mitgefangenen gehasst wurde.

Die Situation war kurz vor der Eskalation. Ich bewahrte gerade noch so die Ruhe und versuchte, meine Gedanken an die Außenwelt zu richten, um mich abzulenken. Die ständigen Fragen im Kopf quälten mich: Wie geht es meinen Eltern, meiner Schwester, meinem Sohn und meiner Freundin? Wissen sie überhaupt, dass du hier steckst? Wie wird das hier weitergehen und vor allem wann enden? Ich war total verzweifelt, ganz abgesehen davon, unter welchen Bedingungen ich hier gefangen war.

Am vierten Tag wurde ich endlich aufgerufen. Es war wie eine körperliche und psychische Entlastung, weil ich in diesem Moment zunächst gedacht habe, dass ich eventuell entlassen werde. Aber dem war leider nicht so. Zwei englisch sprechende Chinesen und derselbe Beamte von der Polizeistelle vernahmen mich in einem kleinen Raum und bombardierten mich erneut mit Fragen. Widerwillig bemühte ich mich, auf alle Fragen die passende Antwort zu geben.

Weil ich wusste, dass der Beamte rauchte, fasste ich den Mut und fragte ihn nach einer Zigarette. Ich bekam auch eine, obwohl in der Untersuchungshaftanstalt absolutes Rauchverbot herrschte.

Der eine Dolmetscher sagte mir nun, dass ich die deutsche Botschaft anrufen müsste, deren Sitz in Guangzhou ist, um zu sagen, dass ich verhaftet worden bin und mit einer Haftstrafe von mindestens sechs Monaten bis höchstens zwei Jahren rechnen müsse.

In dem Moment wäre ich am liebsten in Ohnmacht gefallen. Als ich auf den Schock hin den Telefonhörer in der Hand hielt und mich auf den Stuhl hinsetzte, wurde ich laut von einem Beamten auf Chinesisch angeschrien. Ich begriff, dass ich im Stehen telefonieren sollte. Eine Weile später hatte ich dann den Mitarbeiter von der Botschaft am Telefon und stellte mich kurz vor. Dann wollte ich händeringend wissen, wann man mich denn besuchen kommen könne. Daraufhin konnte er mir keine genaue Angabe machen, da ich nicht der Einzige war, der aus Deutschland hier im Knast steckte. Kurze Zeit später wurde mir der Hörer aus der Hand gerissen und aufgelegt.

Nach fünfzehn Minuten sperrten sie mich erneut in das Loch zurück. Ich war fix und fertig. Anfangs war doch die Rede von vier Wochen, dachte ich mir. Wie soll ich das Ganze so lange aushalten? Ich war noch keine ganze Woche gefangen und doch war diese Zeit schon ein Wahnsinn. Ich brüllte mir die Seele aus dem Leib, so kam es mir vor, aber niemand hörte mich.

Jeder weitere Tag war ein weiterer Albtraum mit unzähligen, weiteren Qualen. Am fünften Tag kam ein Beamter vor die Gittertür und brachte uns eine Haarschneidemaschine, weil aus hygienischen Gründen jeder einzelne Häftling eine Glatze haben sollte. Draußen vor der Zelle und unter Aufsicht eines Beamten, wurden uns nacheinander hastig die Haare abrasiert.

Um den Lärmpegel etwas zu drosseln, stopfte ich

mir von nun an Klopapier in die Ohren. Erst machte sich der Boss darüber lustig, dann versuchte er, mir das zu verbieten. Sogar wenn ich schlafen ging, stopfte ich von nun an meine Ohren zu, damit ich durch das Schnarchen nicht gestört wurde. Ich versteckte sogar hier und da ein bis zwei Blätter Klopapier, da jedem von uns täglich nur vier Blätter zur Verfügung standen. So versuchte ich übrigens, so lange es ging, darauf zu verzichten, das Klo zu benutzen, aber irgendwann war immer das erste Mal. Jedenfalls merkte ich es an meinen Oberschenkeln hinterher, weil das Ganze in der Hocke praktiziert werden musste.

Am neunten Tag passierte dann Folgendes: Wie jeden Morgen nach dem Aufstehen nutzte ich die Gelegenheit, um etwas zu laufen. Plötzlich versuchte der zweite Boss, mich beim Laufen vom Holzpodest runterzuziehen. Die ganze Wut hatte sich ohnehin bei mir angestaut und ich verlor die Kontrolle über mich, ging auf ihn zu und wollte ihm mit der Faust ins Gesicht schlagen.

Blitzartig ging der Ladyboy dazwischen und sagte nur: „No fighting."

Daraufhin machte ich einen großen Satz zum Notschalter, weil ich tatsächlich kurz davor war zu platzen und durchzudrehen und rief laut auf Englisch, dass ich auf der Stelle einen Beamten sprechen möchte. Beim Reden gesellte sich ein Arbeiter vom Boss dazu und redete ebenfalls etwas auf Chinesisch.

Nach fünf Minuten kam dann ein Beamter in die

Zelle. So schnappte ich mir den gleichaltrigen, englischsprachigen Mithäftling als Dolmetscher, ob der Boss das wollte oder nicht, und wir wurden rausgerufen.

Draußen fing ich an loszureden: „Ich bin hier verhasst und ich möchte mich nicht schlagen, jedoch bin ich am Limit meiner Kräfte und meiner Geduld. Ich kann nicht mehr. Bitte tun Sie mir den Gefallen und stecken Sie mich in eine andere Zelle."

Daraufhin entgegnete der Beamte nur: „In allen fünfzig Räumen sind ausschließlich chinesische Häftlinge. Es würde also keinen Sinn machen, dich zu versetzen." Als Verwarnung fügte er noch hinzu: „Schlag dich nicht, sonst wirst du zusätzlich bestraft, indem du schwere Fußschellen rund um die Uhr bekommen wirst."

Somit endete das kurze Gespräch auch schon wieder und wir mussten ins Loch zurück.

Am nächsten Tag kam Gott sei Dank die Wende. Ein Beamter kam an unsere Gittertür und rief die Namen aller auf, die in andere Räume verlegt werden sollten. Alle Arbeiter, der zweite Boss und ich wurden namentlich aufgerufen. Einerseits freute ich mich, doch ich hatte vorerst gedacht, wir alle würden zusammen woanders untergebracht werden. Aber jeder von uns kam in eine neue Zelle.

Den in der bisherigen Zelle anwesenden Häftlingen war anzusehen, dass sie sich darüber ärgerten, dass auch sie verlegt werden sollten, weil sie hier unter der Obhut vom Boss standen.

Nach kurzer Zeit gingen wir alle nacheinander heraus und marschierten mit den Händen im Nacken hintereinander an den nebeneinanderliegenden Zellen vorbei. Jedes Mal, wenn einer von uns in die für ihn bestimmte Zelle hineingehen musste, machten wir halt. Alle Zellen schienen bis oben hin überfüllt zu sein. Man konnte vom Innenhof aus die Anzahl der Häftlinge pro Zelle erkennen, da jeder Häftling eine Karte hatte, die von außen neben der Eingangstür in einer Box aufbewahrt wurde.

Zelle Nummer 16

Ich kam in die Zelle Nummer 16. Sofort wurde ich von den Insassen beim Betreten der Zelle in den dreißig Quadratmeter großen Raum geleitet, wo sich die Bosse und Arbeiter befanden. Alle Räumlichkeiten waren identisch aufgebaut. Zu meiner Überraschung konnte mein Gegenüber passables Englisch sprechen. Er war der Boss hier im Raum, drei Jahre älter und von kräftiger Statur. Wir stellten uns gegenseitig vor und nachdem er erfahren hatte, weshalb ich hier gefangen war, fragte er mich besorgt, ob ich hungrig oder durstig sei. Ich bejahte seine Frage und meinte, dass mein Körper unterzuckert sei. Daraufhin bekam ich eine Cola und zwei Schokokekse. Ich bedankte mich.

Nach kurzer Zeit sollte ich in den Aufenthaltsraum gehen. Natürlich hatte ich weiterhin ein mulmiges Gefühl, da ich nicht wusste, wie die Häftlinge hier tickten.

Sofort kam mir einer lächelnd entgegen und sagte: „Willkommen in der Hölle, aber scheiß drauf. Jetzt müssen wir da durch!" Er stellte sich gleich namentlich vor: „Du kannst mich Jack nennen."

Hier schien es lockerer abzulaufen. In der Zelle 3 mussten wir neben den Essens- und Schlafenszeiten ständig auf dem Boden sitzen, hier dagegen bewegte sich jeder frei.

Der Boss kam nach kurzer Zeit wieder zu mir und wir

marschierten im Halbkreis auf dem Holzpodest. Er fragte mich, aus welchem Grund ich in China war und wie lange ich bereits hier im Gefängnis saß? Vor allem, warum ich in diese Zelle gebracht wurde und ob ich mich geschlagen hätte? Ich beantwortete ihm all seine Fragen. Dann erklärte er mir die ganzen Abläufe und gab mir eine neue Zahnbürste, Seife und ein kleines Handtuch.

Er stellte mir einige Häftlinge vor: Den weiteren, älteren Boss, der mittlerweile schon seit zwei Jahren hier im Knast seine Strafe verbüßte. „Es ist noch ungewiss, wann er wieder auf freiem Fuß sein wird. Es gab noch kein Urteil. So wie es bei den meisten der Fall ist." Die chinesischen Behörden würden sich lange Zeit lassen, hieß es. Danach stellte er mir einen Häftling vor, der laut seiner Aussage ein lustiger Kerl sein sollte. Er sitze hier seit einem Jahr.

„Was hat er angestellt", wollte ich wissen.

„Er hat ein Auto aufgebrochen und die Wertsachen daraus geklaut. In China ist es so, dass es bei Diebstahl nicht darum geht, was du geklaut hast, sondern was für einen Gesamtwert das Ganze hat. In seinem Fall", so sagte der Boss, „war der Gesamtwert ziemlich hoch."

Auch den etwas dickeren Häftling mit dem Spitznamen „iPhone" stellte er mir vor. Er sei hier verhaftet worden, weil er sich geprügelt habe, sodass hinterher sein Opfer erblindete. Sein gesamtes Erscheinungsbild erinnerte mich an die Schauspieler aus den wenigen chinesischen Filmen, die ich vor ewiger Zeit in meiner Kindheit angeschaut habe. Er sah aus wie ein chinesischer Ringkämpfer, war aber sehr freundlich.

Da wir auch hier ausschließlich nur in Boxershorts bekleidet waren, kam ein älterer Insasse zu mir und begutachtete mich und strich mir kurz über meine Brusthaare. „Sieht männlich aus, soll ich dir von ihm sagen", meinte der Boss.

Weshalb Jack verhaftet war, wusste ich nicht, aber ihm war anzusehen, dass er im Hüftbereich schon mal operiert worden war. Er sagte, er sei vor Jahren mitten auf der Straße angeschossen worden. Der Täter wurde zu fünfzehn Jahren Haft verurteilt.

Später fragte ich den Boss, ob ich wie im letzten Raum zu den Schneidersitz-Zeiten auf dem Boden mit dem Rücken an der Wand sitzen durfte, da ich wusste, dass der Schneidersitz für die Dauer nicht gut für die Gelenke war. Daraufhin dolmetschte er alles, fragte den weiteren Boss und gab mir anschließend das Okay.

Zu den Essenszeiten waren die obersten drei Bosse sehr gut zu mir, sie gaben mir neben Cola manchmal sogar Fisch, aber auch ab und zu selbst gemachten Salat zu der normalen Tagesportion.

Hier waren zum Glück keine Ratten im Abflussrohr zu sehen und dementsprechend stank es auch nicht. Endlich wurde ich satt, nach zehn Tagen, und musste nicht einseitig essen oder hungern.

Abends gegen 20:00 Uhr durften Häftlinge ihre selbst eingekauften Lebensmittel speisen. Die Fertigsuppen mit Nudeln waren der Renner. Freundlicherweise spendierte mir der Boss ab und an auch eine Fertigsuppe. Unter den leuchtenden Sternen, die man über uns beobachten konnte, war es ein Highlight, diese Suppe zu sich zu nehmen.

Die leuchtenden Sterne im Himmel inspirierten mich schon immer und es hatte etwas Magisches an sich. Für den Bruchteil einer Sekunde hatte ich das Gefühl wieder frei zu sein.

Der Boss organisierte mir einen besseren Schlafplatz. Gleich drei Fliesenbreiten auf dem Holzpodest ganz links war nun mein Platz, ohne dass ich von den anderen die Schulter spürte.

In der neuen Zelle habe ich mich über jede kleine Veränderung gefreut. Endlich war da eine Handvoll Menschen, mit denen ich mich ungestört auf Englisch unterhalten konnte. Außerdem konnten jene, die schon lange in Haft saßen einen Einblick darüber geben, wie lange das Ganze wirklich dauern könnte. „Du bist kein Chinese und hast dazu einen deutschen Pass", hieß es. „Ich bin davon überzeugt, dass du nach sechs Monaten wieder auf freiem Fuß sein wirst", versuchte man mich zu trösten.

Im Gegensatz zu den Chinesen konnte ich keine Bücher und Zeitungen lesen. Dafür aber war eine meiner Hauptbeschäftigungen das Schreiben. Der Boss gab mir einen Schreibblock, worin ich täglich meine Gedanken niederschrieb, ob morgens, mittags oder abends. Dies half mir, von meinen Gefühlen und Ängsten zu berichten und vor allem den Frust herauszulassen. Darin zeichnete ich mir auch einen Kalender, was mir half, mein Zeitgefühl zu bewahren. Es gab nicht nur eine Zeitverschiebung von sechs Stunden, sogar die Vögel und Tauben gaben andere Töne von sich. Man konnte dies morgens und in der Mittagszeit hören.

Am nächsten Morgen sollte ich mich im Trakt vorstellen, als alle ab 8:00 Uhr im Schneidersitz auf dem Holzpodest saßen. Zuerst sträubte ich mich dagegen mit der Begründung, dass es mir nicht gut gehe. Der Boss blieb jedoch hartnäckig und so musste ich nachgeben.

Später erhob ich mich vom Fliesenboden und ging ganz nach vorn auf das Holzpodest. Dabei klatschten alle Insassen, so laut sie nur konnten. In Beobachtung von vierzig Augenpaaren fing ich dann an, mich auf Englisch vorzustellen.

Nun ging man einen Schritt weiter und bat mich, zwei Lieder zu singen. „Mir ist nicht nach singen", entgegnete ich, doch irgendwann gab ich erneut nach. So fing ich an, zwei türkische Volkslieder zu singen, was mich hinterher irgendwie erleichterte. Später ergatterte ich wiederholt Beifall und die Show war auch schon vorbei. Auch hier waren alle Häftlinge viel zu laut, sie schrien sich regelrecht an, selbst wenn sie sich normal unterhielten.

Gegen Mittag brachten die Wärter einen weiteren Häftling in unsere Zelle, der mir sofort bekannt vorkam. Er kam wie ich aus der Zelle drei. Obwohl er Mitte zwanzig war, fehlten ihm die Hälfte seiner Zähne. Jedenfalls war er ziemlich sportlich gebaut. Da wir in der letzten Zelle keine Gelegenheit gehabt hatten, miteinander ins Gespräch zu kommen, nutzte ich hier die Gelegenheit. Natürlich erkannte er mich sofort und lächelte mich an. Zwar scheiterten zunächst die Kommunikationsversuche, jedoch mit Händen und Füssen machten wir uns klar, dass dieser Raum viel besser war, weil auch er sah, dass es hier lockerer zugeht, weil sich jeder frei bewegen durfte und gemeinsam lachten wir nun darüber.

In den darauffolgenden Tagen lernte ich weitere englischsprachige Insassen kennen. Da war ein junger Häftling, der sich mit anderen geprügelt hatte und dessen Freundin auch in diese Sache verwickelt war. Beide wurden anschließend verhaftet. Er gehörte zu den Glücklichen und wusste schon sein Urteil. Für diese Schlägerei musste er für vierzehn Monate in Haft und saß bereits seit sechs Monaten.

„Noch weitere acht Monate muss ich hier ausharren", sagte er, „bis ich erneut nach so langer Ewigkeit meine Freundin sehen kann." Der Knast hatte ihm graue Haare beschert, obwohl er erst Mitte zwanzig war. Er war allerdings eine Ausnahme. Weil mir auffiel, dass die restlichen Häftlinge, ob jung oder alt, ausnahmslos schwarzes Haar hatten.

Seine Freundin hingegen musste für acht Monate in den Knast, so wie er mir erzählte. In der Untersuchungshaftanstalt, in der wir uns befanden, waren unter anderem auch fünf Zellen, worin sich ausschließlich Frauen befanden. Die Zellen, wo die Frauen waren, konnte man von unserer Zelle aus sehen, weil die Distanz etwa einhundertfünfzig Meter betrug. Er schaute fast täglich hinüber, um eventuell seine Freundin sehen zu können oder von ihr gesehen zu werden.

Man konnte ihm seine Trauer ansehen und ich meinte nur zu ihm: „Sei doch froh, du weißt immerhin, wann du wieder freigelassen wirst, und lebst nicht tagtäglich mit dieser Ungewissheit hier. Darüber hinaus weißt du, dass deine Freundin hier ganz in deiner Nähe ist. Ich selber dagegen weiß nicht, wann ich wieder nach Hause fliegen darf, wann ich meine Familie wiedersehe, wie es meiner Freundin geht und was sie mutterseelenallein macht."

Irgendwann später, durch Hilfe von einem Beamten, konnten beide sogar einmal Briefe austauschen. Das fand ich so rührend. Küsse waren auf ihrem Brief zu erkennen, als er dabei war, diesen zu lesen. Ein wenig beneidete ich ihn schon, aber ich freute mich auch für ihn. Wie gern würde ich in dem Moment ebenfalls einen Brief von meiner Familie und meiner Freundin erhalten, um ein Lebenszeichen zu bekommen.

Jeden Tag in der Mittagszeit ab 14:00 Uhr, als wir alle auf unseren Plätzen saßen, machte sich der Boss die Mühe, in Schönschrift vorn an die Tafel Texte von Liedern aufzuschreiben. Danach fing er an, die Strophen einzeln in kleineren Abschnitten vorzusingen. Hinterher sang der ganze Trakt laut mit und das so oft, bis alle fehlerfrei das ganze Lied zusammen singen konnten. Natürlich sang ich nicht mit und hörte widerwillig zu, schon deshalb, weil mir die Lautstärke auf den Wecker ging, auch wenn ich nach wie vor mit Klopapier in den Ohren ausgerüstet war. Das Schlimme war, dass sie diese Prozedur jeden Tag wiederholten und alle drei Tage kam ein neuer Song an die Tafel. Abgesehen von der kreischenden Lautstärke muss ich zugeben, dass Chinesen ausgezeichnete Sänger sind, doch warum nur jeden Tag, fragte ich mich.

In den nächsten Tagen lernte ich den David kennen. Dies war sein englischer Spitzname. Fast jeder Chinese hatte einen englischen Spitznamen.

„Hey Man, how are you?", waren seine ersten Worte an mich.

„I'm fine, thank you."
Sein Englisch war okay und wir machten oft Späße zusammen.

Jack rettete mir einen Tag, als er mir eine Tüte Kaffee schenkte. Es war ein tolles Gefühl, nach langer Zeit einen heißen Kaffee zu trinken. Er war nämlich der Einzige, der Kaffee trank. Der Rest trank ausschließlich grünen Tee und das ohne Zucker. Zwar wurde mir einmal dieser Tee angeboten, aber er schmeckte mir nicht.

Nachdem ich mittlerweile zwei Wochen eingesperrt war, plagte mich ein weiteres Problem: Im Gegensatz zu den Chinesen hatte ich einen schneller wachsenden Haarwuchs. Mittlerweile hatte ich einen richtigen Bart und dies war eindeutig nicht zu übersehen, auch nicht bei den Beamten. Unser zuständiger Beamter brachte uns nur ganze drei Einwegrasierer, womit wir uns im Gesicht rasieren konnten, sowie drei Fingernagelscheren. Dies ist schon eine heftige Nummer, dachte ich mir, doch willkommen im chinesischen Knast.

Der Rangordnung nach schnappten sich die Bosse und die fünf Arbeiter die Rasierer sowie die Fingernagelscheren und gingen in den kleineren Raum, um sich gegenseitig zu enthaaren beziehungsweise die Finger- und Fußnägel zu schneiden.

Wir hatten nichts außer alten Plastiklöffeln, die ziemliche Gebrauchsspuren aufwiesen und teilweise kaputt waren. Weder Messer, irgendein Spiegel noch ein Spülbecken waren vorhanden. Alles andere, was benötigt wurde, musste mit Kreativität erdacht und mit Geschicklichkeit hergestellt werden. Uns standen nur zwei große, durchsichtige Boxen zu, in denen eingekaufte Lebensmittel gelagert wurden sowie Hygieneartikel, wie Shampoo und Seife, und Putzzeug aus Plastikflaschen. Eine weitere größere Getränkebox befand sich im Dreißig-Quadratmeter-Raum, worin eingekaufte Getränke in Wasser aufbewahrt wurden. Des Weiteren ein Eimer für den Müll und ein Eimer für den Abwasch. Mehr nicht. Aus Alufolie hatten die einfallsreichen Insassen einen Spiegel hergestellt. Zwar hatte man dadurch keine klare Sicht, doch die Konturen waren zu erkennen.

Als schließlich die erste, höhere Klasse fertig war, wurden wir in Sechsergruppen nacheinander aufgerufen. Ich kam unter die Letzten, obwohl ich die meiste Arbeit zu verrichten hatte. Dann, als ich endlich einen Rasierer in der Hand hielt und versuchte, mich mit eiskaltem Wasser zu rasieren, war das Ergebnis blutig. Die Klinge war schon so abgenutzt, dass der Bart nur bedingt zu rasieren war. Hinterher hatte ich lauter rote Flecken und Schmerzen im Gesicht. Ich war noch nicht mal ganz fertig, als der Beamte, der die Zeit über an der Gittertür wartete, plötzlich alles wieder zurückhaben wollte, um es in den anderen Räumen zu verteilen. Die Arbeiter hetzten mich, doch ich ließ mich nicht aus der Ruhe bringen. Ohne Worte, dachte ich mir nur. Diese unangenehme, verachtende Prozedur erfolgte alle vierzehn Tage.

Unsere Klamotten mussten wir im kleinen Raum selber waschen. Denn in der Untersuchungshaftanstalt gab es keine Waschmaschinen. Uns standen dafür Bürsten zur Verfügung. Da die Luftfeuchtigkeit jedoch hoch war, dauerte es dementsprechend lange, bis diese wieder trockneten. Der Gestank in den Sachen ging jedenfalls nie ganz weg, auch wenn sie mehrmals hintereinander wusch.

Die Bürsten waren ebenfalls zum Saubermachen von den Fliesen gedacht, denn jeden Sonntagmorgen in der Früh um 9:00 Uhr war Großputz angesagt. Die Bosse und Arbeiter bildeten Arbeitskolonnen und wir alle mussten den Fliesenboden in den beiden Räumen schrubben. Das Ganze ging etwa eine halbe Stunde.

Die ersten zwei Wochen im neuen Raum verliefen sonst normal, auch wenn ich hier ebenso als einziger Ausländer Blickfang und Gesprächsthema Nummer eins war. Ab und an schalteten die Beamten gegen Nachmittag den Fernseher ein und immer wenn eine Frau zu sehen war, stöhnte und jubelte die Menge.

Bald darauf brachten die Wärter einen Häftling in die Zelle, der an den Füssen mit Ketten gefesselt war. „Er hat sich geschlagen und muss nun die schwere Kette für zehn Tage rund um die Uhr tragen", klärte mich der Boss auf. Am dritten Tag, als der Neuankömmling sich weigerte, in Ketten zu duschen, griffen ihn zwei Bosse und ein Arbeiter, drückten seinen Kopf auf den Boden und er musste mit gesenktem Kopf auf Knien mehrere Stunden so ausharren – und die Beamten taten nichts. Die Verurteilten verurteilen also andere, dachte ich mir.

Ab der dritten Woche drehte sich der Spieß um. Ich verstieß unwissend gegen die Regeln, verstopfte einmal das Plumpsklo, weil ich beim Wacheschieben meine Milchtüte darin entsorgte, die mir einer geschenkt hatte. Ein anderes Mal schrieb ich den Namen von meinem Sohn an die Wand, weil er mir so fehlte. Anschließend wurde ich für jede Kleinigkeit beim Boss verpetzt. Nun sollte ich zum ersten Mal bestraft werden.

In Absprache mit dem ersten Boss wurde ich zu fünfmal je zwei Stunden Wachestehen verdonnert, und zwar von 22:50 Uhr bis 0:50 Uhr. Dies war keine wirkliche Strafe für mich, ganz im Gegenteil. So würden wenigstens die Nächte kürzer werden, dachte ich, weil ich das Liegen nach wie vor verabscheute.

Die in der ersten Klasse oben auf dem Podest schlafen durften, hatten auf alle Fälle mehr Platz. Besonders die Bosse und die Arbeiter, die sich breitmachen konnten. Doch diejenigen, die unten in der zweiten Klasse auf dem Fliesenboden schliefen, lagen kreuz und quer nebeneinander, Schulter an Schulter, mit Köpfen und Füßen dazwischen. Am liebsten hätte ich davon ein Bild gemacht.

Natürlich blieb unter solchen Umständen das Streiten nicht aus, weil jeder Häftling nach einem weiteren, freien Zentimeter Platz gierte. So entging mir auch nicht, dass unter einigen Häftlingen die Abneigung gegen mich immer größer wurde. Das hatte zur Folge, dass mich immer wieder einige meist grundlos verpetzten, weil sie anscheinend Freude daran hatten, zu sehen, wie ich hinterher bestraft und teilweise angeschrien wurde.

Jeder Raum hatte seinen zuständigen Beamten und immer montags, gegen 9:00 Uhr morgens, kam der Beamte in unsere Zelle rein, wo wir alle im Schneidersitz in gerader Position warten mussten. Diesmal war ich in der ersten Reihe auf dem Holzpodest. Wie im Kasernenhof herrschte seine laute Stimme mich an, als er uns alle der Reihe nach musterte. Jeder Häftling hatte den vollsten Respekt dem Beamten gegenüber. Ich war verunsichert und wusste nicht, was als Nächstes passieren würde. Wahrscheinlich versuchte der Beamte, jedem einzelnen einzureden, dass er die Regeln zu befolgen hatte und dass jeder zu Recht hier gefangen war. Nachdem er vermutlich eine Frage gestellt hatte, antwortete der ganze Trakt im selben Moment halblaut, worauf ich mich erschreckte.

Nach einer Viertelstunde, als der Beamte dann mit seinem lauten, angsteinflößenden Reden fertig war, rief er mich in Begleitung vom Boss raus, da dieser bei Bedarf übersetzen konnte. Er ließ mir sagen, dass ich mir im Klaren sein sollte, dass ich hier im chinesischen Knast sei, statt in einem europäischen. Ich solle mich vernünftig verhalten und mich nicht prügeln. Darüber hinaus niemanden um Essen oder Trinken bitten und niemandem etwas glauben oder mich verrückt machen lassen, egal wie lange diese Tortur für mich auch dauern würde. Der Beamte hatte genau den Punkt getroffen, darum stellte ich ihm nun die Frage, wie lange ich in etwa nach seiner Meinung und Erfahrung in Haft bleiben müsse. Falls ich einen ausländischen Pass besitze, bis zu einem Jahr, ließ er mir sagen.

Da wir zur Schlafenszeit im Fünfzig-Quadratmeter-Raum eingeschlossen waren und die Gittertür zum Dreißig-Quadratmeter-Raum kurz nach 21:00 Uhr von den jugendlichen Gefangenen abgeschlossen wurde, mussten wir morgens ab 6:30 Uhr darauf warten, dass die Gittertür wieder aufgeschlossen wurde. Allerdings durften dann nur die drei Bosse und die fünf Arbeiter in den Nebenraum gehen, wo bessere Luftverhältnisse herrschten.

Das Beste kam aber noch, weil viele gleich nach dem Wachwerden aufs Klo wollten, bildete sich eine lange Schlange. Stimmung und Geruch hielten sich die Waage, dazu kam die neue Staubbildung durchs Laufen auf dem Podest. Mit einem Wort ausgedrückt: hochexplosiv.

Meine Bitte wurde jedenfalls von dem Beamten nicht abgewiesen, sodass ich ebenfalls von nun an morgens nebenan eintreten durfte.

Anfangs hatte ich gehofft, dass mich einige Kollegen wenigstens kurz besuchen kommen würden. Natürlich hatte ich auch daran gedacht, wie es wäre, dass mein Arbeitgeber mich hier aus der Untersuchungshaftanstalt gegen Kaution freikauft und mich dann wieder nach Hause schickt. Dass der meinetwegen nur Kosten und Ärger hatte und mir vermutlich die Pest an den Hals wünschte, auf diesen Gedanken kam ich damals nicht. Die wenigen Hoffnungen waren reine Illusion und das Grübeln machte einen nur noch verrückter.

Es war verdammt schwierig, einen klaren Kopf zu bewahren. Jedes Wochenende erhielten die Insassen ihre zusätzlich eingekauften Lebensmittel. Unter anderem auch Getränke und diverses Obst. Viele hatten jemanden, der ihnen Geld einzahlte, abgesehen von einigen wenigen Häftlingen, die wie ich, niemanden hatten. Anfang der Woche konnte man Bestellungen aufgeben, die nach etwa zehn Tagen in unsere Zelle kamen. Alles wurde perfekt geregelt, eingelagert und namentlich notiert, wer was und wie viel eingekauft hatte. Nur die Neuzugänge mussten etwa einen Monat darauf warten, bis sie eine Geldkarte erhielten.

Die bereits länger Inhaftierten bekamen nun die Gelegenheit, neue Freundschaften zu schließen. So bildeten sich mehrere, kleinere Gruppen, die zusammen die Zusatzlebensmittel aßen. Meist war dann auch einer dabei, der selbst noch nichts einkaufen konnte. Diesbezüglich schrieben die Chinesen das Wort Solidarität groß.

An dieser Stelle soll das Thema Zahnstocher nicht unerwähnt bleiben. Es war, aus welchen Gründen auch immer, streng untersagt, Zahnstocher zu besitzen (man könne andere absichtlich verletzten und angeblich hatten sich in früheren Zeiten Häftlinge damit versucht umzubringen, indem sie Zahnstocher schluckten – teure Krankenhauskosten waren die Folge und dies mochte die Anstaltsleitung gar nicht). So versuchte ich, das Problem individuell zu lösen. Äste beziehungsweise Zweige hingen oft noch an Apfelsinen und Äpfeln, die in unsere Zelle gebracht wurden. Dort brach ich dann unbemerkt ein Stück ab und bastelte mir daraus Zahnstocher, die ich an verschiedenen Plätzen versteckte. Nach und nach wurde dies entdeckt und die Zahnstocher von Mitinsassen beseitigt.

Sogar der Boss schaltete sich persönlich ein und leitete das an einen Beamten weiter. „Das ist viel zu gefährlich!", hieß es, obwohl ich nicht der Einzige war, der Zahnstocher besaß.

Ab und an beobachtete ich den Innenhof und sah, wie Wärter einzelne Häftlinge aus verschiedenen Zellen rausholten und später wieder reinbrachten. Dabei entging mir nicht, wie Tauben und Ratten nach Freßbarem suchten. Oft blieb Reis übrig, der hinterher im Plumpsklo entsorgt wurde. Ich war schon immer tierlieb und mir bereitete es Freude, Tiere zu füttern. Neben fünfundzwanzig Wellensittichen hatte ich über Jahre neun einzeln gehaltene Tauben besessen. Ein paar Mal nahm ich eine Handvoll Reis von der Schüssel heraus und warf diesen in den Innenhof, damit die Tiere das fressen konnten. Bei vierzig Augenpaaren war es eher unwahrscheinlich, dass mein Tun unentdeckt blieb. Erst recht nachdem ein Beamter seinen Kontrollgang machte und ihm der Reis am Boden auffiel. Prompt wurde ich zu weiteren zehn Nächten mit je zwei Stunden Wachehalten verdonnert.

Viele unserer Klamotten waren vollgekritzelt, ob von den aktuellen Häftlingen oder von den Vorgängern, und die Schrift war nach unzähligem Waschen immer noch zu erkennen. Dies war eigentlich verboten, aber viele schienen sich nicht daran zu halten. Irgendwann besorgte ich mir von „iPhone", der ebenfalls zu den Arbeitern der Bosse gehörte, einen Kugelschreiber und schrieb auf meine beiden T-Shirts neben meinem Namen: „Bismillahirrahmanirrahim" (Das bedeutet: Im Namen Allahs, des Allerbarmers des Barmherzigen.), „I will go Home" und „Ich bin ein Star, holt mich hier raus!" Auf das Holzpodest, ganz links, wo mein Schlafplatz war, schrieb ich klein, aber fett, „Allah". Später auch den Namen der Tochter meiner Freundin unter dem meines Sohnes.

Auch deswegen wurde ich selbstverständlich bestraft – es war mir jedoch egal. Nicht nur, weil die Nächte beim Wachehalten kürzer wurden, irgendwann bereitete es mir sogar Spaß, weil man mit dem einen oder anderen witzeln konnte.

Mir entging im Laufe der Zeit natürlich nicht, dass sich kleinere Gruppen bildeten, die sich regelrecht gegen mich richteten. Dennoch bewahrte ich Ruhe. Aber irgendwie schaffte ich es immer wieder, ungewollt im Brennpunkt zustehen.

Nach wie vor versuchte ich, das Klo so selten wie möglich zu nutzen, denn es war ausgesprochen unangenehm. Dabei musste man kräftig mit dem Wasser nachspülen, um den Gestank wenigstens zu lindern. Manche Insassen hatte ich mit den Worten „Water, Water" verärgert, als sie ihren natürlichen Bedürfnissen nachgingen. Rache ist ja bekanntlich süß. Nun war ich an der Reihe. Jedes Mal, wenn ich das Klo benutzte, wurde lautstark geschrien, ich soll mit Wasser spülen.

Jeden zweiten oder dritten Tag kamen neue Häftlinge in unsere Zelle und andere gingen und wurden woanders hin verlegt. Nach vier Wochen kam ein Häftling zu uns, der zuerst unauffällig war, so wie jeder andere auch, doch abends beziehungsweise nachts, als die Schlafenszeit begann, machte er sich ungewollt bemerkbar. Der letzte Neuzugang war in Kürze eingeschlafen und schnarchte so laut, dass es an die Schmerzgrenze ging. Anfangs war der Boss noch zögerlich, bis er irgendwann aufstand und versuchte, ihn durch Rütteln wach zu bekommen. Der Häftling lag seitlich und der erste Versuch vom Boss, ihn durch Händerütteln ruhigzustellen, scheiterte. Als er sah, dass dies rein gar nichts brachte, trat er plötzlich gegen seinen Hintern. Erschrocken gingen die Augen des Neuankömmlings auf und er murmelte so etwas wie: „Ich schnarche doch gar nicht!"

Der Boss legte sich wieder hin, aber keine zwei Minuten später ging es wieder von vorne los. Nun sagte mir der Boss, ich könne ruhig da weitermachen, wo er aufgehört hatte, doch es sollte nicht eskalieren und zum Streit führen. Ich hatte Rückenwind und nun war ich an der Reihe. Mit dem Wort „Power" feuerte mich der Boss an und ich drängelte mich von den liegenden Häftlingen zum Schnarcher vor und malträtierte ihn mit gerade so erträglichen Fußtritten. Trat ihn mal dahin, mal dorthin. Der Neuling wurde darauf erneut kurz wach und fluchte ein wenig. Danach schnarchte er sich abermals in seinen Schlaf, ich schlug zu, er schnarchte weiter.

Zwei Stunden später wurde ich ausgewechselt. Nach unzähligen Tritten an unserem Neuling war ich überfällig für die Horizontale. Der Störenfried aber schnarchte selig weiter, als ob nichts gewesen wäre. Noch nie zuvor hatte ich solche Schwierigkeiten einzuschlafen, denn die Ablösung rüttelte nur mit bloßen Händen, was die elende Schnarcherei natürlich nicht beendete.

Zu dieser Zeit begriff ich, dass der Boss mir die Cola und Suppen aus eigener Tasche bezahlte. Nun nahm ich mir vor, nichts mehr von ihm anzunehmen. Wie gerufen, bot mir dann der Schnarcher mehrere Fertigsuppen an, wenn ich nachts zwei Stunden für ihn Wache halten würde. Ich sagte auf Anhieb zu und sicherte mir weiteres Essen für die Abendstunden. Andere Angebote von anderen Häftlingen akzeptierte ich ebenfalls.

Einmal massierten David und ich uns gegenseitig den Rücken. Sofort danach wollten andere ebenfalls massiert werden und das Nebengeschäft begann zu blühen. Zehn Minuten Massage gegen drei Cola oder drei Suppen. Dies war die Lösung, ab jetzt über die Runden zu kommen. Die köstlichen Salate zu den normalen Tagesrationen bekam ich dank dem Boss täglich weiter. Besonders die eingelegten Knoblauchzehen in Sojasoße hatten es mir angetan. Anfangs hatte ich noch dankend abgelehnt, doch nach und nach kam ich auf den Geschmack.

Nach drei weiteren Wochen wurde ich rausgerufen. Eine deutschsprachige Übersetzerin war diesmal hier. Ich sollte ein paar Formulare unterschreiben, dass ich zu Recht verhaftet wurde und meinen Fehler eingesehen habe und der Fall eindeutig sei. Wann ich rauskäme, wusste sie allerdings nicht. Nachdem sie mir auf meine Bitte hin eine Zigarette organisiert hatte, musste ich erneut in die Zelle zurück.

Die Chinesen spielten häufig Karten. Freundlicherweise bekam ich ein Kartenspiel vom Boss geschenkt. Mit dem einen Sträfling namens Sally, der sich rein optisch von den anderen dadurch unterschied, dass er eine zu helle Hautfarbe hatte, spielte ich jeden Tag Karten. Er war übrigens neben dem Boss derjenige, der nicht nur gut Englisch konnte, sondern auch sehr gebildet war. Ihm brachte ich türkische Kartenspiele bei und er mir hingegen einige chinesische.

Bald darauf kritzelte ich mir auf einem alten, kaputten Pullover, den ich mir quadratisch am gebrochenen und verrosteten Ende eines Fenstergitters zurechtschnitt, das Spiel „Mensch Ärger dich nicht" und besorgte mir Flaschendeckel als Spielsteine. Den Würfel zu dem Spiel bastelte ich mir aus Seife und überzog diesen mit Taschentuchpapier, sodass die Zahlen auf dem weißen Hintergrund sichtbar waren. Der Andrang der Mitgefangenen war hinterher so groß, dass die folgenden Tage kürzer schienen und nebenbei machte es auch eine Menge Spaß. Ein paar Wochen später, kam auf die Rückseite das Spiel „Mühle". Das Spiel ist in China eher unbekannt und umso interessanter kam es an, die Spielregeln wurden nach kurzer Zeit verstanden.

Zusammen mit dem Tagebuch war dieses so gesehen mein ganzer Besitz. Die Würfel, das Kartenspiel und die Flaschendeckel knotete ich in den Pulloverlappen und verstaute alles gemeinsam mit dem Hefter.

Morgens begann ich zunächst zu schreiben, dann gab's Frühstück und zack kam schon ein Mitgefangener und es wurde gespielt. Immerhin standen bereits drei Spiele zur Verfügung. Leider konnte ich mich mit den meisten Häftlingen nicht wirklich unterhalten, außer ich holte einen dazu, um bei Bedarf etwas dolmetschen zu lassen.

Da war ein kleinwüchsiger Einundzwanzigjähriger, der immer freundlich und guter Laune war. Irgendwann klärte mich der Boss auf und nannte den Grund, weshalb der junge Kerl verhaftet wurde. Er war in eine

Wohnung von einer jungen Frau eingebrochen, um Bargeld zu stehlen. Umgerechnet fand er einhundert Euro, die er einsteckte. Dabei wurde die junge Frau wach und es kam zum Streit. Er schlug sie und war ihr natürlich überlegen. Wahrscheinlich fand er sie hübsch und anziehend. Daraufhin zwang er sie zum Sex. Danach soll er eine Zigarette geraucht haben und erneut über sie hergefallen sein. Bald darauf wurde er verhaftet. Ihm drohten mindestens zehn Jahre Haft. Ich begann eine Abneigung zu dem Vergewaltiger zu entwickeln und verachtete ihn lange Zeit. Zwei Monate später bekam er sein Urteil. Der junge Bursche bekam tatsächlich fünfzehn Jahre. Trotz allem empfand ich Mitleid mit ihm und versuchte ihn irgendwie aufzumuntern. In seiner Haut wollte ich jedenfalls nicht stecken.

Dann war da noch ein älterer Häftling, so Mitte vierzig und der war der einzige Todeskandidat bei uns. Er hatte seine Ehefrau umgebracht und sitzt hier schon eine halbe Ewigkeit. Nun wartet er, bis sein Urteil vollstreckt wird. Angst überfiel mich, dass der Todeskandidat ohne Rücksicht auf Verluste noch einmal zuschlagen könnte. Denn was hatte er noch zu verlieren? Nichts. Zwar verhielt er sich normal, doch Gespräche mit anderen führte er kaum.

Hier in der Untersuchungshaftanstalt sind eine Menge Mörder untergebracht, die nicht um die Hinrichtung herumkommen werden. Zuerst werden die Todeskandidaten auf einen offenen Laster verfrachtet, danach werden alle auf eine makabre Parade durch die Stadt geschickt. Allen Todeskandidaten wird dabei ein Schild um den Hals gehangen, worauf steht, dass sie Mörder sind. Eigentlich ist diese demütigende Schaustellung der Gefangenen mittlerweile verboten, aber in vielen Provinzen wird das Ritual nach wie vor praktiziert.

Bald darauf hatte ich das erste Gespräch mit dem Staatsanwalt. Als ich in Handschellen vorgeführt wurde, sagte er, dass ich einen Rechtsanwalt brauche, der mich bei meiner Gerichtsverhandlung vertreten muss. Denn jeder Mensch hatte das Recht, verteidigt zu werden. Der Rechtsanwalt würde mich allerdings umgerechnet viertausend Euro kosten. Oder aber ich könne einen kostenlosen Rechtsanwalt in Anspruch nehmen, den mir der Staat zur Verfügung stellen würde. Da ich ohnehin nur zwei Wochen gearbeitet hatte und so gesehen mittellos war, wollte ich den kostenlosen Anwalt in Anspruch nehmen.

Er erzählte mir auch, dass ich das Recht habe, einen deutschsprachigen Dolmetscher zu bekommen und dass ich beim nächsten Mal Besuch von der deutschen Botschaft erhalten werde, die mir zur Seite stehen werde. Dies waren positive und wichtige Informationen für mich. Zu meiner Freude organisierte er mir auf Nachfrage gleich zwei Zigaretten und danach kam ich wieder in meine Zelle zurück. Davor jedoch musste ich mich zum ersten Mal einer Kontrolle unterziehen und mein T-Shirt hochziehen, sodass der Beamte sehen konnte, dass ich nichts versteckt hatte.

Auch wenn die Umstände etwas besser waren als im

ersten Raum, litt ich unter der Gefangenschaft. Jeden Morgen, sobald ich meine Augen aufmachte, flossen meine Tränen, ob ich wollte oder nicht. Gleich in den Morgenstunden fing ein endlos langer Tag an. Kurz vor dem Wachwerden betete ich innerlich zu Gott, dass er mir die Kraft geben möge, das Ganze noch irgendwie weiter zu ertragen. Manchmal bildete ich mir sogar ein, dass das alles nur ein böser Traum sei und hoffte, wenn ich kurze Zeit später meine Augen wieder öffne, dass ich wieder zu Hause sein würde.

Der Schein trog, auch wenn mal gescherzt und gespielt wurde. Weil mein Schicksal lange Zeit ungewiss war, blieb ich die meiste Zeit über depressiv. Wegen meiner aussichtslosen Lage, war es nicht nur hart für mich, sondern auch verdammt schwierig, sich mit Zukunftsängsten oder meiner Vergangenheit zu beschäftigen. Deswegen war ich mitunter am Boden zerstört. Ängste sind eben die Folgen negativer Denkmuster. Mehrmals am Tag schaute ich auf die Uhr und dachte an meine Lieben. Zu Hause war es, wegen der Zeitverschiebung von sechs Stunden, bereits kurz nach Mitternacht. Was machen sie gerade? Jeden Tag quälten mich diese Fragen.

Als Notfall-Kontaktperson hatte ich bei meinem Arbeitgeber meine Freundin genannt. Ich ahnte, dass sie als Erste die Infos über mich bekommen und an meine Schwester weitergeben würde. Insgeheim hoffte ich nur, dass meine Eltern, so lange es ging, nicht erfahren würden, dass ich in China im Gefängnis saß. Sie waren nun mal nicht die Jüngsten und darüber hinaus würden sie sonst in ihrem Urlaub sehr besorgt um mich sein. Das traf natürlich auch auf den Rest meiner Verwandtschaft zu.

Sonst verlief alles monoton, außer dass die Nächte durch das laute Schnarchen unangenehmer waren.

Schon binnen einer Woche arbeitete sich der lauteste Häftling zu den Arbeitern der Bosse hoch. Nun rächte er sich an mir, indem er mir tagtäglich weniger Essen gab, worauf irgendwann der Boss auch nichts unternahm. Da ich sonst immer als Erster das Essen bekam, wechselte ich freiwillig den Platz zum Essen und war nun im hinteren Bereich. In der Hocke wartete ich im Dreißig-Quadratmeter-Raum, aber diese Taktik ging nicht auf. Der neue Arbeiter der oberen Klasse war so dreist, dass er vor mir sogar den übrig gebliebenen Salat von den Bossen jedes Mal in den Müll kippte. Somit fing das Hungern erneut an. Umso härter wurden meine Tritte nachts ihm gegenüber. Er war mitunter derjenige, der mich verleumdete und fand so einige Anhänger. Besonders weitere Neuankömmlinge impfte er sofort gegen mich.

Jener Häftling, der mich wegen der Flasche im Plumpsklo verpetzt hatte, schaute mich mit hasserfüllten Blicken an, vor allem wenn mein Teller gelegentlich gut gefüllt war. Eines Tages erhob ich mich und schrie laut, als wir uns alle Mann im kleineren Raum befanden, dass, wenn er nicht damit aufhöre, ich die Kontrolle verlieren würde und für nichts garantieren könne. Das konnte doch alles nicht wahr sein, dachte ich mir. Wo war ich hier nur gelandet?

Im Oktober 2014, als ich bereits zwei Monate in Untersuchungshaft war, geschah es: Ein Beamter sprach ziemlich laut in die Gegensprechanlage und forderte von uns, dass wir uns nicht hintereinander, sondern nebeneinander im Schneidersitz auf dem Podest hinsetzten sollen. Wir mussten schweigend etwa fünfundvierzig Minuten in der Position bleiben. Plötzlich kam mir die Idee zu beten. Das war die Gelegenheit und vor allem der Ausweg aus dem Wahnsinn, dachte ich mir. Fortan betete ich immer dreimal täglich, als die Schneidersitzzeiten stattfanden. Ob die anderen dies mitbekamen, war mir egal.

Ich bin der Überzeugung, dass es nur einen einzigen Gott gibt, egal, zu welcher Weltreligionen wir gehören. Ich wurde islamisch erzogen und besuchte im Kindesalter die Koranschule und betete jeden Tag fünfmal. Als ich dann fünfzehn Jahre alt wurde, betete ich nur noch zur Ramadan-Zeit und gelegentlich zu den Freitagsgebeten, natürlich wenn es zeitlich passte. Vor langer Zeit hatte ich mal im Flugzeug mitbekommen, wie ein älterer Türke neben mir ebenfalls im Sitzen betete. Was das Beten im Allgemeinen betrifft, so denke ich, spielt die Haltung keine große Rolle. Wenn man glaubt und Gott im Herzen hat, dann wird er diese Gebete auch erhören.

Es ist unvorstellbar, wie gut mir das tat – phänomenal. Mir half das tägliche Gebet gerade in der schlimmsten Zeit meines Lebens. Es war so, als hätte Gott eine unsichtbare Schutzmauer um mich errichtet. Tief im

Herzen wusste ich jedoch, dass ich hiermit durch ihn für meine Sünden bestraft wurde. Aus diesem Grund war ich auch hier gefangen. Im Koran, Sure 59, Aya 7 steht geschrieben: „… und was euch der Gesandte gibt, das nehmt an und was er euch untersagt, davon haltet euch fern und fürchtet Gott, denn wahrlich Gott ist streng im Strafen."

Neunundneunzig Prozent unserer Probleme bereiten wir uns selbst. Es ist nicht immer der Satan, der uns zur Sünde verleitet. Die meisten Flüche haben wir uns selbst zuzuschreiben. Wir tun Dinge, die gegen Gottes Willen sind. Wir boykottieren unsere Verbindung zum Herrn, weil wir ungehorsam sind und uns sündhaft verhalten. Es sind Gehorsam, Demut und Sanftmut vonnöten, um unsere Halsstarrigkeit zu besiegen und Dinge zu tun, die Gott von uns erwartet. Darüber hinaus bildete ich mir ein, dass meine Freundin und ich durch ihn auf die Probe gestellt werden, um zu prüfen, ob wir Stärke zeigen und vor allem die Geduld besitzen, zusammenzugehören.

Drei Monate nach meiner Festnahme bekam ich endlich Besuch von der deutschen Botschaft. Ein älterer, stattlicher Mann (der seinen Status als Diplomat vor sich hertrug wie ein Priester die Monstranz), in Begleitung einer Frau, erwartete mich, als ich in Handschellen vorgeführt wurde.

„Ich freue mich, dass Sie kommen konnten." Zugegeben, es war etwas merkwürdig, wieder deutsch zu sprechen, aber wiederum freute ich mich auch darüber.

Sie stellten sich zunächst vor und entschuldigten sich bei mir, dass sie nicht eher kommen konnten. Der distinguierte Herr wollte nun wissen, weshalb ich hier war und was die chinesischen Beamten alles in meinem Hotelzimmer finden würden. „Haben Sie Drogen in ihrem Zimmer versteckt?", fragte er mich mit halb großen Augen.

Völlig irritiert von dieser Frage, stand ich erst mal nur so da – heute kann ich es verstehen. Sofort wurde mir klar, dass die beiden keine Ahnung von meinem Fall hatten. Nachdem ich ihnen den Grund nannte, fügte ich hinzu, dass die Durchsuchung vom Hotelzimmer längst abgeschlossen sein musste. Ich gab ihm die Kontaktdaten vom Arbeitgeber und er möge bitte nachfragen, wo meine Sachen abgeblieben seien und mir dann Bescheid geben.

Er fragte mich, ob der Staatsanwalt bereits hier war. Ich bejahte seine Frage. Gegen ein mögliches Urteil können sie allerdings nichts unternehmen, ließ er mich gleich wissen. „Es wird nicht mehr lange dauern, und du wirst wahrscheinlich in ein Internationales Gefängnis kommen, wo bessere Bedingungen herrschen. Mit maximal vierzehn Häftlingen je Zelle. Es sind ausschließlich Ausländer dort. Jeder wird sein eigenes Bett haben, täglich gibt es anderes Essen und unter der Woche wird gegen Entgelt gearbeitet. Zigaretten sind dort ebenfalls erlaubt. Das Gefängnis ist übrigens in der Nähe vom deutschen Konsulat, sodass wir uns öfters sehen könnten."

Der Botschafter wusste, dass meine Eltern sich momentan in der Türkei befanden. Bei meiner Schwester sah es finanziell schlecht aus. Mir Geld zu schicken war ihr unmöglich, meinte er. Meine Freundin sei weiter auf Jobsuche. Bevor ich hergeflogen war, arbeitete sie in einer Spielhalle. Allerdings war ich gegen diesen Job. Nicht nur, weil sich fast ausschließlich Männer dort aufhielten, sondern weil diese Minicasinos oft überfallen wurden. Ich bat ihn, dass er meiner Freundin mitteilen solle, dass ich einen kostenlosen Rechtsanwalt bekäme, daher wollte ich weder Gelder von meiner Familie noch von meiner Freundin.

Die Zeit war abgelaufen und der Beamte wollte nun, dass wir das Gespräch beenden. Beim Verabschieden drückte er mir noch schnell seine Visitenkarte in die Hand. Noch heute werde er mir aus eigener Tasche etwas Geld einzahlen, versprach er mir, als ich abgeführt wurde.

Nach zwei Tagen war allerdings immer noch kein Geld auf meiner Karte, auch nicht nach zwei Wochen.

Von einigen Häftlingen wurde ich immer wieder provoziert, und das nahezu rund um die Uhr. Es war nicht immer einfach, die Nerven zu behalten. Einmal spielten mehrere Häftlinge ein Kartenspiel. Zwei Spieler standen dann plötzlich auf, schrien sich laut an und schubsten sich heftig. Sofort reagierten die Beamten, die das Ganze über Kameras gesehen hatten. Sie kamen an unsere Zelle und riefen beide raus. Nach etwa zehn Minuten kehrten beide mit schweren Fußketten zurück, die sie für zehn Tage rund um die Uhr tragen mussten.

Zwar war der Boss, wie im ersten Raum, anfangs gut zu mir, doch aufgrund der zahlreichen Beschwerden über mich und meine Verstöße gegen die Regeln, drehte er mir später ganz den Rücken zu. Der gleichaltrige Häftling Sally hielt als Einziger zu mir und hielt mich davon ab, mich zu prügeln.

Jeden Tag unter der Woche ab 14:00 Uhr gingen zwei junge Häftlinge von Zellentür zu Zellentür und nahmen die Arbeiten in Sachen Papierkram und Formalitäten von den Beamten ab – ob Dokumente durch Fingerabdrücke von Häftlingen unterzeichnet werden mussten oder Gerichtsverhandlungen und Urteile verkündet wurden. Die Hoffnung stirbt zuletzt und ich würde lügen, wenn ich abstreiten würde, dass ich nicht tagtäglich auf eine Nachricht wartete.

Zu dieser Zeit wurde ich erneut herausgerufen und diesmal erwartete mich der Dolmetscher. Er war freundlich und erzählte mir, dass seitens des Staatsanwaltes die Beweislage eindeutig war. Er werde schon bald mit dem chinesischen Anwalt herkommen.

Nachdem ich einige Formalitäten mit dem Fingerabdruck kennzeichnete, stellte ich wie üblich diese eine Frage nach einer Zigarette, da wir alleine in einem Raum waren. Freundlicherweise organisierte er mir daraufhin eine. Dabei fragte ich ihn, ob er mir behilflich sein könne, die Zelle zu tauschen, da die Zustände in dem Raum unerträglich wurden. Er meinte, er sei nur ein Dolmetscher, aber er werde mein Anliegen den Beamten vortragen.

Mit mir in der Zelle schliefen überwiegend Chinesen, die wegen Diebstahl, Betrug, Glücksspiele, Schlägerei, Drogenbesitz, Zuhälterei, Mord oder wegen Schulden einsaßen. Ein Häftling, mit dem Spitznamen „Adu", der übrigens der Clown der Zelle war, nicht nur weil sich jeder über ihn lustig machte, sondern weil er ein wenig geistig behindert war, hatte einen ähnlichen Fall wie ich. Er bekam acht Monate für ein geklautes Handy.

Daraufhin ging ich zum Boss und sagte: „Er hat acht Monate Haftstrafe für ein einziges Handy bekommen. Welche Haftstrafe wird auf mich zukommen?"

„Mach dir keine Sorgen. Du hast einen deutschen Pass. Ich denke, in drei Monaten bist du wieder zu Hause. Wenn du Glück hast, kommst du sogar in das internationale Gefängnis." Er erzählte mir dieselben Details wie bereits der Botschafter. „Manchmal gibt es sogar Burger!", fügte er hinzu. „Ich weiß das alles, da ich schon einmal dort war. Ich habe einen australischen Pass. Wegen Schlägerei wurde ich zu vier Jahren verurteilt. Ich muss sagen, dass ich jemanden bei einer Schlägerei die Schädeldecke zertrümmert habe. Hätte ich einen chinesischen Pass gehabt, müsste ich wohl die doppelte Zeit absitzen. Allen Ernstes wundere ich mich langsam, dass in deinem Fall nichts passiert und du immer noch hier bist. Damals bei meiner ersten Verhaftung war ich keine zwei Monate hier und wurde gleich ins internationale Gefängnis verlegt. Wenn ich die Wahl hätte zu tauschen, wäre ich hier keine fünf Minuten länger geblieben."

Es war, warum auch immer, offiziell verboten, durch die Gittertür hinauszuschauen. Dennoch tat ich es ab und an. Tagsüber wurden immer wieder Häftlinge von den Wärtern aus verschiedenen Zellen hinein- und herausgeholt. Vom Dreißig-Quadratmeter-Raum aus sah ich öfters ein Flugzeug über uns fliegen. Oh Gott, wie ich mich auf den Rückflug freute. Halte noch etwas durch, sagte ich mir immer wieder.

Als ich ein paar Tage später mit unserem zuständigen Beamten und dem Boss sprach, dass ich gerne die Zelle wechseln möchte, bekam ich dieselbe Antwort zu hören, wie vor ein paar Monaten, dass es nichts bringe, da alle Zellen mit Chinesen besetzt seien. Er möchte bitte die deutsche Botschaft anrufen, bat ich den Beamten und reichte ihm die Visitenkarte hin, da ich Geld zum Einkaufen brauchte. Der Beamte versprach mir, jemanden zu beauftragen, um dort anzurufen und weiter erzählte er, den jungen Häftlingen Bescheid zu geben, die für die Essensausgabe zuständig waren, mir eine extra große Portion Essen zu geben.

Von der Nachbarzelle sprach mich dann genau in diesem Moment ein Häftling auf Englisch an und wollte wissen, aus welchem Land ich sei.

„Aus Deutschland, jedoch habe ich türkische Wurzeln, und du?"

„Aus Argentinien!", antwortete er mir. Der Grund seiner Inhaftierung war eine Prügelei.

Eine Woche später kam mich der Dolmetscher erneut

besuchen. Ich sollte Formalitäten unterschreiben und vor allem hatte er Bescheid vom Staatsanwalt, dass ich definitiv weniger als ein Jahr absitzen müsse. Dies war kein Grund zur Freude, denn ich wusste immer noch nicht offiziell, wann genau ich wieder entlassen werden würde.

Er hatte sein Handy mit hereingeschmuggelt und offensichtlich seiner Frau von mir erzählt, die mich anscheinend sehen wollte. Daher fragte er mich bei dieser Gelegenheit, weil wir erneut alleine waren, ob er mich mit seinem Handy fotografieren dürfe. Ich dachte mir nichts dabei und er schoss ein Foto.

„In einer Woche, an einem Donnerstag, komme ich mit dem Anwalt her." So verabschiedeten wir uns wieder.

Den unterschriebenen Zettel vom Staatsanwalt zeigte ich dem Boss. Er sagte, als er die Durchschrift durchgelesen hatte, dass ich mir von nun an keinen Kopf mehr zu machen brauchte. „Du wirst sicherlich bald verlegt werden!", versuchte der Boss mich erneut zu trösten. Zugegeben, etwas beruhigter als zuvor war ich schon.

Ich erinnere mich an meinen Cousin, der in der Türkei lebt. Im Gegensatz zu mir bekam er zwei Jahre Haft. Neben seiner Ehefrau hatte er eine Geliebte, die ebenfalls verheiratet war. Der heimliche Kontakt ging über ein Jahr. Als die verbotene Affäre auffiel, brach er den Kontakt zu ihr ab. Als er hörte, dass sie kurze Zeit später einen anderen Lover hatte, stach er diesen Mann im Streit in den Brustbereich – er wurde gerettet. Schmerzensgeld, Anwalts- sowie Gerichtskosten waren die Folge.

Mittlerweile hatte ich zwei Tagebücher vollgeschrieben und die wollte ich mitnehmen. „Es darf nichts mit rein- und rausgenommen werden", sagte der Boss, „daher bleibt dir wohl nichts anderes übrig, als sie selber wieder zu vernichten." Ich muss zugeben, dass mir das zu Herzen ging. Aber nun wusste ich ja, dank dem Dolmetscher, wann ich das nächste Mal Besuch erhalten und herausgerufen werden würde. Daher nahm ich mir vor, die Bücher in den Boxershorts zu verstecken, heimlich dem Dolmetscher zu übergeben, damit er diese per Post zu meiner Freundin schickt.

Ohne besondere Vorfälle verlief die weitere Woche. Nach dem Wachwerden begab ich mich entweder mit den Bossen und den Arbeitern in den Dreißig-Quadratmeter-Raum, wo ich Dehnübungen machte oder aber freiwillig laufen ging.

Mein Nebengeschäft funktionierte schon lange nicht mehr, weil ich allzu oft im Brennpunkt stand.

„Was hast du mit dem laut schnarchenden Häftling nur gemacht?", lächelte der Boss.

„Wieso?", fragte ich.

„Er kommt nahezu täglich zu mir an und berichtet mir alles Mögliche, natürlich Negatives, über dich. Jeden Tag mit einer anderen Version!"

„Es juckt mich nicht", sagte ich nur, „so bleibe ich

wenigstens interessant."

Auch die gegenseitigen Massagen wurden seltener, jedoch war da einer, mit dem ich Karten spielte, und der Verlierer massierte dem anderen sieben Minuten lang den Rücken.

Durch die Beihilfe von dem Beamten bekam ich mehr Reis, diesen teilte ich aber mit anderen, da ohnehin das Essen zu trocken war ohne Soße.

Ein Häftling hatte eines Tages Beinschmerzen. Er nahm meinen Platz ein, daher sollte ich nun im Schneidersitz wie die anderen auf dem Podest Platz einnehmen. Hinterher waren die Schmerzen in den Gelenken sehr heftig. Alle Häftlinge, die täglich stundenlang im Schneidersitz saßen, bekamen an den Füssen dunkelrote Flecken. Meine Gebete jedenfalls blieben nicht unerhört. Der liebe Gott gab mir Tag für Tag die nötige Kraft, um weiterzumachen. 12.000 Kilometer entfernt von der Heimat sollte ich erstmalig im Leben die Gelegenheit bekommen, die engste Verbindung zum Herrn zu erhalten.

Eines Abends brach plötzlich bei dem Todeskandidaten Panik aus. Er drehte völlig durch, schrie laut und hämmerte gegen die Gittertür. Sonst war er immer sehr passiv gewesen, sprach so gut wie nie und fiel gar nicht auf. Drei Häftlinge wollten ihn noch zurückhalten und im ersten Moment hatte es den Anschein, eine höhere Macht habe von ihm Besitz ergriffen. Ich glaube, er wollte nur noch raus und das auf der Stelle.

Über die Gegensprechanlage versuchte ein Beamter,

beruhigend auf ihn einzureden. Nach wenigen Minuten kamen dann auch schon vier Beamte an unsere Gittertür gelaufen und versuchten den Todeskandidaten erneut zu beruhigen. Statt sich zu entspannen, wurde der Häftling von Minute zu Minute aggressiver. Nun forderten die Beamten den Boss und seine Arbeiter auf, ihn festzuhalten. Sie gehorchten und mit sechs Mann schafften sie es, den Häftling festzuhalten, sodass er bewegungsunfähig war und kurz darauf abgeführt werden konnte. Sein lautes Schreien war in dieser Nacht noch lange zu hören.

In der Nacht kam er nicht in unsere Zelle zurück und auch nicht in den nächsten zwei Tagen. Erst am dritten Tag staunten wir, als er tatsächlich mit schweren Ketten gefesselt zurückgebracht wurde. Überall waren blaue und rote Flecken an seinem Körper. Die Ketten an den Händen und Füssen wurden ihm abgenommen, ehe er erneut in unsere Zelle gesperrt wurde. Man hatte ihn erst zusammengeschlagen, dann für drei Tage in eine Hock- beziehungsweise Stehzelle eingesperrt und anschließend hungern lassen. Der Käfig sei viel zu niedrig gewesen. Die Dimensionen sind so bemessen, dass der Häftling weder aufrecht stehen noch liegen konnte. Außerdem war er mit Handschellen an die Gitterstangen gekettet. Die Schmerzen, erzählte er, die schon nach kurzer Zeit durch die unnatürliche Haltung entstünden, seien so unerträglich, dass Durst, Schlafmangel und Hunger völlig in den Hintergrund traten. Er tat mir echt leid. Man habe ihn alle zwölf Stunden nur etwas zum Trinken gegeben, aber nichts zu essen. Sofort bekam er eine Suppe von einem Mitinsassen, die er gierig verschlang.

Endlich kam der langersehnte Tag und nach dem Mittagsschlaf, als die Schneidersitz-Zeit begann und ich die beiden Bücher in meine Boxer Short versteckt hatte, wurde ich von einem Beamten herausgerufen. Ich nahm das Risiko auf mich, dass man mich erwischen könnte. In der Zwischenzeit hatte ich weitergedacht, und zwar, dass der Dolmetscher das einzig existierende Bild von mir meiner Freundin per E-Mail schicken könnte. Daher schrieb ich ihre E-Mail-Adresse in das Tagebuch.

Wir marschierten zum Hofausgang, mein Herzklopfen war nicht zu überhören. Mir wurden Handschellen angelegt und danach erst wurde ich zu den Besucherräumen geführt. Als ich den Raum betrat, sah ich den Dolmetscher und den älteren Anwalt. Außer uns war niemand Weiteres im Raum. Nachdem der Dolmetscher mir den Sachverhalt übersetzt hatte und das Vorgehen bei meiner Gerichtsverhandlung erklärte, fasste ich mir Mut und erzählte ihm, was ich vorhatte.

Er war strikt gegen mein Vorhaben. „Lieber nicht, mein Freund", sagte er mit aufgebrachter Stimme, „ich möchte nicht auch noch verhaftet werden. Es ist einfach viel zu riskant. Bei meinem letzten Besuch war es schon gefährlich, mein Handy hier hereinzuschmuggeln."

Meine Hoffnungen erloschen in diesem Moment und prompt fiel mir das Foto ein und ich sprach ihn darauf an. Er überlegte kurz, weihte den Dolmetscher ein, der wohl so was wie „Ich habe nichts gesehen" antwortete, gab mir Stift und Zettel und somit schrieb ich ihre E-Mail-Adresse auf und gab ihm den Zettel. Alles hätte perfekt ablaufen können. Und jetzt kam es; ich wollte ganz sichergehen, dass ihre aufgeschriebene E-Mail-Adresse stimmte. Ich forderte von ihm den Zettel zurück, welchen er bereits in die Hosentasche gesteckt hatte, sodass ich auch meine E-Mail-Adresse aufschreiben konnte. Blitzschnell gab er mir den Zettel zurück, ich schrieb meine E-Mail-Adresse ebenfalls auf und gab ihm den Zettel erneut. Blöderweise wurden wir genau in diesem Moment von der Beamtin gesehen, die vor der offenen Tür stand. Daraufhin versuchte es der Dolmetscher mit Ausreden und musste den Zettel bei der Beamtin abgeben. Es war wie ein Eigentor und ich war niedergeschlagen.

„Hättest du mal den Zettel, welcher bereits in meiner Hosentasche war, nicht zurückgefordert", sagte der Dolmetscher.

Nun war es so oder so zu spät gewesen und das Gespräch war auch schon vorbei. Wir verabschiedeten uns und ich lief mit den beiden Tagebüchern in meinen Boxershorts zurück in die Zelle, ohne dass dies bemerkt wurde.

Ab November bekamen wir Winterklamotten. Je zwei alte Pullis und zwei lange Jogginghosen, die zuletzt im letzten Winter von den Häftlingen mit der Hand gewaschen wurden. Die Sommerkleidung hingegen mussten wir abgeben. Auch unausstehlich stinkende Decken kamen hinzu, die wahrscheinlich zwanzig Jahre alt waren. Der Staub, der sich im Raum bildete, war unerträglich. Es war der blanke Horror für mich und meine Nerven waren kurz vor dem Explodieren. Ich hatte ohnehin schon immer eine Abneigung gegen Staub, aber dieser Staub, der von circa sechzig stinkenden und dreckigen Decken verursacht wurde, dazu noch von den Winterklamotten, schnürte mir förmlich die Atemwege zu. Wo war ich hier nur gelandet? Bitte Gott, hilf mir.

Die besten Stücke krallten sich zuerst einmal die Bosse und dann die Arbeiter. Erst dann waren wir dran. Es dauerte einen halben Tag, bis der Staub sich gelegt hatte.

Alle paar Tage mussten wir unsere Klamotten mit Seife und Bürste waschen, natürlich mit eiskaltem Wasser. Daher wurde die Wäsche auch nie wirklich sauber.

Da das Wetter immer kälter wurde, konnte permanent kalte Luft in unsere Zelle ein- und ausströmen und ab sofort waren wir Minusgraden ausgesetzt. Besonders ab Dezember wurde es unerträglich. Jedem stand eine Decke zu und je zwei Mann teilten sich zusätzlich eine Decke, worauf sie schlafen konnten. Ich allein dagegen hatte nur eine Decke und musste weiterhin auf dem harten Holzpodest schlafen, außer ich benutze meinen zweiten, dünnen Pullover und legte diesen unter meinen Rücken. Aus der zweiten Ersatzhose bastelte ich mir ein Kissen.

Neben mir schlief ein junger Chinese, der ungewöhnlich dunkle Hautfarbe hatte. Er war ein Taschendieb und hatte mehrere Frauen auf den Straßen beklaut.

Drei Jahre musste er absitzen. Dieser versuchte mich immer mit den Worten zu ärgern, dass ihm immer so heiß sei, als er zugedeckt war. Tatsächlich wurde ich nachts durch die Kälte oft wach, trotz der Decke, die widerlich stank.

Gleich morgens, als wir geweckt wurden, versuchte ich, den neuen Staub zu ignorieren, wenn dieser im Fünfzig-Quadratmeter-Raum durch das Laufen aufgewirbelt wurde. Vorher wurde behutsam jede Decke zusammengelegt und in den Fächern verstaut. Trotzdem hatte ich das Gefühl, dass Staub für Chinesen gar nicht existierte. Tagsüber musste man im Stehen traben, um den Körper aufzuheizen, oder man zitterte die ganze Zeit über vor Kälte. Halte durch, bewahre Ruhe und schone deine Nerven. Bald hast du es geschafft!, feuerte ich mich selber an.

Weil ich abends keine Suppen mehr vom Boss bekam, stellte ich fest, dass ich körperlich immer schwächer wurde. Nun kam noch der kalte Winter dazu, einfach nur Wahnsinn. Immer wieder heuerten einige den dicken „Adu" an, der ohnehin bei allen beliebt war und immer zu trinken und zu essen bekam, mich vom Dreißig-Quadratmeter-Raum aus zu ärgern, wie er das Resteessen aß. Er schaute mich mit vollgestopften Backen an und die anderen ergötzten sich daran. Was für ein Kindergarten, dachte ich mir.

Am nächsten Tag, ich war mit Sally am Spielen, erzählte

der mir von einer Geschäftsidee. „Wie meinst du das genau?", wollte ich wissen. Er sei schon über zehn Jahre selbstständig gewesen und handelte mit Laptops, die billig in China produziert wurden. Er kaufte diese in größeren Mengen ein und verkaufte sie weltweit übers Internet teurer weiter. Der Grund, weshalb er bereits seit eineinhalb Jahren hier in Untersuchungshaft steckte, war, weil er anfangs in den ersten Jahren keine gute Qualität verkaufte, sodass sich Neukunden ständig beschwerten. Aus seinen Fehlern habe er allerdings gelernt und nach der Welle von Beschwerden, Laptops mit guter Qualität verkauft.

Die Fehler aus der Vergangenheit holten ihn aber schnell ein und wurden ihm zum Verhängnis, sodass er festgenommen wurde. Zwar stehe bis heute kein Urteil, doch dank seinem Anwalt, der ihn einmal im Monat besuchte und ihm Informationen über sein laufendes Geschäft und seiner Familie gab, wisse er, dass das Ganze nicht mehr allzu lange dauern würde, sodass er bald schon wieder auf freiem Fuß sei. Seine Frau leite das Geschäft seitdem weiter, zusammen mit seinen vierzig Mitarbeitern. Dass er Vater geworden sei und bereits einen Sohn hätte, den er noch nie gesehen hatte, das hat er auch nur über seinen Anwalt erfahren.

Zwei Großkunden aus Deutschland, die regelmäßig Laptops in großen Mengen von ihm abkauften, habe er ebenfalls und die Nachfrage sei sehr groß. „Schon bald wirst auch du wieder zu Hause sein. Lass uns gegenseitig unsere E-Mail-Adressen austauschen und diese auswendig lernen, und sobald einer von uns wieder draußen ist, schreibt der eine dem anderen eine Nachricht."

„Wie geht's dann weiter", fragte ich neugierig.

„Ganz einfach", antwortete er.

Plötzlich wurde unsere Zellentür aufgemacht und der Beamte kam mit einem weiteren Häftling von etwa dreißig Jahren in unsere Zelle. Dieser war nicht nur an den Händen und Füssen mit Ketten gefesselt, sondern auch um den Bauch herum. Er hatte sich offensichtlich geprügelt, war in eine Schlägerei verwickelt gewesen. Jedenfalls konnte man die blauen und roten Flecke in seinem Gesicht eindeutig erkennen. Er humpelte etwas, statt in aufrechter Haltung zu gehen.

Nun redete der Beamte ziemlich laut, in Kasernenhofmanier, etwas auf Chinesisch, was ich nicht verstehen konnte, und führte den Häftling ganz hinten links auf das Podest, wo eigentlich mein Schlafplatz war. Am Podest befanden sich am äußeren Ende Metallhaken, woran der Häftling mit einem Schloss angekettet wurde, sodass er sich nicht mehr frei bewegen konnte. Daraufhin verließ der Beamte erneut den Raum.

Ich fragte Sally, was los sei und warum der Häftling angekettet war. „Ich hab keine Ahnung", entgegnete er etwas ängstlich. „Vielleicht hat er jemanden umgebracht. Jedenfalls soll niemand mit ihm reden", fügte er noch hinzu.

Wir brachen das Spiel sowie das Gespräch erst einmal ab, da Essenzeit war.

Der Neuankömmling war sichtlich angeschlagen und schien unter Schmerzen zu leiden. Trotzdem wurde er von jedem ignoriert. Als wir uns alle im kleineren Raum befanden, sah ich, dass er das Essen ablehnte. Ich bekam mal wieder eine kleine Portion und die Hoffnung auf etwas Salat zum Reis erfüllte sich leider nicht.

Wenig später, als wir auf dem Podest hin- und hermarschierten, kam der Boss zu mir und bestimmte, dass der Neue auf meinem Schlafplatz schlafen müsse. „Dies wurde vorhin von dem Beamten angeordnet und ich soll es an dich weiterleiten. Du wirst neben ihm schlafen müssen", fügte er hinzu.

Ganz toll, dachte ich mir, nun muss ich jede Nacht neben der Schnarcherei, dem Hungergefühl und bei eisiger Kälte rund um die Uhr auch noch in Angst schlafen.

Das Podest war so klein, dass kaum alle gleichzeitig Platz fanden. Neben dem Neuankömmling war aber plötzlich jede Menge Platz vorhanden. Vermutlich, weil sich Angst unter den Häftlingen verbreitete.

Später wollte ich es wissen, setzte mich in seine Nähe und schrieb in meinem Tagebuch. Zwar hatte ich dabei ein mulmiges Gefühl, doch keine Angst. Natürlich beobachtete ich ihn aus dem Augenwinkel. Irgendwann versuchte ich, Augenkontakt zu ihm aufzunehmen, und er ging darauf ein. Diese Augen konnten nicht von einem Mörder sein, redete ich mir ein, dennoch ist Vorsicht geboten.

Zwar hatte ich bisher noch nie in die Augen eines Mörders geschaut, doch in die Augen eines angehenden Mörders schon. Das war etwa vor fünfzehn Jahren, als ich mich in der Türkei im Urlaub befand und mit dem

Bus von Antalya nach Ankara unterwegs war. Neben mir saß ein älterer Mann und wir unterhielten uns ganz normal über mehrere Stunden. Ich war auf dem Weg zu meiner Familie und er hatte vor, seine Frau aufzuspüren, die von ihm abgehauen und mit einem anderen Mann durchgebrannt war. „Sobald ich sie finde, werde ich Ehrenmord begehen und sie auf der Stelle umbringen", meinte er mit einer ganz normalen Stimme, was unglaubwürdig bei mir rüberkam. Auch damals wusste ich nicht, wie ich darauf reagieren sollte.

Zu der Zeit konnte ich nicht erahnen, ob er sein Vorhaben wirklich durchgezogen und vollendet hatte oder nicht. Monate später, als ich wieder in Deutschland war und abends im türkischen Fernsehen die Nachrichten sah, traute ich meinen Augen nicht. Ich sah genau diesen Mann. Mit ihm wurde ein Interview geführt und als er abgeführt wurde, beantwortete er die Frage des Reporters, warum er seine Frau umgebracht hatte. „Weil sie mit einem anderen Mann durchgebrannt ist und ich meine Ehre retten musste", antwortete er gelassen. Eine Gänsehaut überfiel mich.

Ich ging zu Sally und wollte, dass er mir seine Geschäftsidee weiter erklärt. „Es ist eine ganz simple Sache. Hier in diesem Land sind die Arbeitskosten sehr niedrig. China ist das Paradies für Produzenten von Elektronik. Ein normaler Fabrikarbeiter bekommt rund 350 Euro im Monat. Verstehst du nun, worauf ich hinauswill? Von mir gibt es für wenig Geld die Ware, und du kümmerst dich um Kunden. Zum doppelten Preis kannst du die Ware locker anbieten. Du kannst dir sicher sein, dass die Laptops von mir einwandfrei sind. Um dich zu überzeugen, dass die Qualität gut ist, werde ich dir einen kostenlos zu schicken. Ob du zu den Firmen selbst hingehst oder Kunden im Internet akquirierst, überlasse ich dir. Jetzt kommt die Dreiecks-Formel: Sobald du einen Kunden gefunden hast, lässt du dir das Geld überweisen, danach bekommt der Kunde von dir eine Empfangsbestätigung mit der Zusicherung, dass er die Ware binnen fünf Werktagen per Post erhalten wird. Die Ware bekommt er von mir, und meinen Anteil, der pro Laptop immer gleich bleibt, überweist du mir dann separat auf mein Konto."

„Was ist, wenn der Kunde mit der Ware unzufrieden ist und reklamiert?", hakte ich nach.

„Den Versand mache ich selbst. Auf jeder Verpackung ist meine Firmenadresse auf Englisch zu sehen. Entweder schicken sie die Ware direkt zu mir oder eben zu dir.

Dann versende ich als Ersatz neue Ware. Doch dieser Schritt kommt selten vor", versuchte er mich zu beruhigen.

Die Idee war sicher nicht schlecht und ich könnte sie umsetzen, sobald ich auf freiem Fuß wäre. Doch im Moment war ich durcheinander, sorgte mich wegen meines neuen Schlafpartners. Denn ich war ihm schutzlos ausgeliefert, auch wenn nachts nie die Lichter ausgeschaltet und wir immer über Kameras beobachtet wurden. Alles verlief zum Glück ganz normal, dennoch achtete ich darauf, dass ich ihm nicht zu nahekam. „Gute Nacht", wünschte ich ihm auf Englisch und er tat dasselbe.

Am nächsten Tag ging ich einen Schritt weiter und suchte das Gespräch zu ihm. Zu meiner Überraschung konnte er ein wenig Englisch. Spontan spielten wir Karten zusammen. Der Boss untersagte es kurze Zeit später, was ich lächerlich fand. Jedenfalls war ich der Einzige, der ihn für voll nahm.

Plötzlich stand ein Beamter mit zwei jungen Häftlingen vor unserer Zellentür und sprach etwas auf Chinesisch. Genau in diesem Moment sprangen alle auf und stellten sich hintereinander auf den Fliesenboden. Natürlich wusste ich nicht, was los war. Nun marschierten wir in den Nebenraum und hinter uns wurde die Tür zum Dreißig-Quadratmeter-Raum abgeschlossen. Wir alle mussten in die Hocke gehen.

Die jungen Häftlinge fingen an, die Fächer unter dem Podest leer zu räumen. Sie schmissen die ganzen zusammengerollten Decken, Spiele, Bücher und alles, was sie sonst fanden, auf das Podest. Man wollte sichergehen, dass niemand Drogen versteckt hatte. Auch das Klo wurde akribisch untersucht. Als sie fertig waren, hinterließen sie einen Sauhaufen und gingen wieder raus.

Wir mussten danach in den Aufenthaltsraum zurück. Hinter uns wurde dann erneut die Tür verriegelt, um auch dort nach illegalen Gegenständen zu suchen. Die ganzen an der Wand aufgestapelten Nudeltüten wurden auf den Boden geschmissen, schließlich konnte es sich um ein Versteck handeln. Jede Ecke und jeder Winkel wurden durchleuchtet und durchsucht, auch der Wasserbehälter, wo Getränke waren. Nachdem sie nichts fanden, verließen sie nach etwa zehn Minuten unsere Zelle.

Der Innenhof war ringsherum mit Hecken und Sträuchern bepflanzt. Hin und wieder waren von dort laute Schreie hörbar. Gelegentlich konnte man im Innenhof sowohl männliche als auch weibliche Häftlinge, die in Ketten gelegt waren, in Begleitung von einem Beamten dabei beobachten, wie sie sich mit kleinen Schritten fortbewegten.

Einige Tage später bekam ich dann erneut Besuch von der deutschen Botschaft. Der chinesische Dolmetscher war wieder dabei, als ich in Handschellen vorgeführt wurde. Zu meiner Überraschung fand das Gespräch in einem Büro statt, wo sonst nur die Beamten arbeiteten. Er und der Dolmetscher hatten über eine Stunde bei dieser Kälte vor geschlossenen Türen gestanden, daher fand das Treffen in diesem Büro statt.

Der Botschafter entschuldigte sich sofort bei mir, dass er mir kein Geld überweisen konnte, weil angeblich die Kasse geschlossen war. Heute allerdings würde er mir definitiv Geld einzahlen, versprach er. Nun wollte er von mir wissen, wie die Zustände hier seien, wie das Miteinander mit anderen Häftlingen war und ob es auch mal zu Streit komme.

Es gab nichts schönzureden, daher schwieg ich zuerst. „Ich bin über mich erstaunt, woher ich diese Kraft nehme und wie ich das Ganze nervlich aushalte", ließ ich ihn wissen.

„Versorgen euch die Beamten wenigstens mit warmen Sachen?", fragte er weiter.

„Schauen Sie mich doch einfach an", antwortete ich. „Die Sommer-Kollektion mussten wir abgeben, die wurde gegen zwei dünne Pullis und zwei Jogginghosen ausgetauscht. Auf meinem zweiten Pullover schlafe ich nachts, weil das Podest, worauf ich schlafe, nicht nur hart ist, sondern auch kalt. Aus meiner zweiten Jogginghose bastelte ich mir ein Kissen. Bei Minusgraden bläst nach wie vor rund um die Uhr eiskalte Zugluft in unsere Zelle."

„Ich werde Ihnen beim nächsten Mal eine Jacke mitbringen. Wann das allerdings sein wird, können wir nicht genau sagen, da wir viele Termine haben", meinte er.

Nun fing der chinesische Dolmetscher zu reden an und teilte mit, dass er bei seinem letzten Besuch mit dem chinesischen Anwalt bereits hier gewesen war. Er fügte noch hinzu, dass ich vor kurzer Zeit von der Staatsanwaltschaft ein Schreiben erhalten habe, woraus hervorgeht, dass ich definitiv unter einem Jahr Haftstrafe bekomme. „Dies werde ich so schnell wie möglich weiterleiten, sodass Ihre Angehörigen Kenntnis davon nehmen können."

Wieder einmal wurde ich stutzig und hakte nach. Ich wollte wissen, ob er die Information, dass ich maximal nach zehn Monaten entlassen werde, nicht längst weitergeleitet habe.

„Seitens der chinesischen Behörde kam nichts Offizielles, und weil wir nichts schwarz auf weiß hatten, konnten wir auch nichts weiterleiten!"

Na ganz toll, dachte ich. Nun wollte ich wissen, wann ich endlich den Knast wechseln werde. Doch leider bekam ich keine Antwort, er zuckte nur mit den Schultern. „Haben Sie Neuigkeiten von meiner Familie, meiner Freundin?", fragte ich weiter.

„Ihre Eltern befinden sich noch immer in der Türkei und Ihre Freundin arbeitet am Tag über vierzehn Stunden täglich, da sie mittlerweile zwei Jobs hat."

Als was sie arbeite, wisse er nicht. Somit war das Gespräch auch schon wieder zu Ende und wir verabschiedeten uns. Die Fragezeichen vermehrten sich nun bei mir und ich hoffte, dass meine Freundin nicht erneut in einer Spielhalle arbeiten würde.

Als dann tatsächlich der Zettel kam, dass man einen Betrag von umgerechnet sechzig Euro auf meine Geldkarte eingezahlt hatte, war ich heilfroh. Zuerst dachte ich daran, dem Boss alles zurückzugeben, was er mir bisher ausgegeben hatte. Erstmalig konnte ich nach sechzehn Wochen auch eine Bestellung aufgeben, allerdings bekam ich die Bestellung erst zehn Tage später.

„Wir sind hier nicht im Supermarkt", sagte der Boss aufgebracht, „wo du eine Cola, zwei Brote und drei Äpfel kaufen kannst."

Jedenfalls bestellte ich mir sechzig Cola, sechzig Suppen und sechzig Fertig-Kaffee-Tüten, dazu eine große Packung Schokokekse. Der Boss klärte mich weiterhin auf, dass ich, wie jeder andere auch, umgerechnet fünf Euro in die Gemeinschaftskasse einzahlen müsse, wegen den Unkosten für die Hygiene-Artikel und Spülmittel. Später einigten wir uns, dass er jeweils die Hälfte von der Cola und den Suppen von mir bekommen wird.

Es war ein schönes Gefühl, nach einem so langen Zeitraum, selber Lebensmittel zu besitzen. Vor allem freute ich mich auf den Kaffee. Leider wusste ich, dass die Lebensmittel nur eine kurze Zeit reichen würden. Nach einiger Zeit erfuhr ich, dass meinem Bettnachbarn ebenfalls die Todesstrafe drohte, weil er mit Kokain gedealt hatte. Er sei vor einer Woche verhaftet worden, kam in eine Zelle und fünf Häftlinge seien grundlos auf ihn losgegangen. Drogenhandel ist in China bei schweren Fällen unter Todesstrafe gestellt. Sie kann ab einem Besitz von fünfzig Gramm Rauschgift verhängt werden. Somit standen seine Chancen zu überleben, eher schlecht, weil er mit neunzig Gramm erwischt wurde. Von Tag zu Tag erholte er sich von den Schmerzen und ich hatte das Gefühl, dass er noch nicht aufgegeben hatte.

Genau zu dieser Zeit bekamen wir durch den chinesischen „Volkssender" mit, dass der Sohn von Jackie Chan ebenfalls wegen Konsum und Besitz von Drogen festgenommen worden sei. Ein Drogentest sei positiv ausgefallen und er habe den Konsum von Rauschgift gestanden. Zudem seien einhundert Gramm Marihuana in seiner Wohnung gefunden worden. Dem Sohn drohe nun Gefängnis – im schlimmsten Fall sogar die Todesstrafe. Ob der einzige Sohn von dem Star ungeschoren davon kommt, gilt als unwahrscheinlich. In den vergangenen zwei Monaten wurden allein in Peking über 7.800 Menschen wegen Drogendelikten festgenommen.

Mein Bettnachbar tat mir leid, weil er im selben Alter wie ich war und das Leben eigentlich vor sich hatte. Keine Ahnung wie lange man ihn noch eingesperrt lassen würde, bis er die Todesspritze bekommen würde.

Gegen Abend fragte mich der neue Häftling, ob ich ihm eine Suppe geben könnte. Schließlich hatte man mit mir auch geteilt, also gab ich ihm etwas, ohne lange zu überlegen. Auch am Folgetag fragte er mich und ich gab ihm erneut eine Suppe. Am dritten Tag allerdings, als er mich wieder um eine weitere Suppe fragte, antwortete ich, dass ich nur noch wenige Suppen und Getränke habe und leider kein Geld mehr auf meiner Karte wäre. „Kein Problem", sagte er, ihm werden demnächst Gelder auf seine Karte eingezahlt, dann werde er sich revanchieren. Also gut, entschied ich mich, und gab ihm eine weitere Suppe.

Vor dem Mittagsschlaf genoss ich meinen Kaffee, weil wir zu der Zeit mit heißem Wasser versorgt wurden.

Die Temperaturen gingen immer weiter nach unten und so kam es, dass ich immer öfters nachts wach wurde und trotz der Decke fror. Zwar zog ich mittlerweile auch einen weiteren Pullover an, aber es brachte nicht wirklich viel. Umso härter fühlte sich das Podest an, weil der Pullover unter meinem Rücken fehlte. Darum brauchte ich unbedingt einen weiteren Pullover. Mein Bettnachbar gab mir zwar eine Art Stirnband, das er selber hergestellt hatte, doch dies half nicht gegen die Kälte. Ich legte das Tagebuch über meine Augen, sodass ich wenigstens durch die grellen Lichter nicht geblendet werden konnte.

Eines Nachts, als ich schlief, hatte ich einen Traum, der mir allerdings ziemlich real vorkam. Ich träumte, dass ich für kleine Jungs musste und tatsächlich ließ ich alles raus und urinierte unter meiner Decke. Das kann doch nicht wahr sein, dachte ich und wurde im selben Moment wach. Es war Mitternacht, die Zeit, wo andere dabei waren Wache zu halten. Ich beugte mich hoch und versuchte unbemerkt die Decke zu wedeln, in der Hoffnung, dass der Fleck schneller trocknete. Natürlich wurde ich dabei gesehen und irritiert angeguckt. Die Stelle blieb nass, was mich anekelte. Aber was sollte ich nun machen, in dieser peinlichen Situation, die mir zum ersten Mal im Leben passierte? Widerwillig musste ich kurze Zeit später weiterschlafen, mit den Gedanken und Hoffnungen im Kopf, dass dies am frühen Morgen unbemerkt blieb.

Später, als wir dann alle geweckt wurden, waren alle dabei, ihre Decken penibel genau zusammenzulegen. Mein Bettnachbar war es schließlich, der den dunklen, immer noch feuchten Fleck auf meiner Decke bemerkte und teilte dies sofort mit lauten Worten an die Bosse weiter. Mann, war das peinlich. Der Boss kam zu mir, fragte mich, ob das ein Ausrutscher gewesen ist, was ich ihm bestätigte. Jedenfalls stand ich dazu.

„Du wirst allerdings die Decke behalten müssen", meinte er.

Irgendwie schaffte ich es jedoch, dass ich die Decke von „Adu" mit meiner austauschen konnte, natürlich ohne sein Wissen.

Einen selber gefertigten Zahnstocher hatte ich im Drei-ßig-Quadratmeter-Raum versteckt, den ich immer benutzte und danach, wenn auch nur kurz, mit Wasser sauber machte. Als die Essenszeit vorbei war und ich den Zahnstocher mal wieder benutzt hatte, waren alle anderen, außer mir und einem Arbeiter, nebenan auf dem Podest.

In Gedanken versunken, streifte ich einen kurzen Moment mit dem Zahnstocher unter dem Wasserhahn, als der Arbeiter gerade damit beschäftigt war, den Eimer mit Trinkwasser zu befüllen. Das sah der Arbeiter und, entsetzt wie er war, teilte er das dem Boss mit. Der Boss verkündete meine Verfehlung lautstark und ich stand im Brennpunkt, sie waren sichtlich zornig auf mich, weil sie für den restlichen Tag kein Trinkwasser mehr hatten. Daraufhin wurde ich mal wieder für mehrere Nächte mit Wachehalten bestraft.

In den Nächten, als ich bei eisiger Kälte Wache halten musste, benutze ich das Spieletuch als Kopftuch, um mich etwas gegen die Kälte zu schützen, da ich am Kopf fror, weil ich ohnehin immer eine Glatze hatte.

Zwar hatte der Boss was dagegen, aber ich sagte, der Beamte habe das erlaubt. Mag sein, dass das (von mir vorher gewaschene) Tuch auf dem Kopf etwas komisch ausgesehen haben muss, aber mir war es egal. Genauso fror ich an den Füssen, wenn ich zwei Stunden stehen musste, um Wache zu halten.

Von dem dritten Boss lag eine Zweithose in unmittelbarer Nähe. Während alle schliefen, benutzte ich die und legte sie unter meine Füße. Später, als ich abgelöst wurde, nahm ich die Hose erst zu meinem Schlafplatz mit und hatte vor, diese auch zum Schlafen zu behalten. Doch ich dachte an die Folgen, falls die Sache auffliegen würde, und schmiss die Hose zurück, was natürlich nicht unentdeckt blieb.

Als wir gegen 6:30 Uhr geweckt wurden, keine zwei Minuten später, da wurde ich von dem dritten Boss namentlich laut angeschrien und zu ihm gerufen, wo alle drei Bosse nebeneinander ihren Schlafplatz hatten. Zum ersten Mal hatte ich echt Angst. Der ganze Trakt beobachtete die Situation stillschweigend.

Bis zu dem Zeitpunkt hatte sich der etwa gleichaltrige, dritte Boss nie lange mit mir abgegeben, vermutlich weil er kein Wort englisch sprach. Ihm wurde übrigens Zuhälterei vorgeworfen. Er habe jedoch nur zwei „Damen" gehabt, die für ihn anschaffen gegangen sind.

Er war sehr wütend, dass ich seine Hose benutzt habe. Der erste Boss griff nun ein und wollte wissen, ob ich die Hose zum Schlafen benutzt hätte.

„Nein habe ich nicht", log ich ihm ins Gesicht und sagte nur, dass ich nicht wusste, dass die Hose ihm gehöre. Daraufhin hätte ich sie genommen und erneut an dieselbe Stelle zurückgeworfen, bevor ich mich hinlegte. Was wäre nur passiert, wenn ich mein Vorhaben durchgezogen hätte, dachte ich.

„So oft wirst du verpfiffen und drehst ein Ding nach dem anderen. Wärst du ein Chinese gewesen, würden die Beamten nicht mal dann eingreifen, wenn wir deine Zähne rausschlagen würden, weil hier die Bosse so gut wie unantastbar sind. Also weißt du für die Zukunft Bescheid!"

Weitere Strafstunden waren die Folge.

Mittlerweile war die neue Anforderung, dass wir nur noch nachts unserem kleinen Geschäft nachgehen durften und nur noch tagsüber unserem großen Geschäft. Nicht mal den menschlichen Bedürfnissen durfte man freien Lauf lassen. Oft spritzte ich heimlich Spülmittel in das Klo, damit sich der Geruch wenigstens ein wenig neutralisieren konnte. Denn auch Spülmittelflaschen wurden in den Fächern aufbewahrt, die gleich neben dem Klo waren. Natürlich waren die Seifenblasen hinterher noch lange zu sehen, auch wenn mehrmals mit Wasser nachgespült wurde. Irgendwann kam raus, dass ich dahintersteckte.

„So eine Flasche kostet umgerechnet drei Euro", sprach der Boss mit gereizter Stimme, „und du spritzt damit verschwenderisch rum. Wenn du das woanders in einem Raum gemacht hättest, hätten vermutlich die Häftlinge keine Gnade mit dir. Es erwarten dich weitere Strafstunden, diesmal allerdings von 1:50 Uhr bis 3:50

Uhr."

Der Beamte gab mir in dieser Zeit Gott sei Dank einen weiteren Pullover.

Bald darauf waren meine Getränke und Lebensmittel aufgebraucht, genau zu dem Zeitpunkt, als mein Bettnachbar seine Bestellung erhielt. Wie heißt es so schön: Eine Hand wäscht die andere, jetzt versorgte er mich mit Lebensmitteln. „Du kannst mir beim Zubereiten der Salate helfen", schlug er vor und ich tat es natürlich. Er schälte Gurken und Zwiebeln, ich dagegen die Knoblauchzehen. Unglücklicherweise geriet mir beim Schälen der Knoblauchzehe mit dem Daumen ein Stück vom Knoblauch unter meinen Fingernagel, eine Entzündung war die Folge. Die Schmerzen wurden von Tag zu Tag schlimmer, aber ich hoffte, dass dies von selbst abheilen würde.

Viele der Häftlinge töteten mich weiterhin mit ihren Blicken, wenn Essenzeit war und sie sehen konnten, dass ich satt wurde. Mein Bettnachbar versorgte mich jedenfalls etwa zwei Wochen lang mit Lebensmitteln.

Besonders freute ich mich darüber, als er mir ein paar neue Socken mitbestellte, die ebenfalls in seiner Einkaufsliste standen, und ich war ihm abermals dankbar dafür.

Mittlerweile hatten wir einen neuen Häftling, der ein Muskelpaket von der Statur war. Wegen einer Massenschlägerei wurde er verhaftet und auch nach sechs Monaten gab es kein Urteil. Die erste Nacht musste er unten auf dem Fliesenboden schlafen und ab dem zweiten Tag neben mir. Meinem anderen Bettnachbarn wurden ein paar Tage zuvor die Ketten abgenommen und nun sollte er fortan unten auf dem Boden schlafen.

„Wir werden immer voller", sagte mir der Boss am Abend. „Jedem stehen nur noch zwei Fliesenbreiten zu, auch dir", sprach er.

„Das ist aber nicht machbar, denn allein meine Schultern sind breiter als zwei Fliesen und seitlich kann ich und will ich nicht schlafen", entgegnete ich entsetzt.

„Also gut, zweieinhalb Fliesenbreiten bekommst du", gab er nach.

Ich war mir sicher, dass dem Muskelprotz eingeredet wurde, er solle mich schön einengen, und als es dann so weit war, lag ich förmlich Schulter an Schulter mit ihm auf dem Boden. Mögliche Versuche, mit ihm zu diskutieren, scheiterten.

Er trainierte jeden Tag und aß täglich viel und vor allem Gekauftes und Gesundes. Später erfuhr ich, warum er verhaftet wurde, nämlich weil er jemanden beinahe zu Tode geprügelt habe. Er saß hier seit sechs Monaten, ohne zu wissen, ob er je wieder entlassen würde.

Ein paar Tage später brachte ich ihm das türkische Kartenspiel „Keriz" (Verarschen) bei, von dem er begeistert war, und wir spielten es täglich unter lautem Gelächter. Gelegentlich massierten wir uns auch mal den Rücken, seine Technik war gar nicht mal so schlecht.

Der Muskelprotz war, ohne zu übertreiben, wie eine

zusammengestellte Zerstörungsmaschine. Er war der erste Straßenfighter, den ich je persönlich kennenlernte. Zum Spaß forderte ich ihn irgendwann auf, mir seine Kampftechniken beizubringen. Schließlich lernt man im Leben nie aus. Zwar war ich sportlich und hatte mit Sport immer was zu tun gehabt, zumal ich in Schulzeiten im Sportunterricht immer zu den Besten gehörte, und so ganz nebenbei über zehn Jahre aktiv in verschiedenen Fußballklubs gespielt habe, doch was Kampfsport betraf, war ich leider unerfahren. Es hatte sich jedenfalls nie ergeben. Schließlich bin ich ja auch kein Schlägertyp. Lediglich eine Handvoll Schlägereien hatte ich, wenn überhaupt, bisher im Leben gehabt, von den Teenagerzeiten mal ganz abgesehen.

Besonders an eine Schlägerei kann ich mich noch ganz gut erinnern: Es war an einem Sonntagmorgen und ich hatte gefeiert. Darum war ich auch nicht nüchtern gewesen. Ich befand mich in Hannover im Zug und wollte nach Hause fahren. Der Zug war ziemlich leer, ich saß alleine auf dem Vierersitz und neben mir war ein junges Pärchen. Weil ich wie so oft hungrig war, hatte ich mir noch schnell zwei Burger sowie eine kalte Cola geholt und war dabei, diese zu verspeisen. Bis sich ein Russe zu mir setzte und mich provokant anstarrte.

Nach kurzer Zeit fing er an zu reden: „Ich habe bessere Schuhe und bessere Klamotten."

„Schön für dich, kauf dir ein Keks obendrauf", antwortete ich patzig.

Dann murmelte er noch irgendetwas Banales. Diesmal gab ich nach und dachte, ignoriere ihn, er ist besoffen. Er hörte jedenfalls nicht auf, mich zu provozieren. Daraufhin warnte ich ihn. Bis er mich auf einmal mit dem Wort „Hurensohn" beschimpfte. Tief geschockt erhob ich mich, überreichte den mittlerweile angebissenen Burger und die Cola den anderen beiden, mit der Bitte, sie möchten das mal bitte kurz halten, und ging wie besessen auf ihn los.

Es war garantiert nicht so, dass ich auf einen sturzbetrunkenen, schwächeren Menschen losgegangen bin. Ganz im Gegenteil. Die Körperstatur war athletischer als meine. Mindestens zehnmal holte ich wie ein Boxer im Ringkampf kräftig aus und jedes Mal traf ich ihn voll ins Gesicht. Erstaunlicherweise fiel er nicht zu Boden und versuchte, sich weiterhin zu wehren. Meine Aggression war immer noch nicht abgeklungen und so nahm ich ihn noch in den Schwitzkasten und klopfte seinen Kopf mehrmals gegen die Wände von dem Zug, sodass es jedes Mal hörbar krachte.

Danach, der Zug war immer noch nicht losgefahren, führte ich ihn im Schwitzkasten aus dem Zug heraus und erinnerte ihn daran, dass er sich nicht mit mir anlegen sollte. Er stand nur regungslos da, hatte etwas Blut im Gesicht und aus Mitleid entschuldigte ich mich noch, ehe der Zug ohne ihn losfuhr. Leider musste ich hinterher einen Gips tragen, denn mein Handgelenk war gebrochen.

Bald darauf verbot der Boss dem Fighter das Spielen mit mir. Wie bereits in der ersten Zelle, hatte mir der Boss auch hier den Rücken zugedreht. Das Lästern vieler Häftlinge geschah vor meinen Augen. Als einziger Ausländer war ich der Außenseiter. Eine Mobbingsituation ist eine Belastung, die sich selbstverständlich auf die Psyche auswirkte. Der Anführer schien für jeden wie ein Gott zu sein, der förmlich alle dazu verleitete, mich zu hassen. Ich fragte mich, wann dieser Wahnsinn endlich zu Ende sei.

An einem dieser Nachmittage brachten mir die minderjährigen Häftlinge ein Schreiben, woraus zu ersehen war, dass mir ein Gerichtstermin zugeteilt wurde – und zwar in genau zwei Tagen. Das Schreiben sollte ich mit meinen Fingerabdrücken unterzeichnen.

Freude überfiel mich. Vielleicht bekomme ich tatsächlich nur sechs Monate, dachte ich und konnte den Termin kaum abwarten.

Erster Gerichtstermin

Der Morgen kam, dann der Nachmittag, und dann verging noch eine weitere Nacht. Das Warten zerrte an den Nerven. Aber andererseits hatte ich nun lange Zeit, mich auf die Gerichtsverhandlung vorzubereiten, um auf alle Fragen, die da kommen mochten, eine vernünftige Antwort zu geben.

In den frühen Morgenstunden, gegen 9:00 Uhr, rief mich der Beamte aus der Zelle. Ich hatte vorher geduscht und mir saubere Wäsche angezogen. Neben mir waren drei weitere Häftlinge, die ebenfalls einen Gerichtstermin hatten.

Bevor wir in den kleinen Transporter stiegen, fesselte man uns mit Handschellen aneinander. Trotz der Handschellen war es auf eine Art schön, das Gefühl einer kleinen Freiheit zu genießen, die Wolkenkratzer und die Menschen auf den Straßen zu sehen. Kaum zu glauben, aber nach fünfzehn Minuten Autofahrt erkannte ich das Viertel wieder, wo wir hingefahren wurden. Nämlich dahin, wo sich mein Hotel und der Arbeitsplatz befanden, und genau hier war auch das Gericht.

Wir stiegen nacheinander aus und gingen in das Gebäude hinein. Dabei entging es mir nicht, dass ein paar Passanten Ausschau nach Familienmitgliedern hielten.

Wir wurden zunächst alle in einem Warteraum eingeschlossen und nacheinander aufgerufen. Ich war als zweiter an der Reihe und wurde in den Gerichtssaal gebracht. In der letzten Reihe saßen die Mitarbeiter von der deutschen Botschaft. Wir konnten uns weder begrüßen noch miteinander reden. Nun musste ich auf der Anklagebank Platz nehmen. Rechts von mir saß der Anwalt an seinem Tisch, links von mir der Staatsanwalt und daneben der Dolmetscher. Eine Gruppe von drei Richtern saß uns gegenüber.

Die Verhandlung wurde eröffnet. In diesem Moment spürte ich meinen Pulsschlag bis in die Schläfen. Der Dolmetscher fing an, auf Deutsch zu reden. Er sagte, dass die Chinesische Republik mich wegen Diebstahl anklagte. Detailliert sollte ich mich zu meiner Tat äußern. Ich schilderte, wie damals bei meiner Verhaftung, dass ich im betrunkenen Zustand ein Blackout gehabt hatte, die Situation falsch einschätzte und die Handys einsteckte. Weil ich diese Tat jedoch bereute, brachte ich sie eine Stunde später zurück. Hierbei kam es dann zur Verhaftung.

Ein Alkoholtest wurde nicht vorgenommen. „Mir liegen jedenfalls keine Auswertungen vor", sagte der Richter.

Ich beschwerte mich über die Umstände in der Haft, doch der Richter konnte mir nicht helfen.

„Der Senat wird nun beraten und ein Urteil fällen, erklärte mir der Dolmetscher, aber nicht heute."

Die ganze Verhandlung dauerte zwei Stunden und das Schlimmste war: Es wurde kein Urteil verkündet. Danach wurde ich zurück in den Warteraum abgeführt und konnte mit den Botschaftern nicht einmal ein Wort austauschen.

Nach mir musste noch ein weiterer Häftling in den Gerichtssaal. Während ich, am Boden zerstört, wartete, schaute ich durch das Fenster nach draußen und beobachtete die Leute. Sogar dieser Anblick tat mir weh, weil sich jeder frei bewegen konnte und ich hingegen war immer noch gefangen. Noch vor meiner Verhandlung hatte ich mich gefreut, endlich von Ungewissheit befreit zu werden, wie lange ich dieses Martyrium ertragen müsste. Doch da kein Urteil gefällt wurde, verfolgte mich die quälende Ungewissheit weiter.

Später, als wir alle wieder vollzählig waren, wurden wir in die Untersuchungshaftanstalt zurückgebracht. Als wir an dem Hotel vorbeifuhren, kam mir die Zeit vor Augen, als mein Abenteuer hier begann.

Wie heißt es so schön: Was war ich? Was ist aus mir geworden? Was wird aus mir werden?

Als ich wieder in meine Zelle zurückkam, war noch Mittagsschlafzeit. Freiwillig löste ich einen der Häftlinge ab, der Wache hielt, weil ich die Ereignisse der letzten Stunden verarbeiten wollte. Sehnsüchtig und sorgenvoll zugleich dachte ich an meine Entlassung, die irgendwann stattfinden würde. Wie würde es mit meinem Leben weitergehen, fragte ich mich und schaute auf die Uhr. Es war 13:00 Uhr. Nach europäischer Zeit arbeiteten viele meiner Freunde jetzt um diese Uhrzeit. Ich hingegen musste wieder bei null beginnen, wenn ich nach Deutschland zurückkäme. Natürlich dachte ich auch daran, erneut in der Automobilbranche zu arbeiten, weil die Bezahlung gut war. Es sei denn, die Geschäftsidee mit Sally würde auf legalem Wege funktionieren, sodass ich auf selbstständiger Basis arbeiten könnte.

Als später alle wach wurden, fragte mich der Boss, ob ich denn nur sechs Monate bekommen hätte.

„Man hat noch kein Urteil gefällt", antwortete ich bedrückt.

„Ich verstehe nicht, dass sie dich hier nicht ohnehin schon längst rausgeholt und in das internationale Gefängnis gebracht haben."

Die Niedergeschlagenheit ließ mich hier niemals los. Oft heulte ich, es war mir peinlich, aber ich konnte die Tränen nicht immer vor den anderen verbergen.

„Wieso heulst du", fragte mich mal einer. „Richtige Männer heulen nicht. Andere haben es im Vergleich zu dir viel schwerer und müssen mit längeren Haftstrafen rechnen. Du dagegen wirst schon in den kommenden Monaten entlassen!"

Zwar traf mich dieser Vorwurf, aber ich enthielt mich der Stimme. Gefühlsausbrüche kann man leider nicht immer steuern.

Da war ein Arbeiter, der gut Englisch konnte. Er saß bereits sechs Monate im Knast, weil er auf der Straße mit seinem Transporter eine ältere Radfahrerin angefahren hatte. Die Frau starb noch an der Unfallstelle. „Ich habe jedoch keine Schuld", beteuerte er. Auf Chinas Straßen wird man rund um die Uhr gefilmt. „Sie kam seitlich auf mich zu und ich konnte sie nicht sehen. Durch die Videoaufzeichnung konnte man das eindeutig erkennen. Dennoch wurde ich verhaftet. Das Gesetz in China sieht vor, dass, wenn man jemanden absichtlich tötet, hingerichtet wird. Ich hoffe, mein Anwalt kann mir aus der Patsche helfen. Wenn ich Glück habe, könnte man mich sogar freikaufen."

In letzter Zeit wurde der Häftling tatsächlich mehrmals aus der Zelle gerufen, weil er Besuch von seinem Anwalt bekam.

Häufig suchte ich das Gespräch mit Sally, der nach wie vor als Einziger zu mir stand, und wir versuchten, uns gegenseitig zu motivieren. Wir redeten auch noch viel über die Geschäftsidee mit den Laptops. Es muss immer erst was passieren, bis was passiert, redete ich mir ein. Wer weiß, ob das Schicksal das so wollte, dass ich fern von der Heimat hier gefangen sein musste, um hinterher den großen Reibach zu machen. Jedenfalls war der Gedanke daran ermutigend.

Meine Schmerzen am Daumen wurden heftiger und er schwoll sogar an. Sally riet mir, den Beamten Bescheid zu geben. „Du musst zum Arzt, doch jene, die hier arbeiten, sind keine ausgebildeten Ärzte. Wenn überhaupt, dann Arzthelfer. Die Krankenstation befindet sich im Innenhof."

Über den Boss kam der Beamte und sah sich meinen Daumen an. Er zuckte nur mit den Schultern. Er werde dem Arzt Bescheid geben, hieß es. Später überreichte mir der Herr vier blaue sowie fünf gelbe Tabletten, die ich auf einmal runterschlucken sollte. Zwar war ich stutzig, weil es ungewöhnlich war, so viele Tabletten zu nehmen, doch hatte ich eine andere Wahl? Auch sonst wurden anderen Häftlingen in üblichen Mengen Tabletten gegeben. Gegen Kopf-, Glieder-, Gelenk- und Bauchschmerzen, Übelkeit und Erkältung.

In den nächsten Tagen geschah ein Wunder. Der Boss sagte mir, dass ich auf einmal das Recht habe, einen Brief an meine Familie zu schreiben. „Dieser Brief wird allerdings zensiert und an die deutsche Botschaft weitergeleitet, die dann wiederum den Brief nach Deutschland schicken würde. Bis die ganze Prozedur durch ist, kann das viel Zeit in Anspruch nehmen."

Das war mir jedoch egal und ich ließ mir sofort mehrere DIN-A4-Seiten geben und schrieb gleich drei Briefe. An meine Eltern, an meine Freundin und an die deutsche Botschaft, mit der Bitte, dass sie separat den Brief an meine Freundin schicken sollen.

Um mich kurzzufassen, schrieb ich in meinen Briefen, dass es mir gesundheitlich gut ginge und sie sich nicht um mich sorgen sollten. Der liebe Gott beschütze mich und gebe mir die Kraft, das Ganze hier durchzustehen, trotz der Ungewissheit. Dass ich vor Kurzem meine Gerichtsverhandlung hatte und wohl bald heimkehren könne. Vor allem schrieb ich, dass ich einen kostenlosen Anwalt bekommen hatte. Danach wurde der Brief in einen Briefumschlag gesteckt und ein paar Tage später an einen Beamten weitergegeben.

Ich zweifelte daran, dass meine Briefe bei der Botschaft, geschweige denn in Deutschland, jemals ankommen würden.

Gerade an den Wochenenden war die Stimmung deprimierend. Es war hier unerträglich, tagtäglich laute chinesische Kriegsfilme reinzuziehen, die ausschließlich gezeigt wurden, in denen immer am Ende die Chinesische Armee als Helden dargestellt wurden und die Japaner die Verlierer waren. Der Hass der Chinesen gegenüber den Japanern war stets präsent.

Jedes Wochenende plagten mich meine Gedanken und ich fragte mich, geht meine Freundin dieses Mal aus? Dass sie mich hintergehen würde, schloss ich jedenfalls aus. Natürlich hatte ich keine Garantie, ob sie denn tatsächlich auf mich warten würde. Jedoch war ich mir diesbezüglich ziemlich sicher.

Der Silvesterabend kam näher und der war mir wichtig. Da läuteten meine türkischen Glocken, denn ich war oft an Silvesterabenden auf einer türkischen Veranstaltung. Ich hoffte nur, dass ich hier zeitgleich in der Silvesternacht wach werden würde. Jedenfalls dankte ich Gott dafür. Ich wurde tatsächlich nach der europäischen Zeit fünf Minuten vor Mitternacht wach. Es war ein Gefühl zwischen Trauer, Freude, Sehnsucht und Hoffnung. Genau um 0:00 Uhr schloss ich meine Augen, wünschte meiner Familie und Freundin, meinem Sohn und zuletzt natürlich mir selber einen guten Rutsch und dass es in ferner Zukunft besser wird. Meine Tränen flossen wieder und gerade jetzt war es mir egal, was die anderen dachten. Gedanklich übermittelte ich meiner Freundin einen Kuss und fragte mich aber auch, wo sie im selben Moment feierte. Am liebsten würde ich mich ohrfeigen, weil ich wegen dieser einen Nacht hier eingesperrt war.

Die monotonen, langen Tage in diesem Loch zerrten an meiner Substanz, aber ich spürte, dass es bald eine Veränderung geben würde.

Wegen des Essens gab es erneut Ärger, weil man mir wieder mal zu wenig gab. Ich hatte mittlerweile mindestens zehn Kilo abgenommen. Wir befanden uns gerade im Dreißig-Quadratmeter-Raum, als ich mich beim Boss beschwerte, dass sein Arbeiter mir erneut zu wenig zu essen gegeben hatte. Daraufhin begann der Boss mich plötzlich auf Chinesisch zu beleidigen.

Mittlerweile, nach gut vier Monaten, konnte ich auf Chinesisch bis hundert zählen und verstand sogar einige Wörter, insbesondere Schimpfwörter. In diesem Moment stand ich zunächst schweigend da, wie bestellt, aber nicht abgeholt, und zeigte keine Reaktion. Vielleicht war der Boss unter seinen ganzen Häftlingsuntertanen der Meinung, dass ich ihn nicht verstanden habe, darum wiederholte er dasselbe erneut auf Englisch und beschimpfte mich zum zweiten Mal mit den Worten: „I fuck your mother!"

Unabhängig davon, was man für ein Landsmann ist, entweder man hat Ehre und Stolz oder eben nicht. Ich lasse mich beleidigen, wenn es sein muss, aber ganz bestimmt nicht meine Mutter. Keine zwei Sekunden vergingen, nachdem er mich in aufrechter Haltung angeschrien und diese Worte von sich gegeben hatte. „I fuck your mother too", schrie ich laut zurück.

Der Boss kam wie ein Tyrann auf mich zu und versuchte, meinen Kopf gegen die Wand zu drücken. Obwohl er regelmäßig trainierte, war ich ihm kräftemäßig überlegen und konnte ihn zur Seite schubsen. Danach standen wir uns wie zwei Ringkämpfer gegenüber. Ich würde mich nur wehren, wenn er zuschlagen sollte, nahm ich mir vor. Von ihm kam aber nichts.

Ich hatte schon mehrmals mitbekommen, dass immer einige Arbeiter bei Schlägereien die Bosse unterstützten. Plötzlich mischten sich andere ein. Ich wurde von hinten gepackt und kurzerhand auf den Boden gedrückt, ohne wirklich zu sehen, wer alles dabei mitmachte. Die Fäuste sowie Tritte, die ich von überall bekam und auf meinem Körper spürte, waren noch zu ertragen. Der entscheidende Schlag von jemandem mit seinem Knie gegen meine Stirn, hatte genauso gut gesessen, wie der Sultan Süleyman auf seinem Thron. Aber ich konnte auf meinen Hintern wetten, dass dieser feige Tritt nur von dem einen Verhassten kommen konnte, und zwar von dem lauten Schnarcher.

Zum Glück verging keine Minute und schon waren zwei Beamte an unserer Gittertür und befahlen uns, auf der Stelle aufzuhören. Es war gerade Wochenende und diese Beamten waren nur in Vertretung da. Sie hatten den Vorfall per Video verfolgt und zu meinem Glück sofort reagiert. In der Zwischenzeit erhob ich mich vom

Boden und spürte fürchterliche Rückenschmerzen. Danach erst weitere Schmerzen überall an meinem Körper.

Wie kleine Kinder, die gerne petzen, stand der Boss mit weiteren Häftlingen an der Gittertür und hetzte gegen mich. Dass ich heimlich Zahnstocher besitzen und diese an verschiedenen Plätzen verstecken würde.

„Am Montag kümmert sich der zuständige Beamte um diese Angelegenheit", hieß es. „Redet einfach kein Wort mehr miteinander und geht euch, so weit es geht, aus dem Weg."

Es klingt seltsam, aber ich kam mir nun geschändet und missbraucht vor. Jetzt erst recht, sagte ich mir immer wieder. Trotze jedem verdammten, weiteren Tag hier drinnen und lass dich ja von niemandem unterkriegen. Bald hast du es geschafft, nur noch etwas Geduld, versuchte ich, mich selbst zu motivieren. Ich ließ mir von „iPhone" den selbst gemachten Spiegel aus Alupapier geben und sah zu meinem Erstaunen einen großen, roten Fleck auf meiner Stirn. Darüber hinaus war ich besorgt über meine Rückenschmerzen, ich hoffte, dass ich keine bleibenden Schäden davontragen würde.

Am Montagmorgen kam unser Beamter und unterhielt sich mit mir und dem Boss, dessen Nähe ich nicht einmal mehr ertragen konnte.

„Ich habe mir das Videomaterial angeschaut und es war keine Schlägerei", sagte der Beamte.
Dass ich nicht lache, dachte ich mir nur und deutete auf meine Stirn, worauf er nichts mehr sagen konnte. Der Boss sprang nun ein und meinte, dass er jedenfalls nicht zugehauen habe. Er wollte mich nur auf den Boden

drücken.

Am liebsten würde ich ihn dafür, dass er mich nur ansah und noch mit mir redete, sofort eine verpassen, aber ich versuchte, mich zu beherrschen. Aufgebracht teilte ich dem Beamten mit, dass ich den Raum unbedingt wechseln möchte. Er wiederum beharrte darauf, dass es keinen Sinn mache, die Zelle zu wechseln, weil die wenigsten Häftlinge in anderen Zellen englisch sprechen konnten.

„Du weißt nicht, wie schlimm die aus anderen Zellen sind. Wenn du denen nicht gehorchst, dann gibt's keine Gnade", sagte der Boss.

Bei dieser Gelegenheit klagte ich über meine Rückenschmerzen und wurde in Begleitung mit dem englischsprachigen Boss in die Krankenstation gebracht. Nur oberflächlich wurde ich untersucht und wenn ich schon hier bin, dachte ich, zeige ich dem Arzt auch meinen Daumen, an dem sich mittlerweile Eiter gebildet hatte. Mir wurden erneut mehrere verschiedene Tabletten gegeben. „Die Tabletten hatte ich schon und sie bringen nichts", sagte ich dem Boss, der übersetzte. Trotzdem sollte ich sie einnehmen. Dann führte man uns zurück in die Zelle.

Nun war mein Tagebuch, wie so oft, mein einziger Trost. Ich schrieb und las das bereits Aufgeschriebene, manchmal sogar von Beginn an, und kreuzte im selbstgekritzeltem Kalender jeden einzelnen Tag fett an. Dies gehörte zu meinen Hauptbeschäftigungen. Neben den Gedanken an meine Familie und Freundin, hatte ich auch Verlust- und Zukunftsängste. Wie werden die Reaktionen von allen bei meiner Rückkehr nach Deutschland sein, auch von den Freunden und Bekannten? Rund um die Uhr konnte ich nur daran denken. Versuchte, nicht verrückt zu werden, mit den Gefangenen auf engstem Raum rund um die Uhr. Hinzukam, dass ich die meisten nicht verstand.

Es war nach wie vor sehr staubig im Aufenthaltsraum und vor allem die meiste Zeit über sehr laut, außer zur Mittagszeit und nachts. Obwohl es unangenehm und mittlerweile nicht ganz schmerzfrei war, stopfte ich weiterhin meine Ohren täglich mit Toilettenpapier zu. Ab und an blätterte ich in den Tageszeitungen, die wir täglich bekamen und schaute mir die Bilder an.

Beim Passieren der Gittertür zum Aufenthaltsraum blieb ich gelegentlich trotz Verbotes stehen und schaute mir die schräg gegenüberliegenden Zellen an, wo ich andere Häftlinge sah. Dabei sah ich einen weiteren Ausländer, der versuchte, mit mir per Handzeichen zu kommunizieren. Er war anscheinend auch Muslim, weil er mich auf diese Art begrüßte. Dann versuchte er mir mitzuteilen, wie lange er bereits hier war. Es gibt chinesische Handzeichen für Zahlen, die ich mir mittlerweile angeeignet hatte. Er strecke seinen Daumen und seinen Zeigefinger aus und ich begriff, dass er bereits seit acht Monaten eingesperrt war. Ich hingegen zeigte ihm meine vier Finger ohne den Daumen. Sofort wurde ich angeschrien, ich solle von der Gittertür weggehen.

Danach gesellte ich mich zu Sally und berichtete ihm

von dem Ausländer aus der Zelle Nummer 27. Er bestätigte mir, dass er ihn kenne und der Muslim vor meinen Aufenthalt in dieser Zelle über drei Monate gewesen war. Wieso und weshalb er hier war, wisse er nicht.

Junge Häftlinge kamen an unsere Gittertür und der Arbeiter, der den Autounfall gehabt hatte, wurde gerufen. Er unterzeichnete mit seinen Daumen das Papier, worin sein Urteil stand. Großer Jubel war hinterher die Folge. Schon in zwanzig Tagen wäre er wieder auf freiem Fuß, sagte er später. Seine Eltern hätten ihn tatsächlich freigekauft, für umgerechnet 100.000 Euro. Sonst müsste er vermutlich eine halbe Ewigkeit eingesperrt bleiben. In China vergeben die Banken im Vergleich zu Deutschland viel leichter Kredite. Einen solchen hatten seine Eltern in Anspruch genommen. Nur wenn man sich nicht an die Rückzahlung samt den Zinsen hält, drohen ebenfalls lange Haftstrafen. Die Erleichterung war ihm sichtlich anzusehen und er gab jedem eine Cola aus.

Ich gönnte es ihm, ich gönnte es jedem. Sally und ich warteten dagegen jeden Tag vergeblich auf einen möglichen Bescheid, trotz Gerichtsverhandlungen.

Am nächsten Tag sah ich zufällig erneut den Argentinier, der gerade von einem Beamten in die Nachbarzelle gebracht wurde. Sechs Monate habe er für eine Schlägerei bekommen, sagte er mir auf Englisch und einen Monat später werde er dieses verhasste Land endlich verlassen können.

In den nächsten Tagen folgte auch das Urteil von David. Für den Besitz von 1,9 g Kokain musste er mit neunzehn Monaten Haftstrafe rechnen. Also hatte er noch etwas vor sich. Er saß ebenfalls erst seit vier Monaten ein. In seinem Gesichtsausdruck war unübersehbar, wie niedergeschlagen er war. Sein kleiner Freund, der aussah wie ein Cowboy, und ebenfalls wegen eines Drogendelikts saß, bekam drei Jahre. Er hingegen schien überaus glücklich mit dem Urteil zu sein, denn später wurde er in ein anderes Gefängnis versetzt, wo unter der Woche gearbeitet werden konnte und das Rauchen erlaubt war.

Ich beneidete ihn ein wenig, nicht wegen der drei Jahre Haftstrafe, sondern wegen der Arbeit, die er nun unter der Woche verrichten konnte. Ich muss gestehen, dass ich kein Arbeitstier bin, aber hier drinnen war es auf eine Art und Weise eine zusätzliche Strafe, eingesperrt zu sein, ohne eine körperliche Auslastung oder andere Aufgaben zu haben.

Einmal, als ich gerade beim Duschen war und mich danach abtrocknete, wurde ich von einen jungen Häftling geärgert, der hinter dem Fenstergitter stand, welches beide Räume trennte. Er hatte ein großes Handtuch in der Hand und streckte seinen Arm durch das Fenstergitter, sodass er mich mit dem Handtuch am Rücken leicht streifte und zu lachen begann. Mir war gar nicht nach Spaß zumute. Daraufhin schnappte ich mir sein Handtuch, streckte ebenfalls meine Hand durch das Fenstergitter und er bekam die volle Ladung zurück.

Doch viel kräftiger.

Tatsächlich hatte ihm das anscheinend so wehgetan, dass ihm nun die Tränen kamen und er daraufhin so tat, als ob er mich angreifen wolle. Er wurde von anderen Häftlingen aufgehalten, weil sie das mitbekommen hatten. Natürlich wurde ich wieder einmal verpfiffen und als der Boss, der gerade dabei war Karten zu spielen, das mitbekam, lief er mit schnellen Schritten zu mir in den Dreißig-Quadratmeter-Raum und schrie mich laut an. Er befahl mir, ehe ich mich anziehen konnte, in die Hocke zu gehen. Alle am Fenstergitter beobachteten dieses Schauspiel.

„Er ist mein kleiner Bruder, was fällt dir ein, ihn zu schlagen?"

„Ich habe ihn nicht geschlagen", hörte ich mich ebenfalls laut reden. „Er hat nur dasselbe zurückbekommen, was er bei mir gemacht hat."

„Du fasst ihn nie wieder an, sonst wirst du sehen, was passiert. Vergiss nicht, wir sind hier in China. Entschuldige dich gefälligst!", sprach er und zog wieder ab.

So konnte ich mich wieder anziehen.

Später ging ich zu dem jungen Häftling hin und stiftete Frieden.

Als ich nachts mal wieder mit einem weiteren Häftling zusammen Wache hielt, mit dem ich vor Wochen Karten gespielt hatte, bei dem der Verlierer dem anderen sieben Minuten lang den Rücken massieren musste, kam es, wie es kommen musste. Ich wurde erneut provoziert und beleidigt. Nach fast fünf Monaten war ich ohnehin sehr gereizt und hatte eh nichts mehr zu verlieren. Dieses Mal lief ich wie ein Tyrann mit schnellen Schritten zu dem Provokateur in die andere Ecke, als alle anderen am Schlafen waren. Ich packte ihn mit einer Hand am Hals und drückte ihn mit voller Kraft gegen die Wand. Seine Augen wurden immer größer und die Todesangst in seinem Gesichtsausdruck war eindeutig zu erkennen. Er konnte sich überhaupt nicht wehren und bekam keine Luft.

Dies wurde von einem weiteren Häftling bemerkt, der durch die Aktion als einziger wach wurde. Er wiederum gehörte auch zu denen, die mich gerne bei jeder Gelegenheit verpfiffen und sagte mir, dass ich sofort damit aufhören solle. „Ich sage das dem Boss, wirst schon sehen. Darüber hinaus habe ich einen Zeugen", sagte er. Daraufhin ließ ich los und ging zurück zu meinem Platz. Ich lächelte ihn nur scheinheilig an und fügte noch hinzu, dass er dem Boss beim Verpfeifen eine Tasse Kaffee von mir ausgeben könnte.

Später, als ich abgelöst wurde, hielt nachts nun auch der laute Schnarcher Wache. Mittlerweile gehörte er nicht mehr zu den Arbeitern vom Boss, weil er seine Arbeit nicht gut genug machte. Er rächte sich nun bei mir und rüttelte öfters an mir rum. Nachdem ich ihn dreimal verwarnt hatte, mich endlich in Ruhe zu lassen, sah ich innerlich rot, denn das sprichwörtliche Fass war ohnehin übergelaufen.

Meine Geduld war am Ende und obwohl ich kein Schlägertyp bin, drehte ich völlig durch, stand auf und verpasste ihm einen Tritt zwischen seine Beine. Einen

Faustschlag vermied ich, weil mein Daumen mittlerweile völlig geschädigt war und von Tag zu Tag die Schmerzen immer schlimmer wurden. Er gab mir einen hartnäckigen Tritt zurück, und das ging eine Weile so weiter bis ein Häftling dazwischen ging, der ebenfalls Wache hielt.

Nun wurde auch der Boss wach. Prompt stand er auf und sagte nur: „Aufhören, wir klären das später!" Er ging kurz für „kleine Jungs" und legte sich danach wieder schlafen.

Am frühen Morgen, kaum eine Minute nach dem Wachwerden, fing das große Lästerspiel wieder an. Überraschenderweise ließ man mich zuerst in Ruhe. Nachdem alle Decken verstaut waren und die ersten anfingen, auf dem Podest zu laufen, wurde die Tür zum Nebenraum von außen aufgeschlossen. Der Boss ließ mich nun zu sich rufen. Es herrschte dicke Luft und ich war auf Allerlei eingestellt. Er forderte mich mit seinem Blick auf, in die Hocke zu gehen und ich gehorchte. Dennoch war seine Reaktion sehr seltsam. Er hatte ein ungewöhnliches Lächeln im Gesicht. In diesem Moment fiel mir die Szene ein, als genau der junge Häftling, der von mir mit dem Handtuch am Körper gestreift wurde, hier mit den Bossen im Kreis saß und wir nicht in den Dreißig-Quadratmeter-Raum rüber schauen durften, weil er gegen irgendeine Regel verstoßen hatte. Nur kurz hatte ich gesehen, wie er sich mehrmals selber ohrfeigen musste und dann wurde ich auch schon aufgefordert, wieder wegzuschauen.

„Weder die deutsche Botschaft noch sonst wer kann dir nun helfen. Die Videoaufzeichnungen werden alles belegen und du wirst dieses Mal von den Beamten selbst bestraft, indem sie dich in schwere Ketten legen werden, und zwar für zehn Tage rund um die Uhr."

Ich schwieg nur, seine Worte gingen bei mir rein und gleich wieder raus. Und wenn es so kommen würde, dann würde es so kommen. Mir war alles gleichgültig. Was hatte ich noch zu verlieren? Innere Leere zeichnete sich in mir ab. Dazu war ich depressiv. Schweigend verließ ich den Raum und spürte förmlich den Hass aller auf mich.

Zwei Stunden später kam der Beamte an die Gittertür und zusammen mit dem Boss wurde ich aufgerufen und gefragt, weshalb ich mich geschlagen habe. Ich nannte ihm meine Gründe dazu, dass ich grundlos beleidigt und provoziert wurde und erneut bat ich darum, den Raum wechseln zu dürfen.

„Ich weiß, du bist hier ganz alleine", sprach der Boss zu mir und schaute mich nun etwas mitleidig an.

Seitens der Beamten passierte nichts weiter. Er hatte sich nur meine Version angehört und die anderen beiden erst gar nicht gefragt. Von der Kette blieb ich zu meinem Erstaunen verschont. So durften wir erneut in die Zelle zurück und ich fühlte mich nun nur noch unwohler bei den Leuten. Weil ich in letzter Zeit zu oft negativ auffiel, ließ ich es freiwillig sein, mit Sally Karten zu spielen oder gar zu reden. Am liebsten wäre ich wie ein Vogel davongeflogen.

Am nächsten Morgen, ich war gerade mit allen Häftlingen im Schneidersitz auf dem Podest, weil mein Platz noch immer durch den Häftling, der Beinschmerzen hatte, besetzt war, kam der Beamte an unsere Gittertür und rief mich namentlich auf.

„Steh auf", rief der Boss mir zu, „du wirst den Raum wechseln."

Mein Herz pochte schneller und ich durfte noch schnell meine Siebensachen mitnehmen und mich mit wenigen Worten hastig verabschieden. „IPhone" schenkte mir vier Nudelsäckchen und Sally kam bis an die Gittertür und wünschte mir alles Gute.

„Wir bleiben auf alle Fälle in Kontakt", erinnerte er mich, „und es macht Cash."

„Ja, das machen wir", meinte ich.

David's letzte Worte an mich waren: „Good luck, man." Dabei schaute er mir tief in die Augen. Auch wenn er mich mit seinen Leuten oft aufgeregt und gereizt hatte, hatten wir zusammen auch lustige Momente gehabt. Dennoch war ich froh, dass ich viele nicht mehr tagtäglich und rund um die Uhr sehen musste.

Als ich gerade dabei war, die Zelle zu verlassen, ließ mich der Boss wissen, dass er einige Zeit später nach den Rechten schauen und mich laut dem Beamten besuchen kommen dürfe. Er wollte wissen und sicherstellen, ob alles okay sei mit mir und den anderen neuen Häftlingen.

„Bye, bye", hörte ich Sally noch sagen und wir winkten uns ein letztes Mal zu.

„Go", hieß es nun von dem Beamten mit einem gewissen Unterton und er zeigte mit seiner Hand die Richtung an, wo es langgehen sollte. Wir marschierten an vielen Zellen vorbei. Einerseits hatte ich ein befreites Gefühl, andererseits wieder einmal ein mulmiges. Denn ich wusste natürlich nicht, was mich im anderen Raum erwarten würde.

Zelle Nummer 24

Vor Zelle Nummer 24 blieben wir stehen. Der Beamte steckte meine Karte in das Fach außerhalb der Zelle, schloss die Gittertür auf und forderte mich auf, reinzugehen. Ich betrat den Raum und sah gleich zwei bekannte Gesichter. Der Häftling namens Ranjid, mit auffällig großen Augen, der übrigens zu der kleinen Gruppe von David gehörte und bereits vor Wochen in diesen Raum verlegt worden war, zeigte mir gleich, wo was steht und stellte mich bei dem Boss vor. Der war Anfang dreißig. Zu meiner Freude organisierte er mir denselben Schlafplatz links auf dem Podest, der drei Fliesen breit war.

Ich fiel zwar auch hier durch mein Äußeres auf, aber die Leute schienen in diesem Raum damit Erfahrungen zu haben, da sich hier bereits ein Ausländer längere Zeit befand. Hier wurde ich ebenfalls von gewissen Arbeiten befreit und musste weder Abwaschen noch Kloputzen. Besser kann es doch nicht gehen, dachte ich mir.

Da war noch einer, den ich kannte, der übrigens auch gut Englisch sprach. Er war allerdings nur einen Tag im Raum 16 gewesen, bis man ihn wieder verlegte. „You are welcome", begrüßte er mich. Er hatte schwarze Haare, war genauso klein wie die Chinesen, allerdings hatte er keine chinesischen Züge. Zu meinem Erstaunen hatte er über seiner Brust einen Halbmond mit einem Stern tätowiert. Es stellte sich heraus, dass er Mongole war und ebenfalls ein Muslim.

Ranjid konnte kein Englisch, aber da er mich über Monate kannte und wusste, wie er mit mir am besten kommunizieren konnte, nämlich durch Handzeichen, verstand ich, dass ich den Ersten gleich meine Spiele vorstellen sollte. So spielte ich wieder mit den Häftlingen täglich Mühle und andere Spiele.
Insgesamt konnten fünf Leute englisch sprechen. Sie alle waren auf Anhieb nett zu mir.

Endlich konnte ich ungestört schlafen, auch wenn ab und an der eine oder andere schnarchte. Nicht einer war annähernd so laut wie der Häftling aus der Zelle 16.

Am nächsten Tag gab es um 7:00 Uhr Frühstück. Wie es aussah, gehörte Ranjid hier mittlerweile zu den Arbeitern von den Bossen. Er übergab mir gleich zwei Brötchen. Ein weiterer gab mir eine Nudelsuppe dazu. Ich bedankte mich bei beiden. Um kurz vor 8:00 Uhr wurde gesungen, wobei der Boss mit einer besonders schönen Stimme den Anfang machte. Alle weiteren Häftlinge setzten den Gesang fort. Meine Ohren waren nach wie vor rund um die Uhr mit Papier vollgestopft.

Nun sollte ich mich bei den Häftlingen vorstellen. Weil ich der letzte Neuzugang war, musste ich zwei Lieder singen. Ich sang ein türkisches Lied und ein deutsches, und zwar „Matten, Matten Heeren – das Martinslied", weil eh keine Sau verstand, was ich sang und mir kein anderes Lied in diesem Moment einfiel. Mit einem lauten Beifall beendete ich dann die Show.

Nach dem Mittagsschlaf unterhielt ich mich erstmalig mit dem Mongolen. Englisch konnte er zwar nicht, aber er verstand zu meiner Überraschung ein wenig türkisch und er teilte mir mit, dass er bereits acht Monate hier war. Der Grund war folgender: Zwei Bekannte von ihm liehen sich sein Motorrad aus und überfielen Frauen. Als seine Bekannten ihm das Motorrad wieder zurückbrachten, dachten die Beamten, dass er der Drahtzieher sei und er wurde festgenommen. Er wisse nicht, wann er wieder rauskomme.

Der weitere Häftling, den ich für einen Tag in der Zelle 16 kennenlernte, wurde verhaftet, weil er bei der Post arbeitete und die Portokosten von jedem einzelnen Kunden verteuerte und in die eigene Tasche steckte. Das ging zwei Jahre gut, bis die Sache auffiel. Er sitze bereits seit sechs Monaten ohne Urteil.

Durch den Mongolen, der übrigens Mohammed hieß, lernte ich einen etwa dreißigjährigen Häftling kennen. Er klaute EC-Karten und hob Geld an verschiedenen Geldautomaten ab. Seit mehr als einem Jahr harrte er hier ohne Urteil aus.

Der Boss war in ein Drogendelikt verwickelt. Vor sechs Monaten wurde er verhaftet und rechnete nach seiner Einschätzung mit einem Jahr.

Ranjid war ebenfalls wegen eines Drogendeliktes hier und ich erfuhr, dass er bereits zum dritten Mal hier einsaß.

Später lernte ich einen fünfundzwanzigjährigen Häftling kennen, der wegen Zuhälterei eine unendlich lange Haftstrafe von siebzehn Jahren bekommen hatte. An seiner Stelle wäre dies mein Todesurteil gewesen, da ich mir freiwillig das Leben genommen hätte. Natürlich tat er mir leid.

Ein weiterer Häftling von Mitte dreißig, der ebenfalls zu den Todeskandidaten gehörte, hatte mit einem weiteren Freund ein Kind entführt, um Lösegeld von den Eltern zu erpressen. Aber aus Versehen hatten sie ein Kind armer Leute entführt. Statt es freizulassen, haben sie das Kind brutal missbraucht und umgebracht. Wie grausam kann ein Mensch nur sein und wie kann ein Mensch einem Kind nur so was antun, fragte ich mich. Dem Tod jedenfalls konnten die Peiniger nicht entkommen. Ich hielt stets großen Abstand zu ihm, so weit das möglich war.

Sonst verlief alles gleich. Mein Daumen war mittlerweile sehr dick angeschwollen und voll mit Eiter. Ich zeigte es dem Boss und er rief sofort einen Beamten, der mich zum Arzt brachte. Ich sollte erst in einem Raum warten. Ich sah zu meinem Entsetzen einen älteren Mann auf einer Pritsche angekettet, sowohl an den Hand- als auch an den Fußgelenken. Am Metallbettgestell, worauf der Häftling reglos lag, war eine Kurbel angebracht. Von den Beamten wurde an der Kurbel so weit gedreht, bis der Häftling gestreckt und ein Metallstück dabei an die Wirbelsäule gedrückt wurde. Dieser Anblick war einfach grauenvoll.

Ich brauchte unbedingt Antibiotika, aber man gab mir wieder einmal unzählige Tabletten, die nichts brachten und ich musste in die Zelle zurück.

Mohammed und sein Freund, der mit dem EC-Karten-Betrug, halfen mir, wo sie konnten. Neben Lebensmitteln und Getränken gab man mir Duschgel, ein größeres Handtuch sowie Obst und Gemüse. Von der Schlägerei aus der letzten Zelle war mein Pullover gerissen, Mohammed schaffte es tatsächlich und machte sich die Mühe, die gerissene Stelle zusammenzunähen. Die Fäden gewann er von kaputten Kleidungsstücken. Er habe die chinesische Sprache im Gefängnis gelernt, sagte er. Auch ich solle chinesisch lernen, meinten andere zu mir. Ich verstehe die Schimpfwörter und kann immerhin bis einhundert zählen, antwortete ich. Das reicht.

Als Mittagszeit war, gingen wir nach nebenan und erhielten unser Essen. Mohammed kam zu mir und sagte, dass das Essen „haram" (nach islamischem Glauben verboten) sei und erzählte mir, dass er das moslemische Essen für mich mitbestellen wird.

Ich gebe zu, dass sich im Essen neben Gemüse ab und an auch Fettstücke und manchmal wenige Fleischstücke befanden. Natürlich wusste ich nicht, von welchem Tier das Fleisch war. Nun gab es endlich mal Abwechslung beim Essen. Neben Hühnerfleisch einmal die Woche sogar Fisch.

Zu unterschiedlichen Zeiten wurde Wache gehalten, sodass jeder, außer die im Rang höheren, Wache halten musste. Der Einzige, der hier etwas lauter schnarchte, war der Boss. Auch wenn man die Bosse beim Schlafen nicht stören durfte, rüttelte ich ihn ab und an.

Vom Nebenraum konnte man jeden Morgen, Mittag

und Abend hören, wie der dortige Boss den gesanglichen Takt vorgab. Es hörte sich jedenfalls im Ganzen lustig an, allein wegen seiner krächzenden Stimme, somit fing jeder Tag gleich lustig an.

Von der Gittertür aus konnte man erkennen, dass Bauarbeiter das Außengelände mit Stahlgittern verriegelten. Schweißarbeiten wurden ebenfalls durchgeführt. Zwar war auch hier das Rausgucken verboten, jedoch ich blieb so lange davor, bis man mir sagte, ich solle weggehen. Wie sehr wünschte ich mir in diesem Moment, da mitzuhelfen. Hauptsache ich wäre nicht eingesperrt. Obwohl die Minusgrade anhielten, gab es hier keinen Schnee.

Gelegentlich schien auch mal die Sonne. Darüber regte ich mich am meisten auf, weil ich nun mal die Sonne mochte und das Sonnen so sehr vermisste. Wo sich noch in der Zelle Nummer 16 die Sonne gelegentlich zu bestimmten Tageszeiten im Dreißig-Quadratmeter-Raum zeigte, kamen hier hingegen die Sonnenstrahlen leider nicht durch.

Schon am zweiten Tag brachte der Beamte den Boss von der Zelle Nummer 16 zu mir und wir durften uns etwa eine Viertelstunde im Innenhof im Schneidersitz unterhalten und Sonne tanken. „Hier ist alles gut", sagte ich ihm. „Mein Schlafplatz ist ausreichend und die Leute sind auch ganz okay zu mir."

„Ich sehe, dass ihr nur fünfunddreißig Leute im Raum seid. Wir dagegen sind mittlerweile vierundvierzig", erzählte der Boss.

In diesem Moment redete Mohammed auf Türkisch, ich solle reinkommen, weil gerade Essenszeit war. „Kannst mein Essen zudecken, damit es nicht kalt wird", bat ich ihm.

„Wow, dir scheint es hier echt gut zu gehen und wie ich sehe, bist du nicht mehr der einzige Ausländer im Raum."

Ich erzählte ihm von dem Mongolen, aber auch von Ranjid. „Warum musste Ranjid den Raum wechseln?", wollte ich wissen.

Ohne mir die ganze Wahrheit sagen zu wollen, meinte er nur, dass Ranjid großen Mist gebaut habe. „Er ist ein ganz Schlimmer. Nimm dich in Acht vor ihm."

Ich sagte ihm, er soll Sally von mir grüßen. Außerdem fügte ich noch hinzu, dass nun sicherlich jeder froh wäre, dass ich den Raum gewechselt habe und alle nun ungestört unter sich sein können. „Meinst du, du darfst mich erneut besuchen kommen?"

„Ich weiß es nicht", sagte er.

Ich bedankte mich bei dieser Gelegenheit noch mal für alles, was er Gutes für mich getan hatte.

„Kein Problem, gern geschehen", sprach er. Dann war die Zeit auch schon um und wir mussten zurück in unsere Zellen.

Mit Mohammed sprach ich über den Glauben. Er war wirklich ein guter Mensch, ich spürte es einfach. Gläubig war er ebenfalls, betete aber seit seiner Verhaftung nicht. „Anfangs tat ich es auch nicht", sagte ich, „aber irgendwann habe ich mit dem Beten im Sitzen angefangen." Es war schön, hinterher mit anzusehen, wie er in den „Schneidersitzzeiten" nun ebenfalls betete.

Ich lernte beim Kartenspielen einen weiteren, englischsprachigen Häftling kennen. Er erzählte mir, er habe einen Kaffeeladen, worin zur späten Stunde illegale Glücksspiele gespielt wurden. Er verdiente sich dabei eine goldene Nase, weil von den Gewinnen ein gewisser Betrag an ihn floss. Dies flog allerdings nach paar Jahren auf, sodass man ihn dafür festnahm, denn Glücksspiel ist in China generell verboten. Etwa jeder Zehnte war im Gefängnis, weil er in ein Glücksspiel verwickelt war. Mit ihm zusammen spielte ich unter anderem auch die Spiele „Black Jack" und „Poker".

Und da war noch ein jüngerer Häftling, der gutes Englisch sprach und in unsere Zelle gebracht wurde. Vor einem Monat war er verhaftet worden, weil er mit seinen Kollegen zusammen eine Geburtstagsparty gefeiert hatte. Er hatte vor seiner Verhaftung eine hohe Position bei einer Bank gehabt. Zusammen mit seinen Kollegen und einer Prostituierten feierten sie mit reichlich Alkohol in einem Hotelzimmer. Später kam es zum Sex, aber die Männer waren angeblich so besoffen gewesen, dass sie in ihrem Suff eingeschlafen waren, anstatt die Lady zu bezahlen. Daraufhin rief die Prostituierte die Polizei und alle vier wurden festgenommen. Prostitution ist in China illegal, wird aber trotzdem weitgehend akzeptiert. Er hoffte, dass seine Freundin auf ihn warten würde, wenn er schon bald hier rauskäme. Jedoch müsse er sich wohl einen neuen Job suchen.

Tatsächlich wurde er am nächsten Tag entlassen. Er jubelte förmlich, als er die Zelle verließ und verabschiedete sich nur ganz kurz von uns.

Am nächsten Tag, ich war gerade mal vier Tage hier, stand ich in der Mittagszeit mit Mohammed an der Gittertür. Wir konnten beobachten, wie zuerst der eine Bekannte und später der weitere Bekannte von ihm aus den verschiedenen Zellen rausgeholt und später wieder zurückgebracht wurden. Per Handsprache ließ ihm sein Kumpel übermitteln, was für Haftstrafen sie jeweils bekommen werden. Und zwar einer zehn Monate und der andere ein Jahr.

Mohammed ärgerte sich, weil er nach acht Monaten endlich wieder auf freiem Fuß sein wollte, zumal er schuldlos war.

Keine Ahnung wieso, aber ich verließ ihn nur kurz, ohne was zu sagen, und holte mir was zum Trinken. Bevor ich wieder zurückkam, wurde er in der kurzen Zeit vom Beamten rausgerufen. Über mehrere Stunden wartete ich auf seine Rückkehr, auch noch am nächsten Tag. „Er wird nicht mehr zurückkommen", sprach einer, „weil er entlassen wurde."

Einerseits freute ich mich so für ihn, dass er endlich zu seiner Frau und seiner Familie zurückkehren konnte. Andererseits hätte ich mich zu gerne noch von ihm verabschiedet. Obwohl ich ihn nur ein paar Tage kannte, kamen mir dennoch die Tränen. Seine Telefonnummer hatte ich und ich würde mich telefonisch bei ihm melden. Bei meiner Entlassung würde ich allerdings, ob mit oder ohne Handschellen, sowieso direkt zum Flughafen gebracht und in den Flieger gesetzt werden. Obwohl ich gerne noch mal Shoppen gehen würde, weil hier in China vieles billiger war als in Deutschland.

Noch in meiner Trauer erhielt ich am nächsten Tag, es war Freitag der 30.01.2015, eine Vorladung zu meiner zweiten Gerichtsverhandlung. Diese war am 03.02.2015, gegen 10:00 Uhr, und ich sollte pünktlich erscheinen.

Das chinesische Neujahrsfest

Inzwischen war zum zweiten Mal Silvester, weil die Chinesen das Neujahrsfest erst Anfang Februar feiern. Hierfür wurden von allen Häftlingen, bereits bevor ich hierher verlegt wurde, Gelder zusammengelegt und eine opulente Bestellung aufgegeben. Wir feierten jedenfalls so richtig schön und bestückten das Podest feierlich mit Köstlichkeiten.

Mein Körper war ohnehin schon seit Längerem unterzuckert und es gab Unmengen an Süßigkeiten. Alle sangen ein Lied und leere Plastikflaschen wurden im gleichen Rhythmus zum Lied gegen das Podest getrommelt. Jeder ließ seinen Frust raus und nicht nur in unserem Raum war es laut.

In diesen Tagen wurden wir vom Schneidersitzzwang befreit. Von draußen hörte man, wie die Beamten Böller anzündeten. Manche waren so laut, dass sie vermutlich in Deutschland verboten wären. Abends blieb der Fernseher noch länger an als üblich, es wurden Sendungen gezeigt, bei denen Sänger und Sängerinnen verschiedene Musikdarbietungen präsentierten. Einmal zeigten sie im Fernsehen tatsächlich eine chinesische Band, die ein Konzert in der Türkei gab, und ich sah mir das Konzert besonders interessiert an.

Am nächsten Tag erhielten wir drei Rasierer und eine

Fußnagelschere. Zum Glück war ein Mithäftling bereit, mich zu rasieren. Mittlerweile war mein Bart recht ansehnlich. Wie ich hinterher erfuhr, hatte der hilfsbereite Häftling, von etwa vierzig Jahren, mitten auf der Straße Passanten mit einer Waffe bedroht und sie regelrecht überfallen und abgezogen. Ihm drohte eine jahrelange Haftstrafe, hieß es.

Ansonsten verging das Wochenende ziemlich schnell. Der Freund von Mohammed beschenkte mich weiterhin mit Getränken und Lebensmitteln.

Der zweite Gerichtstermin

Meine Gedanken waren bei meiner zweiten Gerichtsverhandlung. Einerseits war ich aufgeregt und andererseits sehnte ich mich endlich nach der Gewissheit. Als ob Gott, den ich nach wie vor täglich anbetete, mich erhört hatte, konnte ich bei dieser Gelegenheit dem Richter mitteilen, dass ich unbedingt mit Antibiotika versorgt werden müsste, weil sich mittlerweile die Entzündung am Daumen so stark verschlimmerte, dass ich Angst hatte, mich daran zu vergiften.

Der lang ersehnte Tag der Entscheidung, der mich bis zu diesem Zeitpunkt wegen der Ungewissheit so gequält hatte, kam endlich. Vorher wurde mir noch von dem einen oder anderen Häftling Trost zugesprochen, bis ich namentlich aufgerufen wurde. Neben mir hatten zwei männliche Häftlinge sowie eine weibliche Mitgefangene einen Gerichtstermin. Hand in Hand, mit Handschellen gefesselt, wurden wir derselben Prozedur unterzogen. Die einzige weibliche Mitgefangene allerdings saß auf der Rückbank bei den Beamten.

Wir marschierten die Treppen hoch in den Warteraum. Keine fünf Minuten vergingen und ich wurde aufgerufen. Im Gerichtssaal war erneut dasselbe Bild zu sehen und die Herrschaften von der Deutschen Botschaft saßen wieder in der hintersten Reihe. Auch alle anderen waren anwesend. Dieselbe Gruppe an Richtern und mein stummer Anwalt. Nur war es diesmal eine

Staatsanwältin.

Ich nahm Platz und wieder einmal spürte ich meinen Pulsschlag bis in die Schläfen. Sofort danach erhoben sich alle Parteien kurzerhand und man begann sofort mit der Urteilsverkündung. Es hieß, die Tatsache sei klar und die Beweise ausreichend.

„Der Angeklagte wird wegen der Straftat des Diebstahls zu einer auf sieben Monate befristeten Gefängnisstrafe und zu einer Geldstrafe von 1000 Yuan (125 Euro) verurteilt."

Zwar fragte ich mich, wieso ich keine sechs Monate bekommen hatte, dennoch konnte ich von Glück reden, dass ich kein Chinese war. In dem Fall müsste ich mit vierundzwanzig Monaten rechnen. In China ist es egal, ob man betrunken eine Straftat begeht oder nicht.

Wegen der Sprachschwierigkeiten sowie der ungewohnten Ernährung wurde vom Verteidiger eine mildere Bestrafung gefordert. Ich fasste nun allen Mut zusammen und sprach zum Richter, dass ich Antibiotika bräuchte und nach langer Zeit gern wieder mal eine Zigarette rauchen würde.

Der Richter blieb ganz cool, lächelte und sagte nur: „Der Herr von der Deutschen Botschaft kann dir sicherlich draußen von einer Apotheke die nötigen Arzneimittel besorgen. Dein Urteil ist nun gefällt. Natürlich darfst du nun eine rauchen, meinetwegen gleich eine ganze Schachtel." Der Richter verwies erneut auf den Herrn von der Deutschen Botschaft.

Daraufhin sagte der Botschafter: „Ich gehe nicht in einen Laden und kaufe dir Zigaretten. Habe sicherlich

Besseres zu tun und noch einige anstehende Termine."

Nun bereute ich, diese Frage gestellt zu haben, aber es war schon zu spät. Danach wurde ich rausgebracht und musste später die Urteilsverkündung unterzeichnen.

„Na siehst du, hast es bald geschafft", lächelte mich der Dolmetscher an.

„Gott sei Dank", sagte ich erleichtert. Egal was war, nun weiß ich endlich, wann ich wieder auf freiem Fuß sein werde, dachte ich. Es war genau am 23.03.2015. Nach einer kurzen Weile sollte ich wieder aus dem Warteraum rauskommen. Überraschenderweise sah ich erneut den Botschafter.

„Wenn ich es schaffe, werde ich dir die Antibiotika persönlich geben, aber falls ich unter Zeitdruck sein sollte, gebe ich das Medikament den Beamten."

„Das wäre wunderbar, denn die Entzündung wird immer schlimmer", sagte ich besorgt. „Ich habe übrigens auch kein Geld mehr auf meiner Geldkarte", ließ ich ihn noch wissen.

„Das klären wir schon irgendwie", meinte er und zog dabei eine volle Schachtel Zigaretten aus der Tasche.

Der danebenstehende Beamte nahm die Schachtel an sich und gab mir drei Zigaretten davon, die ich nun im Treppenhaus rauchen durfte. Ich dankte dem Botschafter dafür. Als ich mich hinterher erneut im Wartezimmer befand, bekamen wir zu meiner Freude auch noch ein richtig gutes Essen, erst danach fuhren wir ins Gefängnis zurück.

Nun fühlte ich mich viel besser und der Druck im Kopf verschwand endlich nach langen sechs Monaten.

Von nun an steuerte ich nur noch gezielt auf den Tag meiner Entlassung zu. Ich betete und war dem Herrn so dankbar, dass ich hier im dritten Raum so gut aufgenommen und behandelt wurde und dass ich die restliche Zeit unter seiner Obhut stand. Natürlich dachte ich nach wie vor an meine Familie und Freundin. Und hoffte, dass bei Ihnen auch alles in Ordnung wäre.

Im Gefängnis wieder angekommen, wurden mir zuerst die Handschellen abgenommen. Als ich auf dem Weg in die Zelle war, entdeckte ich in einem Nachbarhof einen Stuhl, auf dem ein Häftling festgeschnallt saß.

Nach meiner Ankunft in der Zelle schauten sich einige neugierige Häftlinge mein Urteil an, das mir ausgehändigt worden war. Einige freuten sich mit mir.

Ich fragte einen englisch sprechenden Häftling, was es damit auf sich hätte, dass der Häftling, den ich draußen gefesselt auf dem Stuhl gesehen hatte.

„Das ist der Strafstuhl", erklärt er mir. „Eine Strafmethode. Wenn sich Häftlinge nicht benehmen, werden sie an den Händen und den Füßen am Strafstuhl festgebunden. Sie werden weder zum Essen noch zum Toilettengang losgebunden, sondern müssen alles auf dem Stuhl verrichten. Sie werden von ihren Zellengenossen gefüttert und gewaschen."

„Wie lange muss man da sitzen?", wollte ich wissen.

„Vierzehn Tage", bekam ich als Antwort. Da bin ich fast vom Glauben abgefallen.

Schon am nächsten Tag erhielt ich zu meiner Freude

durch den Arzt, der an unsere Gittertür gekommen war, das Antibiotika. In fünf Tagen werde er sich den Finger noch mal ansehen, ließ er mich wissen. Die folgenden Tage hoffte ich nur, dass ich keine Vergiftung bekommen würde, weil sich der Daumen mittlerweile in einem sehr schlimmen Zustand befand.

Am fünften Tag, als alle Tabletten aufgebraucht waren, brachte man mich auf die Krankenstation. Dort wurde mit einer Klinge in den Daumen gestochen, damit der Eiter abfließen konnte. Für eine Woche durfte ich fortan nicht mehr duschen. Bei den Minusgraden und eiskaltem Wasser, war mir das sogar recht. Wobei ich sonst täglich einmal duschte. Die Wunde war nun mal offen und diese könnte sich erneut entzünden.

Auch den Bescheid über eine weitere Einzahlung erhielt ich in den darauffolgenden Tagen. Allerdings diesmal nur die Hälfte, rund sechzig Euro. Erneut konnte ich mich somit mit Lebensmitteln eindecken. Leider konnte ich die Bestellung, die ich erst in sechs Tagen machen durfte, erst nach weiteren zehn Tagen empfangen.

Da gab es noch zwei weitere Häftlinge, die englisch sprachen. Ein junger, großer Chinese war wegen eines Drogendeliktes verhaftet worden und ein älterer Häftling wegen seiner Schulden.

„Wir müssen so lange auf die Beamten hören, bis sie Gnade zeigen und uns wieder laufen lassen."

„Sie haben ebenso wenig Ahnung, wie du und ich", sagte ich.

Im Nebenraum spielte öfters der Boss mit drei Häftlingen Karten und ich durfte gelegentlich teilnehmen. Der Verlierer musste immer eine Flasche Cola trinken. Darum verlor ich hierbei gerne, obwohl ich sonst kein Verlierer sein wollte. Von Hierarchie war jedenfalls in diesem Raum nichts zu spüren. Morgens durften sich alle Häftlinge frei bewegen und im Nebenraum die Zähne putzen oder einfach nach frischer Luft schnappen. Ich war mittlerweile drei Wochen in diesem Raum, wo ich mich in keiner Weise über irgendetwas beschweren konnte, außer dass ich eben eingesperrt war.

Dann kam der Tag, und somit die Wende, an dem die Beamten einen weiteren Häftling zu uns in die Zelle brachten. Ich dachte, ich sehe nicht richtig, als ich den auf dem Boden knienden Häftling erkannte. Es war der verhasste laute Häftling, wegen dem ich den letzten Raum wechseln musste, seinetwegen nächtelang nicht schlafen konnte und auch sonst raubte er mir die letzten Nerven. Am liebsten hätte ich mich in Luft aufgelöst.

Er habe sich mit dem Boss und „iPhone" geprügelt, erzählte er unserem Boss noch mit zitternder Stimme, nur weil sich diese „Herrschaften" die letzte Nacht mal wieder wegen seinem Geschnarche gestört gefühlt hatten. Rote Flecken waren in seinem Gesicht zu erkennen. Der Boss verpasste ihm daraufhin mehrere Strafstunden zum Wache halten, die er jedoch abwies und nicht einhalten wollte. Deswegen kam es zu einer Schlägerei und nun wurde er ausgerechnet in unsere Zelle verlegt.

Als er mich sah, grüßte er mich und tat so, als ob alle

Fronten zwischen uns geklärt wären. Seine Hand, die er mir reichte, wies ich ab und erinnerte ihn an sein ganzes vergangenes Verhalten, ganz abgesehen von seinen Beleidigungen mir gegenüber. Dann bat ich den Boss, er möchte unbedingt den Beamten herbestellen.

Kurze Zeit später kam zwar ein Beamter, doch dieser war nur eine Vertretung. Der eigentliche Beamte, der für uns zuständig war, hatte frei. Erst wollte er den für uns zuständigen Beamten anrufen, im nächsten Moment dann doch nicht, weil er ihn an seinem freien Wochenende nicht stören wollte. „Geht euch einfach aus dem Weg", hieß es und dann war er auch schon wieder weg.

Sofort war ich nach Wochen wieder einmal Stimmungsschwankungen ausgesetzt. Hierbei kamen mir die unzähligen negativen Erlebnisse vom letzten Raum in den Sinn. Ich ignorierte ihn ab sofort. Von dem einen englisch sprechenden Ex-Postarbeiter erfuhr ich, dass er mit dem Boss privat zu tun hatte und sie sich kannten.

Gegen 22:50 Uhr legten sich alle, bis auf zwei Häftlinge, die Wache halten mussten, zum Schlafen hin. Nach wenigen Minuten fing das Schnarch-Inferno auch schon an. Viele der drum herumliegenden Häftlinge schauten, woher die ungewohnten Laute wohl kamen. Nun war es vorbei mit der ungestörten Nachtruhe. Das Schlimme war, dass der schnarchende Übeltäter noch nicht einmal angestupst wurde.

Nach zehn Minuten etwa, es war nicht mehr zum Aushalten, stand ich auf und erklärte dem älteren Häftling, der immer noch regungslos dastand, wie er den Schnarcher am besten ruhigstellt. Und zwar mit Tritten, wie ich ihm nun vorführte. Siehe da, es geschah ein Wunder und immerhin für paar Minuten wurde es wieder still. Erneut forderte ich den Älteren auf zu handeln, sobald es lauter wurde. Dieses Mal wurde unser Schnarcher jedoch wach und bekam mit, was geschah. Er fluchte nur und schloss kurze Zeit später wieder seine Augen.

Die Folge war, dass er mich gleich am Morgen beim Boss verpfiff. Ich war mir felsenfest sicher, dass er mich nun bei allen schlechtmachen würde, um weitere Hetzer auf seine Seite zu ziehen. Abgesehen davon, dass er mit dem Boss bekannt war, kannte er auch Ranjid, mit dem er befreundet war, und so kam es, wie es kommen musste. Nach wenigen Tagen bereits wurde er offiziell zum Arbeiter gewählt. Lass dich nicht vom Bösen provozieren und erst recht nicht besiegen, redete ich mich selber ein. Sein wahres Gesicht kam erst zum Vorschein, als er sich hochgearbeitet hatte und urplötzlich anderen Häftlingen gegenüber gemein wurde. Nun hatte er, was er wollte. Sonderrechte in der höheren Klasse und Machtspielchen ausüben.

Als dann auch noch ein weiterer Bursche aus seinem engeren Umfeld, nämlich aus der Zelle 16 zu uns kam, war das Horror-Duo perfekt. Ein Gespräch mit unserem zuständigen Beamten brachte jedenfalls nichts. Ganz im Gegenteil. Natürlich hielt ein Chinese zu seinem Landsmann und der Boss war auf seiner Seite. Das Spiel, welches er spielte und vor allem seine Absichten, kannte ich natürlich. Er wollte mich wieder wegkicken.

Immer öfters beschwerte sich nun auch der Boss

beim Beamten, der mich sonst vollkommen in Ruhe gelassen hatte. Der Beamte kannte unsere Vorgeschichte, daher musste nun einer von uns erneut versetzt werden, weil die Kombination einfach nicht passte. Zumal, wenn der Beamte an diesem Tag gearbeitet hätte, als die Schlägerei im Raum 16 passiert war, würde er den Häftling gleich in eine andere Zelle verlegen.

Erst dachte ich an die Formel, derjenige, der zuletzt kommt, muss wieder gehen, aber ich irrte mich. Erneut musste ich vier Tage später den Raum verlassen, nachdem der Schnarcher in unsere Zelle kam, meine sieben Sachen zusammensuchen und mich in wenigen Minuten von einigen guten Menschen verabschieden. Wieder einmal musste ich ohne eigenes Verschulden umziehen. Jedenfalls war ich mir keiner Schuld bewusst.

Ein paar Häftlinge waren noch so nett und gaben mir ein paar Nudeltüten sowie Getränke mit. Dem einen älteren, der seine Familie, die beiden Töchter und seine Frau so sehr vermisste und mir sagte, wir müssten so lange auf die Beamten hören, bis sie uns wieder freilassen, gab ich meine Ersatzhose. Seine Hose war ziemlich kaputt.

Egal was war, im Gegensatz zu ihm stand mein Urteil fest und die weiteren sechs Wochen würde ich zur Not auf meinem dritten Pullover schlafen. Auch sonst hatte ich meine eigene, ganz persönliche Lebensformel: Wenn ich habe, dann gebe ich und wenn ich nicht habe, dann nehme ich!

Blitzartig, so wie Mohammed den Raum verlassen hatte,

ohne dass ich mich von ihm verabschieden konnte, so sollte auch ich wieder gehen, wie ich gekommen bin. Diesmal aber barfuß, obwohl ich mit Latschen hergekommen bin. Jedoch sagte der Boss den ratlosen Beamten, weil dieser danach fragte, dass ich keine mehr besitze, weil er die ohnehin kleinen Latschen längst einen anderen Häftling gegeben hatte.

Ehe ich mich noch von einigen Häftlingen verabschiedete, trat ich aus der Zelle, wo der Beamte bereits auf mich wartete. Wir marschierten an den Zellen vorbei, auch an der Zelle Nummer 3. Die ersten Tage nach meiner Verhaftung kamen wieder in den Sinn. Es war so, als ob das ewige Zeiten her war. Eine Zeit, in der ich mir vorkam wie „Frischfleisch". Abgeschottet von der Außenwelt, mit der Ungewissheit und als einziger Ausländer unter Chinesen auf engsten Raum.

Der Beamte brachte mich zunächst in die Krankenstation, weil mein Verband nun wieder entfernt werden konnte. Zum Glück war die Wunde verheilt. Aber mein Fingernagel vom Daumen war um die Hälfte kürzer. Anfangs glaubte ich, dass der Nagel nie mehr nachwachsen würde, und hatte das so hingenommen. Danach gingen wir aus der Krankenstation raus und bogen rechts ab.

Zelle Nummer 28

Diesmal blieben wir an der Zelle Nummer 28 stehen. Diese Zelle war um die Hälfte näher an den Zellen, die schräg gegenüber waren, wo sich die weiblichen Häftlinge befanden. Vor der Zelle sah ich an der Tafel, dass keine dreißig Häftlinge in diesem Raum waren. Das bedeutete im ersten Moment viel Platz. Der Beamte schloss die Gittertür auf und sagte zu den Häftlingen etwas auf Chinesisch und ich wurde in den Nebenraum geführt.

Der Boss war ein großer und breit gebauter Mann von achtundzwanzig Jahren. Er hatte wie die Chinesen dunkle Haare, jedoch war er am Körper genauso beharrt wie ich und hatte auch keine chinesischen Gesichtszüge. Daher fragte er mich kurz und knapp, ob ich Muslim sei. „Alhamdulillâh", antwortete ich. Das zu sagen bedeutet, am Ende jeder Sache Allah zu danken. Zwei Arbeiter durchsuchten nebenbei meine persönlichen Sachen und somit war ich auch schon in der neuen Zelle angekommen. Zum ersten Mal befand ich mich in einer Zelle, wo der Boss ein Ausländer war. Er war Mongole und hatte denselben Namen wie der letzte Mongole, der bereits auf freiem Fuß war, nämlich Mohammed. Er war verhaftet worden, weil er in eine Schlägerei verwickelt war und bekam dafür drei Jahre. Ein wenig verstand ich ihn, auch wenn ich mir die einzelnen Worte, die er sagte, zusammenpuzzeln musste.

Ich sollte nun in den Aufenthaltsraum gehen und war gespannt, was mich für Häftlinge erwarten würden und staunte, dass ich tatsächlich unter den Leuten ein bekanntes Gesicht sah. Es war der nette Häftling aus der Zelle Nummer 16, der an den Oberarmen und an seinem Oberschenkel tätowiert war. Seine Tätowierungen waren sorgfältig gearbeitet.

Im Vorfeld hatte ich ihn gefragt, was der Spaß gekostet hatte. Sein Freund habe ihn tätowiert, teilte er mir mit. Ich glaube, wenn wir beide uns nicht hier, sondern draußen in der Freiheit kennengelernt hätten, dann würde ich mich ebenfalls bei seinem Freund tätowieren lassen, auch wenn das gegen meinen Glauben wäre, weil dies als unrein gilt. „Von ihm würdest du ebenfalls eine kostenlose Tätowierung bekommen", sagte er, obwohl die Preise hier ohnehin niedrig waren.

Er kam jedenfalls auf mich zu, wir begrüßten uns und er stellte mich vor. Leider sprach er nur chinesisch. Im Raum befand sich zu meinem Entsetzen nur einer, der englisch sprach. Als ich dann obendrein erfuhr, dass er noch am selben Abend entlassen würde, brachte mich das fast aus dem Konzept.

Kurze Zeit später war Mittagsschlafzeit angesagt und ich sollte erneut auf dem Podest schlafen, aber diesmal genau in der Mitte. Ganz links war der sechs Fliesen breite Schlafplatz vom Boss, daneben, jeweils fünf Fliesen breit, die Plätze der beiden Arbeiter, die allerdings nur ein paar englische Wörter beherrschten, wie ich schließlich feststellte. Aber wenigstens das, dachte ich mir. Zwar waren wir anzahlmäßig weniger Leute in diesem Raum, doch allein der Boss mit seinen beiden Arbeitern hatte Platz wie acht Häftlinge zusammen. Nur sieben Häftlinge machten sich unten auf dem Fliesenboden breit und die Übrigen quetschten sich auf dem Podest zusammen.

Die letzten Monate suchte ich nach dem Mittagsschlaf immer den Nebenraum auf, weil dort bessere Luftverhältnisse herrschten. Als schließlich die Gittertür aufgeschlossen wurde, beobachtete ich, dass nur die beiden Arbeiter rausgingen. Einige der anderen saßen nun auf dem Podest, andere standen herum. Der Einzige, der ungestört weiterschlief, war der Boss, was mich wunderte. Allein schon, dass die Beamten das sehen und eventuell was dagegen haben könnten.

Ich stand am Fenstergitter mit dem Gesicht zum Nebenraum und es sah sicherlich danach aus, als ob ich nach Sauerstoff ringen würde. Am liebsten würde ich auch rübergehen, jedoch tat ich es nicht. Eine halbe Stunde später wachte nun auch der Boss auf, danach war auch schon die Schneidersitzzeit.

Weiterhin wollte ich unbedingt meine Knie schonen und versuchte dem Boss zu erklären, dass ich wie gehabt gerne auf dem Boden mit dem Rücken an der Wand sitzen würde, was er so nicht verstehen konnte. Letztendlich sollte ich mich in die hinterste Reihe zu den beiden Arbeitern auf dem Podest gesellen. So konnte ich den Rücken ebenfalls an die Wand lehnen und meine Beine waren angewinkelt.

Mohammed marschierte auf und ab, als wir alle auf dem Podest saßen. Das einzige von seinem ständigen Gerede, was ich verstand, waren seine Schimpfwörter.

Als Essenszeit war, kam er auf mich zu und sagte kurz und knapp: „Du bist ein Moslem, ich bin ein Moslem und von allem, was ich an Essen besitze, darfst du dich bedienen."

Ich muss gestehen, ich bin kein Mensch, der sich gerne etwas schenken lässt. Aber wie heißt es so schön, eine Hand wäscht die andere. Nur wenn du auch im Leben anderen geholfen beziehungsweise Gutes getan hast, wird man dir dafür auch eines Tages helfen.

Der Boss beschenkte mich mit Soßen aus Soja und Tomatenmark, Cola und anderen Beilagen.

Darüber hinaus wurde hier von den Häftlingen öfter Hühnchen bestellt, die ich ebenfalls ausgegeben bekam. Leider waren im Essen ganze Köpfe sowie die Füße von den Tieren enthalten. Irgendwann verzichtete ich dann dankend darauf, denn meine Suppen und das Trinken kamen endlich an. Sofort gab ich dem Boss seinen Anteil zurück.

Zwei Hunde waren immer im Innenhof. Einmal lockte ich einen an unsere Gittertür und gab ihm die Knochen von dem Huhn. Ich liebte Hunde und konnte den einen, der sich an unsere Gittertür traute, sogar ein wenig streicheln.

Nur wegen dem neuen Job in China musste meine Freundin unseren Hund wieder abgeben, weil der Vermieter etwas dagegen hatte. Nicht nur meine Freundin und ich, sondern auch meine Eltern und unsere Kinder hatten viel Spaß mit der Hündin namens Lilly, die auf Anhieb türkisch verstand. Wir hatten sie über Facebook in einer Gruppe entdeckt, uns mit dem Halter verständigt und sie bekommen. Das Tierheim war allerdings die Endstation, wo Lilly gegen Gebühren untergekommen ist. Schweren Herzens konnten wir uns von ihr nicht einmal richtig verabschieden und sahen sie somit nie wieder.

Der freilaufende Hund im Gefängnis kam täglich an unsere Gittertür, leider konnte ich ihm die Knochen nicht immer geben, weil man das Essen nur an bestimmten Tagen bestellen konnte. In den kommenden Tagen fragte ich den Boss, ob ich morgens und mittags nach dem Aufstehen wie gewohnt in den Nebenraum gehen dürfte. Er leitete dieses den Arbeitern weiter und ich bekam seine Erlaubnis.

Gegen Abend verließ uns dann der einzige englisch sprechende Häftling und ich fand mich damit ab, dass jegliche Kommunikationsversuche scheitern würden. Ich versetzte mich in die Lage von dem Häftling, der nun auf freiem Fuß war. Allein das Gefühl, in Freiheit zu leben, war für mich wie eine Art Neugeburt. Wie ich das alles vermisste. Sogar die kleinsten Dinge. Bald würde es wahr werden und der Horror ein Ende finden.

Am Folgetag musste ich morgens vor den neuen Häftlingen zwei Lieder singen, worin ich mittlerweile einige

Übung hatte. Nach und nach kamen in den nächsten Tagen ein paar bekannte Gesichter dazu. Wie der Häftling, dem bereits viele Zähne fehlten, der mit mir in denselben Zellen Nummer 3 und Nummer 16 gefangen war. Er kam zusammen mit einem älteren Häftling, der anfangs geizig zu mir war und mir von seinen nahezu perfekt zubereiteten Salaten nur ungern was abgeben wollte. Kaum betraten beide den Raum, ich wusste nicht genau wieso, wurde der zahnlose Häftling massiv von dem einen Arbeiter angeschrien.

Ein paar Tage später, es war gerade Mittagszeit, trabte der Zahnlose auf der Stelle und wurde plötzlich von dem Arbeiter auf den Boden geworfen und festgehalten, sodass der Boss sich auf ihn stürzte und ihn mit beiden Händen würgte. Wie feige von denen, dachte ich mir in diesem Moment. Die Beamten kamen zwar sofort, aber das eingespielte Paar hatte nun einmal mehr Macht und nannte banale Gründe, sodass der unschuldige Häftling auch noch von den Beamten beleidigt wurde und anschließend den Raum wechseln musste. Einfach zum Kopf schütteln, wie es hier zugeht, dachte ich mir.

Alle paar Tage gingen der Boss und seine Arbeiter auf wehrlose Häftlinge los und schlugen sie zusammen. Die Beamten ließen komischerweise alles durchgehen, obwohl Schlägereien gegen die Anstaltsregeln verstießen.

Als einmal Reis mit gekochtem Gemüse übrig geblieben war, wurden von den Arbeitern die Reste in das Plumpsklo geschüttet, statt in Mülltüten, die man sonst vor der Gittertür abstellte. Das Essen war nicht mal

ganz verstaut und schon wollte einer aufs Klo und ver-
übte sein großes Geschäft darin, mit Füssen auf dem
Reis. Der Häftling wurde regelrecht aus dem Klo raus-
gezogen und zu dritt verprügelt. Nach dieser Aktion sah
der Boss mich nur an und sagte kurz „haram", wobei
ich ihm irgendwo recht gab, aber dennoch nicht verstehen wollte, dass er so was gleich mit Fäusten regeln
musste.

Zwar war der Boss zu mir immer gut gewesen, aber
abgesehen davon, dass er Muslim war, war er rein
menschlich entweder kein guter Mensch oder eben
süchtig nach einer Schlägerei.

Um die Zeit zu vertreiben, spielte ich hier ebenfalls mit
einigen Häftlingen. Insbesondere mit einem, der bereits
zum zweiten Mal im Gefängnis saß. Früher wurde er
schon mal zu fünfzehn Jahren verurteilt und hatte, wie
es aussah, nicht aus seinen Fehlern gelernt. Nun saß er
erneut im Knast, bis jetzt, nach einem Jahr, ohne Urteil.
Er war besessen von dem türkischen Spiel „Keriz" und
wir spielten immer abends etwa eine Stunde.

Nach wie vor dachte ich an meine Gesundheit und achtete darauf, dass ich mich nicht mit irgendwelchen
Krankheiten anstecke. Zum Glück war bis jetzt alles gut
gelaufen, trotz der eisigen Kälte, der wir noch immer
ausgesetzt waren.

Täglich, wenn der Boss als Erster fertig war mit dem
Essen, ging er in den Aufenthaltsraum und lief auf dem

Podest auf und ab und sang dabei laut mongolische Lieder. Einige Wörter verstand ich sogar. Hier in diesem Raum wurde Gott sei Dank nicht gesungen, weil der Boss das nicht wollte. Gelaufen wurde hier ebenfalls nicht. So konnte ich endlich nach Monaten das Klopapier aus den Ohren nehmen, die mir mittlerweile wehtaten. Was mich allerdings sehr rührte, war, dass der Boss jede Nacht gegen 23:00 Uhr aufrichtig auf muslimische Art betete, wenn alle, außer zwei Wächter, am Schlafen waren. Respekt, dachte ich nur.

Der ältere Mann aus dem Raum 16 versuchte mittlerweile, sich ganz normal auf Chinesisch mit mir zu unterhalten. Einiges hatte ich dazugelernt, aber eine normale Unterhaltung klappte bei Weitem noch nicht. Er zeigte mir den jungen Häftling aus der Zelle Nummer 16, als dieser ein paar Tage später in unseren Raum versetzt wurde. Er meinte, dass der mich als Erster bei der Schlägerei von hinten angefasst und festgehalten hatte. Zu seinem Erstaunen unternahm ich nichts, denn ich hatte das längst verdrängt.

Ein weiterer Bekannter aus dem Raum Nummer 24 wurde ein paar Tage später ebenfalls hierher verlegt. Er hatte drei Jahre wegen Drogenbesitz bekommen. Alle diese Räume bildeten eine Einheit, daher kam es vor, dass man immer wieder mit denselben Leuten in einen Raum eingesperrt wurde.

Meine Tagebücher schmiss ich zum Glück nicht weg und bewahrte sie auf. Täglich schrieb ich hinein und las das bereits Geschriebene.

Mohammed erzählte mir, dass ich kurz vor meiner Entlassung erneut versetzt werden würde. Auf eine Art war das gut, denn dieser Raum war nicht ganz gewaltfrei. Und er erzählte mir, dass ich einen Anruf zu meiner Familie machen dürfe, was ich zunächst nicht ganz glauben konnte. Der Tag kam dann endlich und zusammen mit dem Boss wurden wir von einem Beamten rausgerufen, um den ersten Anruf zu unseren Eltern machen zu dürfen. Zum Glück hatte ich die Festnetznummer im Kopf. Die Vorwahl kannte ich bereits, weil ich noch vor meiner Verhaftung einige Anrufe nach Deutschland getätigt hatte.

Als ich dann an der Reihe war und der Beamte die Telefonkarte in die Telefonzelle gesteckt hatte, die sich im Innenhof der Haftanstalt befand, wählte ich mit zitternden Fingern die Festnetznummer meiner Eltern. Einerseits war ich sehr aufgeregt und andererseits hoffte ich, dass es ihnen gesundheitlich gut gehen würde und sie nicht schimpften, weil ich bereits seit fast sechs Monaten hier gefangen war. Es war 16:00 Uhr nach chinesischer Zeit, also 10:00 Uhr nach deutscher Zeit. Eine Zeit, wo meine Eltern bereits wach waren und entweder auf türkische Art gemütlich frühstückten oder Fernsehen schauten. Gespannt wartete ich mit dem Hörer am Ohr und hoffte darauf, dass jemand ans Telefon gehen würde. Nach einer Weile nahm tatsächlich mein Vater das Gespräch entgegen.

„Ich bin es, Vater", sagte ich und merkte, dass sich

mein Reden so anhörte, als ob nichts gewesen wäre. Als ob ich nur für drei Stunden weggewesen wäre und nur Bescheid geben wollte, dass ich mich abends etwas verspäten würde.

Er freute sich, nicht gerade voller Begeisterung, aber eben auf seine Art, nämlich innerlich, leise und still. Sofort rief er nach meiner Mutter, die eher euphorisch und voller Freude war.

„Mir geht es ganz gut", sagte ich spontan, „macht euch keine Sorgen. Schon in wenigen Wochen werde ich zurückkehren."

Meine Ängste und Befürchtungen wurden mir genommen, als ich hörte, dass es ihnen und auch meinem Sohn ebenfalls gut ginge. Keine zwei Minuten später war die Leitung auch schon wieder unterbrochen und das Guthaben auf der Telefonkarte aufgebraucht. Mann, war ich hinterher erleichtert! Zum ersten Mal, seitdem ich eingesperrt war, hatte ich richtig gute Laune.

Ein weiterer Häftling kam, den ich kannte. Es war der zweite Boss von der Zelle 3, mit dem ich mich beinahe am Anfang meiner Verhaftung geprügelt hätte, wenn der schwule Boss nicht dazwischen gegangen wäre. Zwar bin ich nicht nachtragend, jedoch hatte ich diesen Vorfall noch immer nicht vergessen und wartete erst mal auf seine Reaktion. Man sah ihm an, dass er zugenommen hatte. Ein Zeichen dafür, dass er sich nicht mehr ausreichend bewegte.

Der Beamte sagte zu Mohammed, dass er ebenfalls zum Boss ernannt werden sollte. Hoffentlich wird es nicht eskalieren, dachte ich. Zum Glück verhielt er sich von Anfang an fair und respektvoll mir gegenüber.

Er war auch wegen einer Schlägerei hier gefangen und hatte drei Jahre bekommen. Als er später erfuhr, dass ich nur noch wenige Wochen bis zu meiner Entlassung hätte, war er sehr zuvorkommend zu mir.

Von Tag zu Tag hörten nachts die Albträume endlich auf, weil eine große Last von mir gefallen war. Einmal hatte ich einen erotischen Traum und ich erwachte, weil ich eine Pollution hatte. Ich zitterte am ganzen Körper und dann registrierte ich erst, dass ich immer noch im Knast steckte. Es war gerade Mittagszeit und zwei Häftlinge hatten Wachdienst. Natürlich wurde ich von den beiden dabei beobachtet, jedoch tat ich es immerhin unbewusst. In dieser peinlichen Situation ging ich aufs Klo, wusch mich und wechselte das T-Shirt.

Ein älterer Häftling, dem leider die Todesstrafe drohte, befand sich auch unter uns, weil er seine Frau umgebracht hatte. Keine Ahnung wieso und weshalb. Er war täglich wie versteinert, so leer und leblos. Es war offensichtlich, dass jeder mit ihm Mitleid hatte und er wurde mit Lebensmitteln überschüttet. Wenigstens sollte er es in der letzten Zeit seines Lebens noch mal gut haben. Er habe allerdings eine Chance zum Weiterleben, wenn die Familie der ehemaligen Frau, gegen eine Todesstrafe gewesen wäre. Leider war man in den seltensten Fällen gnädig.

Nur für einen Moment versetzte ich mich in seine

Lage und der Gedanke allein war blanker Horror. Was hatte China nur für ein Rechtssystem? Gleiches mit Gleichem zu bestrafen, ist sicherlich nicht die richtige Lösung.

Am sechzehnten Tag kam ein Beamter an die Gittertür und ich wurde namentlich aufgerufen und erneut verlegt. Schnell nahm ich meine Bücher und Spiele in die Hand, dankte dem Boss für seine Hilfe und verabschiedete mich von den Leuten.

„Selamun Aleykum", waren meine letzten Worte an Mohammed.

„Aleykumselam", hörte ich ihn noch sagen, als ich nach drei Wochen nun auch diese Zelle verließ und draußen von einem Beamten erwartet wurde.

Zelle Nummer 26

Wir bogen rechts ab und befanden uns gegenüber von Zelle Nummer 16, wo ich mich damals mit dem muslimischen Häftling nur kurz über Handzeichen ausgetauscht hatte. Nur war dieser Häftling im letzten Raum, ich dagegen sollte nun in den vorletzten Raum kommen. Als die Gittertür von dem Beamten aufgeschlossen wurde, kam plötzlich ein lauter Schrei aus Raum Nummer 16 und ich erkannte den Boss. Beim Betreten der Zelle hörte ich, wie er auf Englisch sagte: „Wir kommen jetzt alle in einem Raum zusammen!"

Wie in allen Räumen üblich, ging ich erst in den Nebenraum und stellte fest, dass niemand englisch verstand. Die letzten zwei Wochen wirst du noch durchhalten, sagte ich mir, auch ohne dass ich mich mit jemand unterhalten kann. Es vergingen keine drei Minuten und die Gittertür wurde erneut aufgeschlossen. Dreimal dürft ihr raten, wer nun den Raum betrat. Es war der erste Boss von der Zelle Nummer 16. Er kam rein wie der Blitz und war total aufgedreht. Nun sah ich ihn also wieder.

Er war hyperaktiv und sagte mir mit euphorischer Stimme: „Hey, mein Freund, wie lange bist du schon hier?"

„Gerade auch erst angekommen", antwortete ich.

Ihn habe man freigekauft, ließ er mich wissen, darum dürfe er nach einem Jahr wieder aus dem Gefängnis heraus. In nur vier Tagen dürfe er schon gehen.

„Ich dagegen erst in gut zwei Wochen", sagte ich.

Er habe eine nagelneue Decke, die er mir bei seiner Entlassung geben würde, erzählte er weiter.

Ehe ich von den anderen Häftlingen aus der Zelle Nummer 16 die aktuellsten Infos bekommen konnte, redete der ältere Boss von dem Raum Nummer 28 dazwischen und wollte wissen, wer wir sind, weil wir nacheinander in kurzen Zeitabständen in den Raum hineingestürzt waren, ohne uns vorgestellt zu haben.

Später erzählte mir der alte Boss von Sally, dass er bereits auf freiem Fuß war. „Der Beamte kam und rief ihn einfach auf und er durfte gehen." Ich freute mich für ihn und die Geschäftsidee, die wir zusammen angehen wollten, kam mir erneut in den Sinn. Zwar konnte ich den alten Boss nicht leiden, aber er war nun mal der Einzige, der englisch sprechen konnte. Ich bat ihn darum, dass er mich vom Schneidersitz sowie vom Laufen ausschließen möge. Dies tat er dann auch, mit der Begründung, ich habe Beinschmerzen.

Zu den Schneidersitzzeiten saß ich erneut auf dem Boden. Ebenso wurde ich von gewissen Arbeiten ausgeschlossen. Zu den Essenszeiten kam der alte Boss zu mir und wollte von mir Cola, auch mal eine Suppe oder einen Schokokeks haben, was ich ihm natürlich gab.

„Wir müssen unbedingt unsere E-Mail-Adressen austauschen", meinte er.

Zwar ließ ich mir von ihm seine Adresse geben, jedoch wusste ich, dass ich mich später bei ihm bestimmt nicht melden würde.

Gegen Abend, zur Schlafenszeit, sprang der alte Boss ebenfalls ein und organisierte mir das Wacheschieben in der ersten Stunde. Leider musste ich ab jetzt, wie zu Beginn meiner Inhaftierung in den ersten Nächten, auf dem Fliesenboden schlafen und verspürte Schmerzen.

Sonst verlief alles wie gehabt, bis am übernächsten Tag weitere fünfzehn Häftlinge dazu kamen. Ich konnte es erst nicht fassen und regte mich tierisch drüber auf. Nun waren wir fast fünfzig Mann und das war überhaupt nicht mehr schön. Viel organisatorisches Können war nötig, damit jeder sein Hab und Gut an Lebensmitteln verstauen konnte. Die ersten beiden Nächte waren gerade noch so zum Aushalten. Tatsächlich musste ich in meinen letzten Tagen eng umschlungen Schulter an Schulter mit anderen auf dem Boden liegen. Ohnehin hatte ich eine Vorahnung, dass noch etwas Außergewöhnliches passieren würde.

Zum Glück wurden täglich bis zwei Häftlinge verlegt, sodass man wieder aufatmen konnte. Unter den neuen Ankömmlingen waren auch ein Inder und ein Mongole. Der Inder sprach mich immer wieder an, in der Hoffnung, endlich jemanden gefunden zu haben, der seine Muttersprache spricht. Jedoch scheiterten die Kommunikationsversuche. Er hatte noch kein Urteil, darum wusste ich nicht, weshalb er gefangen war. Der Mongole hingegen konnte englisch sprechen. Er war im Gefängnis, weil er besoffen einen Beamten geschlagen haben soll. Dadurch, dass er ebenfalls Ausländer war, bekam er nur ein Jahr Haftstrafe.

Mit ihm und anderen zusammen, spielten wir meine Spiele und es machte erneut Spaß.

Der alte Boss war happy wie nie zuvor und freute sich auf seine anstehende Entlassung. Jeden Tag kam er nun zu mir, weil er hungrig war. So gab ich ihm verschiedene Lebensmittel. Auch dem Mongolen, der nichts hatte, gab ich davon ab.

Wenig später schloss ein Beamter die Gittertür auf und wir bekamen wieder einen neuen Häftling. Der Neue war ein älterer, hellhäutiger Mann mit grauem Haar, was hier unüblich war. Denn auch die meisten älteren Chinesen hatten selten graue Haare. Der alte Boss vom Raum Nummer 16 ging auf ihn zu und fragte ihn auf Englisch, aus welchem Land er sei. „Aus Deutschland", war seine Antwort und darauf schrie mich der alte Boss mit lauter Stimme an, da sei nun endlich ein weiterer Häftling aus demselben Land, wo auch ich herkäme. Zunächst konnte ich es nicht glauben. Also ging ich auf den Mann zu und fragte ihn selber, ob er wirklich aus Deutschland kommt. Er bestätigte dieses erneut und ich wollte nun den Grund wissen, weshalb er eingesperrt wurde.

„Ich bin Tom und wohne seit Jahren in China. Hier habe ich mir ein neues Leben aufgebaut", sagte er, „ich besitze eine Firma, wo Handys hergestellt und weltweit verkauft werden. Dazu bin ich mit einer Chinesin verheiratet. Sie ist ebenfalls Geschäftsfrau und als ich auf

dem Weg war, sie mit dem Auto vom Flughafen abzuholen, wurde ich von Polizisten angehalten. Sie stellten
fest, dass ich alkoholisiert war."

Nie im Leben hätte ich gedacht, dass neben mir, ein
weiterer Deutscher hier in dieses Loch eingesperrt werden würde und erst recht nicht mit mir in einer Zelle.
Das wirkte irgendwie nicht real. Diesmal war ich derjenige, der ihm alles zeigte und von den Abläufen erzählte. Ihm wurden Zahnbürste und ein kleines Handtuch
gegeben und mitgeteilt, dass er von nun an jede Nacht
Wache halten müsse.

„Wie lange musst du sitzen, weißt du das", fragte ich
ihn.

„Ich weiß nur, wenn ich ein Bier mehr getrunken
hätte, dann müsste ich definitiv mit sechs Monaten Haft
rechnen, weil ich so über ein Promille gehabt hätte.
Wenn ich Glück habe, darf ich nach einer Woche wieder raus."

„Aber meine Frau, die ich dann noch schnell informieren durfte, meinte, dass ich mir keine Sorgen machen müsse, weil unser Anwalt mich so oder so schnell
von hier rausholen wird."

Die erste Nacht, als Tom nun auch Teil von unseren
Raum war, konnte er, nachdem er Wache gehalten hatte,
kein Auge zumachen und war entsprechend müde. Als
später Duschzeit war, fand ich es nahezu witzig, als er
sagte, dass er noch nie so eiskalt geduscht habe. Ich
musste lachen. Auch sonst wurden meine letzten Tage
allein durch seine Gesellschaft erträglicher. Wir machten

Späße auf die übliche deutsche Art und kotzten uns praktisch gegenseitig über die schlimmen Zustände im Knast aus.

„Das darfst du niemandem erzählen", waren seine Worte, „man würde uns sicherlich nicht glauben, wie das hier zugeht."

Mit der Zeit sprachen wir auch über private Dinge und über sein Geschäft. Meine Geschichte hörte er sich natürlich auch an. Zusammen mit dem Mongolen setzten wir uns alle drei hin und spielten meine Spiele. Wir tauschten auch unsere E-Mail-Adressen aus.

Der Mongole hatte noch drei Wochen vor sich und würde hinterher in China bleiben. Mit Tom sprachen wir ebenfalls über eine mögliche Geschäftsidee, aber um da einzusteigen, müsste ich viel Kapital haben, um in Massen Handys kaufen zu können, sie an den Mann zu bringen oder an verschiedene Händler weiterzuverkaufen. Dies war jedoch nicht so meine Vorstellung.

Als ich ihm von der eventuellen Zusammenarbeit mit Sally und vor allem von dem niedrigen Einkaufspreis erzählte, sagte Tom ganz klar, dass er sich keinen Laptop zu dem Preis vorstellen könne, zumal die normalen Komponenten allein mehr kosten würden. Das machte mich stutzig. Weder wollte ich mich verarschen lassen, noch mich erneut strafbar machen. Dennoch hatte ich vor, mich sofort bei Sally zu melden, da ich nun wusste, dass er bereits auf freiem Fuß war.

Am vierten Tag kam dann die Stunde, in der der alte

Boss vom Raum Nummer 16 namentlich aufgerufen und hinterher freigelassen wurde.

„Die Decke muss ich, wie es aussieht, dem Boss übergeben, tut mir leid", meinte er zu mir.

Einen halben DIN-A4-Zettel, auf dem die E-Mail-Adressen standen, formte er blitzschnell zu einer kleinen Kugel und legte diese unter seine Zunge und ging so aus dem Raum. „Good Luck", waren seine letzten Worte an mich. Ob er hinterher erwischt wurde, weiß ich nicht.

Mit dem Mongolen, der übrigens Ende dreißig war, stand ich öfter vor der Gittertür und beobachtete den Innenraum.

„Ich habe noch über zwei Wochen, du dagegen nur noch wenige Tage", sagte er.

„Was sind schon zwei Wochen?", entgegnete ich, „seit fast einem Jahr bist du hier, die letzten zwei Wochen wirst du auch noch schaffen. Wir können froh sein, dass wir nicht jahrelang eingesperrt wurden. Schau dir die anderen an, vor allem die, die hier ihr Leben lassen müssen!"

Ich dachte dabei an einen Häftling in unserem Raum, der jemanden fast zu Tode geprügelt haben soll und vierzehn Jahre dafür büßen musste. Ein weiterer Häftling wurde wegen des Verzehrs von drei Tigern zu elf Jahren Gefängnis sowie einer Geldstrafe von umgerechnet 100.000 Euro verurteilt. In Teilen Asiens gelten Tigerpenisse bis heute als Potenzmittel. Dieses harte Urteil konnte ich gar nicht verstehen, auch wenn die

Tierart vom Aussterben bedroht ist. Ein anderer Häftling wurde zu fünfzehn Jahren wegen der angeblichen Vergewaltigung eines jungen Mädchens verurteilt. Das Verbrechen habe bereits drei Jahre vorher stattgefunden und war nicht aufgeklärt worden. Zu Unrecht wurde er verurteilt, sagte er. „Ich hatte keine Kraft mehr, keinen Willen. Ich konnte die Folter einfach nicht mehr ertragen. Es gab keinen Ausweg. Die Polizisten haben mir erzählt, wie die Tat begangen wurde und ich musste einfach nur mit „Ja" bestätigen. Jedes Mal, wenn ich „Nein" gesagt habe, schlugen sie sofort wieder zu. So habe ich letztlich unterschrieben." Ein Geständnis ist der einfachste Weg, um einen Fall zu lösen, denn dann hat der Angeklagte das Verbrechen ja selbst zugegeben. „Durch Folter erzwungene Geständnisse sind in China alltäglich und so haben sie es auch mir zugeschoben", sagte er.

Ein weiterer Häftling, ein klasse Typ, soll angeblich umgerechnet 25.000 Euro von einem fremden Konto abgehoben haben. Das Überwachungsvideo zeigte einen kleinen, dicken Chinesen. Der Häftling aber ist 1,78 Meter groß und schlank. Natürlich erzählt dir jeder im Gefängnis seine eigene Geschichte, aber ich habe ihm geglaubt. Er wurde zu über fünf Jahren Gefängnis verurteilt. Er tat mir wirklich leid. Oft musste ich ihn beruhigen und motivieren, um weiterzumachen, weil er kurz davor war, durchzudrehen.

Anderen Häftlingen wurden Drogenbesitz, Industriespionage bei einem chinesischen Unternehmen, Taschendiebstahl, Betrug, Mord und Wirtschaftsverbrechen sowie illegale Glücksspiele zur Last gelegt.

Ich betete jeden Tag, dass mir nichts Schlimmes passieren würde. Schließlich kann man Gefahren nicht voraussehen. Nachts hörte man immer wieder laute Schreie von Häftlingen. Traumatische Erlebnisse waren die Folge. Täglich kreuzte ich die Tage in meinem selbst gebastelten Kalender ab. Es waren nur noch wenige Kreuze zu machen und ich dem Ziel ziemlich nahe. Durch Tom und den Mongolen hatte ich zum Glück Abwechslung. Bis plötzlich der Mongole von einem älteren Chinesen beleidigt wurde und dieser ihm einen Schlag verpasste. Kurzerhand kamen die Beamten, ohne dass er noch etwas sagen konnte oder wir uns voneinander verabschieden konnten, wurde er verlegt.

Tom zeigte nach und nach sein wahres Gesicht. Er war nun mal jemand, der im Leben genug Geld hatte. Mittlerweile hatte er ein Gespräch mit seinem Anwalt geführt und wahrscheinlich käme er in drei Tagen wieder raus, sagte er. Danach würde er erneut seine Chefposition wahrnehmen. Ich hingegen musste bei null anfangen und mir einen neuen Job suchen.

Weiterhin wurden täglich Häftlinge zu uns verlegt, sodass wir erneut an die vierzig Leute waren. Mittlerweile durfte ich auf dem Podest schlafen, ganz hinten rechts.
    Der Boss gab mir gelegentlich etwas von dem Salat ab, der mit Fisch zubereitet wurde. „So sind wir Chinesen", meinte er lächelnd zu mir, wobei ich auch andere

Seiten kennengelernt hatte.

Nach einiger Zeit durfte Tom das Gefängnis verlassen und verabschiedete sich von uns. „Wir hören voneinander", sagte er noch, als er von dem Beamten abgeführt wurde.

Alle gingen, so wie sie gekommen waren. Die restliche Zeit verbrachte ich meistens alleine. Mit dem Inder scheiterte nach wie vor die Kommunikation. Zum Glück gab es hier und da welche, die mit mir spielten.

Es gibt einige wenige große Momente im Leben, in denen du fühlst, dass dich etwas tief im Innersten bewegt. Ich sollte nun endlich nach 210 Tagen entlassen werden. Meine Gedanken konzentrierten sich auf das danach. All das Vermisste würde ich nachholen und für bestimmte Leute, die ich vernachlässigt hatte, mehr Zeit aufbringen, nahm ich mir vor. Mir wurde hier wertvolle und kostbare Zeit von meinem Leben weggenommen. Von Tag zu Tag mehrten sich meine Gebete und Hoffnungen. Gerade die letzten Tage vergingen nahezu im Schneckentempo. Aber auch hier, in der untersten Schublade des Lebens im Chinaknast, tickte die Uhr Sekunde um Sekunde weiter und das Allerschlimmste war bereits überstanden.

Genügend Zeit, über mein Leben nachzudenken und was ich nach meiner Entlassung besser machen könnte, hatte ich gehabt. Hier lernte ich zum ersten Mal das Gefühl richtig zu hungern und vor allem lernte ich die kleinen Dinge im Leben zu schätzen.

Das einzig Positive daran war, dass ich neben einer möglichen Entgiftung, vor allem fettfreies Essen verzehren konnte. In sexueller Hinsicht hatte ich reichlichen Nachholbedarf.

Endlich kam dann der vorletzte Tag und in der Schlafenszeit hielt ich ein allerletztes Mal Wache. Gedanklich war ich bereits in Deutschland und voller Sehnsucht nach meiner Familie und meiner Freundin. Und wieder einmal waren wir in der Nacht unterm Halbmond alle gleich. Morgens, mittags und abends und schon war ein weiterer Tag vergangen, bis der Tag der Entlassung kam.

Entlassung nach 210 Tagen

Das befreiende Gefühl an diesem Tag kann ich mit Worten nicht beschreiben. Es war so unreal, zu wissen, dass ich wieder in Freiheit sein würde. Meine Gefühle fuhren Achterbahn und ich hatte nach dem Aufstehen sofort Herzrasen und Glücksgefühle wie nie zuvor. So versuchte ich, jeden Moment intensiv wahrzunehmen, weil ich wusste, dass dies das letzte Mal im Knast sein würde. Nach dem Frühstücken spielte ich ein letztes Mal ein paar Spiele mit den Mithäftlingen und schaute mir jeden Winkel nochmals an. Natürlich würde ich meine Spiele den Häftlingen überlassen, aber meine Tagebücher musste ich irgendwie herausschmuggeln. Ich duschte ein letztes Mal eiskalt. Der Häftling hingegen, von dem ich wusste, dass er mit mir zur selben Zeit entlassen werden würde, saß regungslos auf dem Podest.

Es fühlte sich jetzt schon wie eine zweite Geburt an, dieser Tag vor der Entlassung. Es gibt Dinge und Gefühle, für die man keinen Namen finden kann, keine zutreffende Bezeichnung. Jeder wünschte mir das Allerbeste. Dass ich dieses Land sofort verlassen würde, das wusste ich. Nun fragte ich mich selber: War diese Strafe denn gerecht gewesen für das, was ich vor 210 Tagen begangen hatte, ganz abgesehen von den Umständen hier?

Als es 10:00 Uhr war und wir immer noch nicht gerufen

wurden, rief der Boss über die Gegensprechanlage, dass man wohl vergessen habe, uns herauszuholen. Keine zehn Minuten vergingen und ein weiterer junger Häftling und ich wurden auch schon namentlich aufgerufen und mussten uns an die Gittertür stellen. Wir wurden nacheinander mit dem Bild auf der Karteikarte verglichen. Dabei hörte ich regelrecht meine Herztöne schlagen, denn kurz davor steckte ich heimlich meine beiden Tagebücher unter meine Jogginghose und hoffte nur, dass ich nicht erwischt werden würde.

Beim Rausgehen aus der Zelle drehte ich mich ein letztes Mal um und winkte in Richtung Zelle Nummer 16. Den dickeren Häftling namens „iPhone" erkannte ich allein durch seine Statur. Er winkte mir zurück. Danach marschierten wir zu dritt zum Ausgang.

Nun gingen wir in jenen Raum, wo man zu Beginn meiner Verhaftung Fotos von mir gemacht hatte. Es wurden erneut Bilder von uns angefertigt. Danach mussten wir, diesmal ohne den Beamten, in einen Büroraum und bekamen dort die Entlassungspapiere. Der Beamtin stellte ich die Frage, ob sie wüsste, wo mein Handy abgeblieben war, welches ich mir vor meiner Verhaftung von dem Kollegen ausgeliehen hatte.

„Da ist nichts", sagte sie.

Da ich dem Kollegen sein Handy unbedingt zurückgeben wollte, bat ich sie, doch noch mal nachzuschauen. Nun schaute sie in einigen Schränken nach, aber das Handy war zumindest nicht in diesem Raum.

„Wir können das Handy, falls es sich noch auffindet, an deine Adresse schicken oder du kommst nachmittags noch einmal vorbei", sagte sie.

„Aber ich werde heute noch China verlassen und wohne in Deutschland. Ich brauche unbedingt das Handy, am besten sofort", wandte ich erfolglos ein.

„Dann muss ich woanders noch mal nachschauen", sagte sie und ging aus dem Büroraum raus. Die Gelegenheit nutzte ich und versteckte meine Tagebücher unauffällig, da sich sonst niemand im Raum befand.

Nun rief mich der alte Beamte vom Raum gegenüber zu sich. Er sprach hastig auf Chinesisch und ich verstand trotzdem, dass ich mich umziehen sollte. Von einem weiteren, jüngeren Beamten wurde ich dabei beobachtet. Meine privaten Klamotten, die seit meiner Verhaftung in einer Folie eingeschweißt waren, wurden aus dem Schrank rausgeholt und mir überreicht. Ich sollte mich umziehen. Es war widerlich, in meine dreckigen Klamotten schlüpfen zu müssen und es roch unausstehlich. Mit verzerrtem Gesicht stand ich nun da, so wie ich einst hier im Gefängnis ankam. Der Beamte übergab mir noch ein Dokument mit einem Bild von mir. Dann schickte man mich zum Ausgang.

Es vergingen keine fünf Minuten, als ich erneut im Büroraum stand, wo ich meine beiden Tagebücher versteckt hatte. Schnell steckte ich sie unter meine Jeans. Als die Beamtin kurze Zeit später kam, hob sie das Handy von Weitem mit einer Hand in die Höhe und sagte euphorisch, sie habe das Handy doch noch gefunden und übergab es mir. „Nun kannst du das Gefängnis verlassen. Das Einzige, was du noch tun musst, ist, die Entlassungspapiere bei den Kollegen am Ausgang abzugeben", sagte sie und wünschte mir alles Gute.

Bleibt nur noch die letzte Hürde, dachte ich mir und ging zum Ausgangsbereich in der Hoffnung, dass ich hier nicht gefilzt werden würde. Ich übergab einer weiteren Beamtin meine Entlassungspapiere und sie zeigte nur stumm zur Ausgangstür. Seelenruhig steuerte ich dem Ausgang entgegen und konnte endlich, nach so langer Zeit, die Untersuchungshaftanstalt verlassen. Eigentlich hatte ich geglaubt, dass mich die Beamten persönlich direkt zum Flughafen fahren würden, um sicherzustellen, dass ich das Land verlasse.

Der erste Schritt in Freiheit

Als ich nun den ersten Schritt wieder in die Freiheit setzte, war keiner da gewesen, der auf mich wartete. Im ersten Moment war ich etwas verwirrt und planlos zugleich. Wie bestellt und nicht abgeholt stand ich nun da. Daraufhin ging ich spontan zu dem chinesischen Pförtner, um mir eine Zigarette geben zu lassen, weil ich sah, dass er gerade rauchte. Schließlich hatte ich meine letzte Zigarette vor sechs Wochen geraucht.

Natürlich war ich orientierungslos und wusste nicht, in welchem Viertel ich mich befand. Völlig planlos ging ich an die Straße und sah zu meiner Verwunderung, dass die zwei Herrschaften vom deutschen Konsulat zusammen mit einem Taxifahrer auf mich warteten. Erleichtert ging ich auf sie zu.

„Wir hoffen, dass es eine Lehre für Sie war."

„Ganz gewiss, ja", antwortete ich und konnte es immer noch nicht fassen, dass ich endlich wieder frei war.

„Wir haben ein Zimmer für Sie gebucht. Nun müssen wir uns etwas beeilen und zum chinesischen Konsulat fahren, bevor die Mitarbeiter in die Mittagspause gehen, weil wir Ihr Visum verlängern müssen."

Jetzt war ich vollkommen durcheinander. Habe ich da gerade richtig gehört? „Ich bin eigentlich davon ausgegangen, dass ich das Land noch heute verlassen muss", sagte ich.

„Sie werden erst übermorgen gegen 2:00 Uhr von Hongkong aus zurückfliegen können. So lange bleiben Sie noch in China. Ihre Eltern befinden sich mittlerweile wieder in Deutschland und sie haben mir das nötige Geld überwiesen. Durch den Abzug aller Kosten für den Rückflug sowie das Geld aus meiner eigenen Tasche, was ich für sie zweimal einzahlte, bleiben etwa noch 200 Euro für Sie, die ich Ihnen jetzt überreichen werde. Nur teilen Sie sich das Geld gut ein, damit für Sie keine weiteren Unkosten entstehen. Das Flugzeug wird in Frankfurt landen und von dort aus müssen Sie weiter mit dem Zug nach Hannover fahren. Für die Hotelübernachtung müssen Sie ebenfalls aufkommen. Übrigens, in Doha werden Sie einen Zwischenstopp einlegen müssen, aber ich denke, das wird für Sie kein Problem sein. Einen Direktflug nach Deutschland gab es nicht auf die Schnelle."

„Was ist mit meinen privaten Sachen?", wollte ich nun wissen.

„All deine Sachen sind bei deinen ehemaligen Kollegen auf der Baustelle. Ich werde dir später genauer erklären, wie du am besten dahin kommst. Natürlich hat man dir nach so langer Zeit gekündigt, aber ich denke, davon bis du ohnehin ausgegangen."

Nun saßen wir alle im Taxi und es war mir etwas peinlich, weil meine Klamotten dermaßen stanken. Kurze Zeit später kamen wir am Konsulat an. Nachdem man den Vordruck mit meinen persönlichen Daten am

Schalter manuell über Touchscreen eingegeben hatte, zeigten wir diese zusammen mit meinen Entlassungspapieren dem Beamten. Der sagte jedoch aufgebracht, dass wir nach der Mittagspause erneut kommen müssten. Um 14:00 Uhr sollten wir wieder hier sein.

Wir verblieben so, dass ich mich in der Zwischenzeit im Hotel einchecken sollte, welches in der Nähe war. So konnte ich mich auch frisch machen, mich umziehen und etwas Vernünftiges essen. Kurz vor 14:00 Uhr würden wir uns erneut vor dem Konsulat treffen.

In der Nähe vom Hotel setzte man mich ab. Nach dem Check-in ging ich ins Zimmer. Der erste Eindruck war grandios. Das Zimmer im dritten Stock war sehr komfortabel. Träumte ich gerade oder war das alles real? Ich sah mich nach langen Monaten wieder im Spiegel an und stellte fest, dass ich ziemlich abgenommen hatte.

Endlich konnte ich mich von den Klamotten befreien und wusch das dünne Hemd im Waschbecken. Der Akku vom Handy war natürlich leer, darum lud ich ihn auf. Lange Zeit passierte nichts, bis nach einer Viertelstunde das Licht zu blinken begann. Also funktionierte das ausgeliehene Handy noch.

Gleich darauf steuerte ich auf das hochmoderne Badezimmer zu. Es war ein megagutes Gefühl, nach langer Zeit wieder eine richtige Toilette in gewohnter und bequemer Sitzhaltung zu benutzen. Auch war es ein herrliches, befreiendes Gefühl, eine heiße Dusche zu nehmen. Nachdem ich mich mit einem weichen und flauschigen Handtuch abgetrocknet hatte, verließ ich das Badezimmer und legte mich unbekleidet in das einladende Bett und verkroch mich unter der wohltuenden Decke. „Träume ich das nur oder war das echt?", fragte ich mich erneut. Da es nun ungewohnt still war, schaltete ich den Fernseher ein – es lief chinesische Musik.

Mittlerweile war eine halbe Stunde vergangen und das Hemd war fast trocken. Ich zog es erneut an und schlüpfte in meine Jeans. Als ich dann das Hotel verließ, betrat ich einen Laden. Ich kam mir vor wie ein Kleinkind, dem man zum ersten Mal einen Geldschein in die Hand drückte und das nun frei darüber verfügen konnte, um sich etwas kaufen zu können. Genau das tat ich nun. In meiner Aufregung ging ich dreimal hintereinander in den Laden rein und kaufte jedes Mal was zu dem bereits zuvor Eingekauften hinzu. Später brachte ich den Einkauf in mein Zimmer, nahm das halb aufgeladene Handy mit und begab mich auf den Weg zum Konsulat.

Die Botschafter waren wie erwartet überpünktlich. Zu dritt gingen wir erneut in die zweite Etage. Dort sollten wir eine Nummer ziehen und vor der Tür warten. Beim Warten klingelte plötzlich das Handy – eine Mailboxnachricht. Auf der Message stand das Datum vom 24.08.2014, der Tag, ab dem ich nicht nur telefonisch, sondern auch persönlich nicht mehr erreichbar war. „Willkommen im richtigen Leben", wiederholte sich der Diplomat.

Kurze Zeit später wurde unsere Nummer aufgerufen und wir gingen in das Zimmer. Der Beamte las meine Entlassungspapiere, die man mir einmal in chinesischer und einmal in deutscher Sprache ausgehändigt hatte. Aus welchen Gründen auch immer, wurde der Beamte plötzlich ärgerlich und war nicht bereit, mir an diesem Tag mein Visum zu verlängern. Auch die Dame von der deutschen Botschaft, die chinesisch sprach, konnte nichts erreichen. Wir wurden hingehalten und sollten morgen früh noch mal kommen. Kopfschüttelnd gingen wir nach zwei Stunden mit leeren Händen wieder raus.

„Ich weiß auch nicht, was der Beamte will", sagte die Diplomatin. Dann sprach sie weiter: „Entweder wirst du uns die 60 km lange Fahrt bezahlen, wenn wir morgen erneut hierherkommen müssen, oder aber du versuchst, die Angelegenheit irgendwie selber in die Hand zu nehmen. Das Drei-Tage-Visum jedenfalls wird dich etwas kosten, was aber nicht die Welt ist, allerdings kann das Geld nur bargeldlos überwiesen werden."

„Ich werde versuchen, selber irgendwie zurechtzukommen", meinte ich.

„Falls nicht, benachrichtige uns. Unsere Visitenkarte hast du ja."

Nun ließ ich mir erklären, wie ich am besten zur Baustelle kam, um dem ehemaligen Kollegen sein Handy zu geben und meinen Koffer abzuholen. Mit der U-Bahn käme ich am besten hin, hieß es. Ich dachte daran, falls ich hinterher noch Zeit haben sollte, Sally persönlich zu besuchen, weil er mir gesagt hatte, dass er nur zehn Minuten Autofahrt vom Gefängnis wohne. Allerdings musste ich erst Zugriff in meine E-Mail-Adresse haben, um ihn kontaktieren zu können.

Es war an der Zeit, endlich meine Eltern anzurufen,

um ihnen zu sagen, dass ich wieder auf freien Fuß bin. Sie freuten sich so sehr! „Schon übermorgen Abend werde ich wieder daheim sein, so Gott will", sagte ich zum Schluss.

Bevor ich meinen Koffer abholte, nahm ich mir vor, endlich nach langer Zeit etwas Vernünftiges zu essen. Freiheit fühlte sich nie so gut an wie damals. Man weiß gar nicht, was man an ihr hat, bis man sie verliert.

Die Provinz Shenzen ist in China besonders bekannt für ihre exotische und vielfältige Küche. Die Chinesen sagen, in Südchina isst man alles, was mit dem Rücken zur Sonne geht. Also so gut wie jede Art von Tieren, ob Vögel oder Schlange, Hund oder Katze. Und man findet in der Provinz nördlich von Hongkong die eigenartigsten Speisen. Ob man das alles wirklich probieren möchte oder lieber nicht, bleibt jedem selbst überlassen. Manchmal schmecken die Gerichte aber erstaunlich gut, wenn man sich erst einmal zum Kosten überwunden hat. Jedenfalls ist keine Küche der Welt vielseitiger als die chinesische – es sei denn, man ist im Gefängnis. Neben all den Köstlichkeiten, von denen die chinesische Küche so reich ist, gab es aber auch so manche Herausforderung. Hierzu zählten Schlange, Seegurke, Frösche und andere, denen ich auswich, so auch Hund, Katze, Enten- und Hühnerfüße und halb ausgebrütete Eier.

Nach meiner Entlassung wollte ich unbedingt frischen Fisch, welcher hier in Unmengen angeboten wurde. Neben Reis schien Fisch schon fast als Grundnahrungsmittel zu gelten. Als der Wirt kam, sagte ich auf

Englisch, dass ich gerne Fisch möchte, aber er verstand mich leider nicht. Erst als ich auf das Aquarium zeigte, begriff er, was ich wollte.

Koi-Karpfen sind sündhaft teuer – und somit ein Statussymbol. Sicherlich ist für den Mythos mitverantwortlich, dass wir alle herzlich wenig von der chinesischen Kultur wissen. Und diese dank der fremden Sprache besonders mystisch auf uns wirkt. Ich hatte einmal gehört, dass Aquarium sei ein Zeichen, dass der Besitzer Schutzgeld an die Mafia bezahlt. Genauer gesagt, an die chinesischen Triaden. Ein anderes Mal hörte ich, steinerne Löwen vor dem Eingang oder ein rotgesichtiger Buddha seien auch ein Zeichen dafür. Vieles spricht dafür, dass wir es hier mit einer „urban legend", einem modernen Märchen, zu tun haben. Doch wie so oft steckt auch ein Körnchen Wahrheit darin.

Im New Yorker Chinatown bedeutete es in den 90er-Jahren tatsächlich, dass hier Schutzgeld bezahlt wird. Und zwar als „Service" für die Gäste. Der Bote der Triaden brachte – im Austausch gegen Geldbündel – das Fischfutter. Solange die Fische munter und gesund herumschwammen, war dieses Lokal sicher. Der SPIEGEL berichtete 1991, dass die chinesische Mafia in Deutschland im Vormarsch sei und die Schutzgeldzahlung durch ein Aquarium signalisiert würde. Allerdings hat jeder Mythos Grenzen. Zum einen gibt es die Triaden in Deutschland nicht wirklich, sondern nur Kriminelle asiatischer Herkunft, die sich als solche ausgeben, um den Gastronomen Angst einzujagen. Zum anderen sind weder Gangster noch Gastronomen dumm.

Der Mythos mit den Aquarien ist mittlerweile so verbreitet, dass das illegale Treiben sofort Polizeiermittlungen nach sich ziehen würde. Sicherlich existiert das Thema Schutzgelderpressung bei chinesischen, wie auch türkischen, italienischen oder deutschen Lokalen.

Wenn man sich umschaut, sieht man in allen chinesischen Restaurants ein Aquarium. Und warum? Weil es einfach schön aussieht – und typisch für ein Chinarestaurant ist. Jedenfalls schmeckte das Fischgericht köstlich.

Als ich das Restaurant verließ, steuerte ich die U-Bahn-Station an. Schon die Kollegen hatten mir anfangs bei meiner Ankunft erzählt, dass so eine Fahrt unvergesslich sei. Natürlich brauchte ich Hilfe, nur so konnte ich mir ein Ticket kaufen und mir erklären lassen, an welcher Station ich einsteigen und an welcher ich wieder aussteigen musste. Der Zugang zum Gebäude ist nur mit einem Zugticket möglich. Auch sonst ist die Bahnstation wie ein Flughafen organisiert, überall sind Passkontrollen und Körperscanner.

Nun stand ich vor der abenteuerlichsten Fahrt meines Lebens. Mit unzähligen Menschen stand ich am Bahnsteig und mir blieb beinahe die Luft weg, als ich die Masse an Leuten sah, die ausstieg. Jeder Wartende drängelte sich nun in die U-Bahn hinein und zu meinem Glück fand ich sogar einen Sitzplatz. Zu meiner rechten saß eine junge Chinesin, der ich die Adresse der Baustelle zeigte. Sie sagte mir auf Englisch, wo ich aussteigen musste. Kurze Zeit später fragte sie mich, ob sie ein Bild mit ihrem Handy von uns beiden machen dürfe. Überrascht stimmte ich zu und verabschiedete mich, als ich am Ziel ankam.

Ich ging die Treppen hinauf und brauchte keine fünf Sekunden, um mich zu orientieren. Ich war genau in der Mitte der langen Einkaufsstraße zwischen der Baustelle und dem Hotel. McDonald's war zu meinem Erstaunen durch Kentucky Fried Chicken ersetzt worden. Nur wenige hundert Meter weiter befand sich das Gerichtsgebäude, in dem ich sechs Wochen zuvor meine letzte Verhandlung gehabt hatte. Nur ganz kurz stellte ich mich vor das Eingangstor und schaute in den Innenhof. Als mir die entsetzlichen Bilder und die schlimme Zeit hochkamen, ging ich weiter.

Ich beabsichtigte, einen Friseursalon aufzusuchen. In diesen Zeiten war es nicht erstrebenswert, wenn man den Eindruck eines Dschihadisten hinterließ. Eigentlich lasse ich mir meine Haare nur beim Türken schneiden, egal ob in Deutschland oder in der Türkei. Gerade in der Türkei ist der Besuch beim Friseur zeitaufwendig. Die Prozedur dauert etwa eine dreiviertel Stunde. Neben Haarewaschen, Schneiden und Föhnen gibt es ein Glas Tee und hin und wieder auch eine Handmassage. Zusätzlich zur Pinzette wird auch noch eine Bindfaden-Methode angewendet. Dabei fixiert der Friseur einen Baumwollfaden im Mund, wickelt ihn einmal um die Finger und kreuzt ihn mehrmals, ähnlich wie bei einem Fadenspiel. Er bringt das Fadenkreuz ans Gesicht des Kunden und entfernt mit schnellen Bewegungen die Härchen auf der Oberlippe und an den Augenbrauen. Sogar die einzelnen Haare in den Ohren kann man sich entfernen lassen, hierbei wird die Spitze einer Art Mini-fackel angezündet und man schlägt ganz schnell an das Ohr des Kunden. Weh tut das nicht, es ist eher ent-spannend.

Noch bevor ich in den Friseursalon eintreten konn-te, sprangen drinnen zwei junge Herren auf, um mir die Türe zu öffnen. Nach Zeichensprache, unterlegt mit englischen Phrasen, die meine Wünsche vermitteln soll-ten, wurde ich in einen Nebenraum geführt und gebe-ten, mich auf einem Liegestuhl mit Waschbecken am Kopfende zu legen. Dann kam eine Chinesin und be-deckte mich am Oberkörper mit einem Handtuch. Wäh-rend meine Haare gewaschen wurden, konnte ich mich entspannen. Danach nahm ich vorne im Laden Platz. Das Frisieren selbst bestand mehr aus Haare hin- und herdrücken, schauen, schneiden, wieder hin- und herd-rücken und wieder schauen. Schließlich wurden mir die Haare erneut gewaschen.

Weil das Hotel in der Nähe war und ich hoffte, den Kollegen aus der Schweiz anzutreffen, ging ich in diese Richtung. Je mehr ich mich dem Hotel näherte, umso intensiver wurden meine Gedanken an die Zeit vor meiner Verhaftung. Ich erinnerte mich mit Wehmut an jene Zeit. Keine Ahnung warum, aber als ich vor dem Eingang des Hotels stand, ging ich hinein und sah mich ein letztes Mal um, um mich quasi innerlich zu verab-schieden.

Nun lief ich zu dem kleinen Laden, in dem ich an-fangs versuchte, mit meiner Freundin via E-Mail zu kommunizieren. Schon von Weitem sah ich ein paar Kollegen, die vor dem Laden am Tisch saßen und mich sofort erkannten. Der Kollege aus der Schweiz befand sich zu meiner Freude ebenfalls bei der Gruppe. Als er sah, dass ich es war, stand er auf und umarmte mich.

„Du bist es ja tatsächlich, schön dass du wieder zurück bist", sprach er.

Etwas irritiert nahm ich am Tisch Platz und bemerkte die mittlerweile neuen Gesichter von Kollegen, die im Tunnelbau arbeiteten. Natürlich wurde ich von allen gemustert. „Ich muss dir ja noch was zurückgeben", sagte ich und zog das Handy aus meiner Tasche.

„Ach ja, stimmt, da war ja noch was", entgegnete der Kollege. Obwohl er schon längst nicht mehr damit gerechnet hatte. Dann sagte er: „Ich sprach mit den Kollegen darüber, ob sie bereit wären, Gelder einzusammeln, um dich gegen Kaution aus dem Gefängnis zu holen. Zwar sagten einige zu, doch leider ging der Plan nicht wie gehofft auf und man konnte dich nicht freikaufen. Dies gelte nur für chinesische Bürger, aber nicht für Ausländer, hieß es."

Natürlich wurde ich von mehreren gefragt, wie die Umstände waren und ob ich mittlerweile chinesisch sprechen könne. Zwar wussten alle Bescheid, weshalb ich verhaftet worden war, aber sie wollten meine Version hören und nicht die, die in verschiedenen Fassungen existierten. Zum Schluss sprach einer in der Runde, vermutlich ein polnischer oder russischer Landsmann, dass ich ein Buch darüber schreiben solle, um den Frust herauszulassen. Diese Aussage war nur eine Bestätigung für mein Vorhaben. Aber eins nach dem anderen, dachte ich mir. Vorher muss ich so manches in Deutschland klären und klar Schiff machen.

Die Baustelle sei nun kurz vor dem Abschluss und der Tunnel fast fertig, erfuhr ich. Einigen Kollegen wurden zwischenzeitlich gekündigt. Ich erzählte dem Kollegen aus der Schweiz, dass ich durch die Botschaft erfahren habe, dass der eigentliche Chef, der mich für den Job eingestellt hatte, nicht mehr arbeiten solle. Ich erzählte ihm, dass ich mir nun Gedanken darüber mache, ob ich Lohn für die bereits zwei Wochen geleistete Arbeit erhalten hätte.

„Der Chef arbeitet noch", meinte er, „und wieso solltest du nicht für die geleisteten zwei Wochen entlohnt werden? Zur Not nimmst du dir einen Anwalt."

Dann fragte ich, wo mein Koffer abgeblieben wäre.

„Erst waren deine Habseligkeiten bei verschiedenen Kollegen, bis man den Koffer im Container auf der Baustelle abstellte. Jetzt, nach 19:00 Uhr, wirst du allerdings vor geschlossen Türen stehen." Er gab mir die Telefonnummer vom Schichtleiter, den ich kontaktieren sollte. „Versuch es morgen Mittag."

Ich bedankte mich, auch für das Verständnis, das man mir entgegenbrachte und freute mich nun auf den Massagesalon, welcher gleich nebenan war. So sehr hatte ich mir den Besuch im Massagesalon nach meiner Entlassung gewünscht. Wir verabschiedeten uns.

Ich ging in den Salon hinein und sah dasselbe Personal, das dort noch immer arbeitete. Es gab diesmal nur einen

Unterschied, der Inhaber war ebenfalls anwesend. Er saß ganz vorn an seinem Tisch und rauchte in seinem Geschäft, obwohl dies laut Gesetz schon länger nicht mehr erlaubt war.

Ich wurde aufgefordert, Platz einzunehmen. Nachdem ich dieselbe Massage-Art gewählt hatte und meine Füße ins Wasser eintauchte, kam der Besitzer persönlich zu mir und bot mir eine Zigarette an. Zwar lehnte ich erst ab, aber dann nahm ich die Zigarette an, als er mir wiederholt seine Zigarettenschachtel hinhielt.

Nach ungefähr fünf Minuten fing die Chinesin an, mich zu massieren. Ich fühlte mich sehr wohl, konnte mich fallenlassen und mich komplett entspannen. Sie fing an, meinen Nacken und meine Schultern zu bearbeiten. Dadurch, dass ich komplett entspannt war, hatte ich absolut keine Schmerzen und die Verspannungen konnten gelöst werden. Nachdem alle Muskeln behandelt worden waren, folgte eine Art Trommelwirbel auf meinem Rücken, bei dem vor allem die Unterseite des Körpers behandelt wurde. Die Waden, Oberschenkel und Beinmuskeln wurden auf dieselbe Weise behandelt. Nachdem alles gut durchgeknetet und geklopft war, folgten einige Minuten lang leichte Streichbewegungen über diese Körperzonen, die ebenfalls für eine erneute Tiefenentspannung sorgten und ich musste aufpassen, nicht einzuschlafen. Die neue Hornhaut, die sich an meinen Füssen gebildet hatte, sah böse aus. Nach der Massage wurde die Hornhaut von meinen Füßen abgeschabt, hinterher die Füße eingecremt und massiert. Ich war überaus glücklich.

Nach einer Weile wurde ich aus meiner Entspannung gerissen und die Massage war vorbei. Der Inhaber kam erneut zu mir und ich zahlte umgerechnet fünf Euro. Danach wünschte er mir noch freundlich einen schönen Tag, worauf ich mich auf Chinesisch bedankte. So ging ich nach draußen und fühlte mich total entspannt und relaxt.

Die Gruppe der Arbeiter war nicht mehr zu sehen. So musste ich erneut mit leeren Händen mit der U-Bahn zurück zu meinem Hotel und am nächsten Tag ein allerletztes Mal hierherkommen, um meinen Koffer abzuholen. Mit hunderten Menschen fuhr ich wieder im voll besetzten Zug zurück in das Viertel, wo mein Hotel war. Ich verspürte Hunger und so ging ich in ein nahegelegenes Restaurant. Dort musste ich zuerst bezahlen. Diesmal entschied ich mich für Ente, eine absolute Empfehlung für jeden Nicht-Vegetarier.

In China bekommt man übrigens keine kompletten Gerichte mit Fleisch, Gemüse und Beilage wie in Deutschland vor die Nase gestellt, sondern man stellt sich seine Beilagen selbst zusammen. Hier ein Tellerchen Tofu, dort eine Schale mit Fleischstückchen, dazu Bohnen, Paprika, alles was das Herz begehrt. Ich meinte, die Ente auch schon einmal in Deutschland gegessen zu haben, aber als mir dann der „Bausatz" vor die Nase gestellt wurde, wurde ich eines Besseren belehrt. Aus folgenden Zutaten bastelt man sich, ganz nach Belieben, kleine, leckere Röllchen: kleine Pfannkuchen, Pflaumensoße, kleine Stückchen Ente, Gurke und Lauchzwiebel in feinen Streifen. Herrlich! Traditionell isst man dabei nur die knusprige Haut der Ente.

Mehr als zufrieden verließ ich eine Stunde später das Restaurant und ging in meinem Hotelzimmer zurück. Dort nahm ich eine warme Dusche, legte mich aufs Bett und stellte fest, dass es mir einfach zu ruhig war. Ich konnte einfach nicht einschlafen. Daraufhin schaltete ich den Fernseher ein und schaute wie gewohnt chinesische Nachrichten an. Lag es an meinem Sternzeichen, dass ich nicht zur Ruhe kam? Egal wie bequem ich es mir machte und obwohl es mein sehnlichster Wunsch war, wieder mal im Bett zu liegen, ohne gestört zu werden, es funktionierte nicht. Darüber hinaus hatte ich hunderte Gedanken im Kopf und dementsprechend war ich unter Druck gesetzt.

Am nächsten Morgen klingelte mein Handy und ich hatte nur zwei oder drei Stunden geschlafen. Jetzt musste ich nur noch etwas essen. Bereits vor fast acht Monaten, nämlich am ersten Morgen im Hotel, hatte ich festgestellt, dass der Chinese Dinge frühstückt, die bei uns frühestens zum Mittag auf dem Teller landen würden: Reis- und Misosuppe, Nudeln, Tofu und dazu Gemüse. Immerhin war das Ganze, was hier im Hotel angeboten wurde, vielseitiger und hundertmal besser gewesen als das, was ich im Gefängnis zu essen bekam.

Nachdem ich nun etwas im Magen hatte, schnappte ich mir meinen Reisepass und marschierte gegen 9:00 Uhr zum Konsulat, denn ich war auf Hilfe angewiesen. Kaum dort angekommen, ging ich auf eine junge Chinesin zu und sprach sie an, ob sie bereit wäre, mir mit ihrer Geldkarte die Rechnung bargeldlos zu begleichen, die sie dann von mir in bar erstattet bekommen würde. Zu meiner Überraschung stimmte sie sofort zu. Ich sagte ihr, dass ich erst in einer Dreiviertelstunde den Termin habe, sodass ich erst dann das verlängerte Visum erhalten würde. Den Zahlvorgang könne sie ebenfalls erst zu dem Zeitpunkt tätigen. „Das ist kein Problem", meinte sie auf Englisch. Sie müsse ohnehin auf ihren Freund warten.

Spontan fragte ich sie, ob sie ein internetfähiges Handy habe, weil ich über meine E-Mail-Adresse Sally kontaktieren wollte. Nun gab sie mir auch noch ihr Handy. Mehrmals versuchte ich, mich auf meiner E-Mail-Adresse anzumelden, jedoch klappte es einfach nicht. Daraufhin willigte die junge Chinesin sogar ein, dass ich ihre E-Mail-Adresse benutzen dürfe. Ich tippte nun die E-Mail-Adresse von Sally ein, die ich auswendig gelernt hatte und schrieb ihm eine Nachricht, er möchte sich unter meiner deutschen Telefonnummer melden. Leider kam weder eine Nachricht noch ein Anruf von ihm. Sonst hätte ich ihn, spätestens nachdem ich meinen Koffer abgeholt hätte, noch auf die Schnelle besucht. Vielleicht ist er gerade beschäftigt und liest die Mail erst später, dachte ich mir.

Nach zwanzig Minuten beschloss ich, früher als vereinbart, an der Tür von dem Beamten anzuklopfen. Ohne eine Nummer zu ziehen ging ich mit der Chinesin vor die Tür und klopfte auf gut Glück an und wir wurden tatsächlich hereingerufen. Der Beamte erkannte mich, sprach etwas auf Chinesisch und ich sah, dass ihm ein Mann gegenübersaß.

„Wir müssen noch kurz warten, dann bist du an der Reihe", sagte meine Begleitung.

Nach fünf Minuten war es dann so weit. Der Beamte schaute mit ernster Miene meine Entlassungspapiere sowie meinen Reisepass an. Nun wurde ich aufgefordert, zu bezahlen, und ging daraufhin mit der jungen Chinesen erneut die Treppen runter in die erste Etage. Wir suchten den richtigen Schalter und der Betrag wurde bargeldlos durch ihre Geldkarte beglichen. Denselben Betrag erhielt sie sofort im Anschluss von mir. Den Beleg brachten wir noch gemeinsam zu dem Beamten und ich erhielt daraufhin meinen Reisepass mit dem Visum. Somit war die Sache erledigt und gemeinsam gingen wir wieder raus.

Ich dankte der jungen Chinesen für ihre Hilfe. Die Angelegenheit mit Sally hakte ich erst einmal ab. Der Botschaftsangestellte hatte gesagt, dass ich ihn telefonisch benachrichtigen soll, falls ich die Hilfe benötige und die Sache mit der bargeldlosen Einzahlung scheitern würde. An einer Telefonzelle machte ich halt und wählte die zuletzt gespeicherte Nummer, im Glauben, das sei die Nummer von der Botschaft. Ich stellte mich zunächst vor und sagte gut gelaunt, dass alles bei der chinesischen Botschaft wegen meinem Visum und der bargeldlosen Bezahlung glatt verlaufen sei. Was ich dann hörte, konnte ich erst nicht glauben.

„Das ist mir so was von scheißegal. Statt deinen Koffer abzuholen, säufst du lieber mit den Kollegen und lässt es dir in Massagesalons gut gehen. Ich hingegen warte und warte auf dich."

Ich benötigte keine fünf Sekunden, bis ich verstand, dass ich aus Versehen den Schichtleiter angerufen hatte. Ausreden brachten jedenfalls nichts, darum versicherte ich ihm, dass ich mich sofort auf den Weg zur Baustelle machen werde. Seine Stimme beruhigte sich und er ließ mich wissen, dass es auch ausreichen würde, wenn ich gegen 15:00 Uhr komme. Nach dem Auflegen war ich etwas verärgert über die peinliche Situation. Daraufhin wählte ich die richtige Nummer der Botschaft und teilte mit, dass alles erledigt sei.

Zwar hatte ich zeitlich etwas Luft, aber dennoch schlenderte ich in Richtung U-Bahn-Station. Ich musste mir einen neuen Koffer kaufen, da mir bei meiner Anreise eine Rolle vom Koffer kaputt ging und ich so das ganze Gepäck tragen musste. Alle guten Dinge sind drei und mittlerweile konnte ich mir selber das Ticket am Schalter kaufen und wusste, wo ich ein- und aussteigen musste. Am Ziel angekommen, war ich erneut in dem Viertel, wo ich mich besser auskannte. Als ich die Fast-Food-Kette sah, konnte ich nicht anders und entschied mich für einen saftigen Burger mit einem schönen, kräftigen Kaffee dazu. Danach suchte ich wieder den Massagesalon auf und ließ es mir ein letztes Mal gut gehen. Nach einer Stunde war das Verwöhnprogramm vorbei.

So wie ein entflogener Wellensittich sich in unmittelbarer Nähe aufhält, so hielt ich mich in dem Viertel auf, wo ich mich sicher fühlte und auskannte. Später ging ich auf den Markt, hielt Ausschau nach einem neuen Koffer und wurde bald fündig. Das Handeln liegt mir im Blut, somit musste die Verkäuferin am Ende nachgeben.

Auf dem Weg zur Baustelle fielen mir die Momente ein, als ich hier noch arbeitete. Natürlich dachte ich auch an den zornigen Schichtleiter und hoffte, dass die Begegnung mit ihm nicht eskalieren würde. Immerhin hatte ich das Image der Firma geschädigt. Nach einigen hunderten Schritten gelangte ich an die Baustelle und lief die Containertreppen hinauf. Bevor ich an die Tür klopfte, atmete ich noch mal tief durch und betrat den Raum. Zu meiner Überraschung war der jüngere Schichtleiter anwesend. Etwas irritiert wurde ich begrüßt. Genau vor diesem Moment hatte ich mich gefürchtet. Aber ich blieb ganz cool und sprach wie immer mit ihm. Er war übrigens derjenige, der mich damals angelernt hatte.

In der Ecke sah ich meinen Koffer und meinen Rucksack und schaute gleich nach meinen Wertsachen. Denn immerhin wusste ich ja nun, dass meine Sachen mehrere Hotelzimmer gewechselt hatten. Als ich meinen Koffer öffnete, sah ich, dass mehr als die Hälfte meiner Klamotten von Schimmel befallen waren. Zwar war es ärgerlich, aber das war zu ersetzen. Einige Sachen, die noch zu retten waren, packte ich zunächst in Tüten um und verstaute sie danach im neuen Koffer. Dabei unterhielten wir uns über die Arbeit und natürlich wurde ich auch über den Chinaknast und über die Verhältnisse darin befragt.

Schon vor meiner Verhaftung sprach er von seiner

Freundin, dass sie Probleme habe, dass er wegen der Arbeit nur in unregelmäßigen Zeitabständen in Deutschland sein konnte und es dadurch in der Beziehung kriselte. Darum hakte ich noch mal nach und wollte den Stand der Dinge wissen.

„Sie hat Schluss gemacht", sagte er ziemlich trocken. „Somit hatte ich keinen Stress mehr von außen und konnte mich voll auf die Arbeit konzentrieren."

Natürlich dachte ich in diesem Moment an meine Freundin und fragte mich nach wie vor, ob sie auf mich warten würde. Doch diesen Gedanken verdrängte ich bald wieder.

In der Zwischenzeit war Schichtwechsel und einige Kollegen traten nun in den Raum. Sie erkannten und begrüßten mich. Zum Glück war ich unterdessen mit dem Aussortieren fertig, also brach ich auf und verabschiedete mich schnell.

Draußen warf ich einen letzten Blick auf die Baustelle und ging zum Ausgang. Mit dem Koffer in der Hand lief ich bis zur U-Bahn-Station und fuhr in das Viertel zurück, wo mein Hotel war. Vorher kaufte ich mir ein neues Hemd und eine neue Jeans. Im Hotel angekommen, ließ ich den Koffer im Zimmer, zog mein schweißgetränktes Hemd und die Hose aus und nahm eine Dusche. Anschließend schlüpfte ich in meine neuen Klamotten und entschied mich, danach wieder rauszugehen. Denn ich wollte es mir nicht nehmen lassen, ein letztes Mal etwas Asiatisches zu essen. Vielleicht hatte ich hinterher noch Zeit zum Shoppen. Aber erst einmal ging ich in die Straße voller Garküchen.

Ich beobachtete die Frauen, die hastig das Essen an Gäste auf winzigen Hockern verteilten. Zweimal war ich bisher in noblen Restaurants essen, aber an die Garküchen auf der Straße kommen sie bei Weitem nicht ran, denn bei unter einem Euro für ein vollwertiges Essen und diesem tollen Geschmack brauche ich nicht in ein Lokal gehen, wo ich das Zehnfache bezahle.

Der Service ist in jedem Fall gut, weil man sofort bedient und das Essen vor einem zubereitet wird. Der einzige Haken ist, dass man den Lärm von der Straße hat. Jedenfalls konnte ich nach Herzenslust schlemmen und Experimente wagen: Schlangenhaut, Skorpione und anderes Krabbelgetier. Ich war auf jeden Fall begeistert von dem guten Essen.

Überall waren gigantische Wohnblocks mit Luxusappartements. Zwischen den Wohnblocks standen Verkaufsbuden, deren Warenangebot mir schleierhaft blieb. Ein Verkaufsladen, in dem besondere Schmucksteine angeboten wurden, lockte mich an. Jade gilt als einer der bemerkenswertesten Edelsteine, sowohl wegen der kulturhistorischen Bedeutung, als auch wegen seiner von jeher nachgesagten Heilwirkung. In der chinesischen Geschichte kommt dem Stein eine besondere Bedeutung zu. Man verwendete Jade für Waffen, wie auch für Kultfiguren.

Obwohl es eine Sünde nach meinem Glauben gewesen wäre, aber wenn ich ein Tattoostudio entdeckt hätte, so hätte ich mich ganz bestimmt am Arm tätowieren lassen. Nicht nur weil es recht billig war, sondern weil die chinesischen Tätowierer ausgezeichnete Arbeiten verrichteten.

Später schlenderte ich durch weitere Einkaufsmeilen und überall herrschte reges Leben. Ich schaute mich um und es war ein schönes Gefühl, wieder ein freier Mensch zu sein.

So gegen 20:00 Uhr kehrte ich erneut verschwitzt in das Hotel zurück, um zu schlafen. Denn abgesehen von nur circa sechs Stunden Schlaf in den letzten beiden Tagen, stand mir eine ziemlich lange und anstrengende Rückreise bevor. Darüber hinaus wollte ich mir etwas Luft verschaffen und rechtzeitig aufbrechen, weil ich zwei Stunden vor Abflug am Flughafen in Hongkong sein musste.

Die Fotos von meiner Freundin, die sie mir mitgegeben hatte, waren zum Glück heil geblieben und ich schaute sie mir nach so langer Zeit wieder an. Weiter sah ich mir die Bilder auf meiner Videokamera an, wo unter anderem auch meine Eltern und mein Sohn zu sehen waren.

Rückreise

Nach zwei aufregenden Tagen war es dann auch so weit, endlich nach Hause fliegen zu können, dahin wo es am schönsten ist. Gegen 21:00 Uhr, als ich im Hotel auscheckte, berechnete man mir einen Tag extra, weil ich das Zimmer nicht wie üblich vor 13:00 Uhr geräumt hatte.

Der Botschafter hatte mir bei meiner Entlassung erklärt, wie ich am besten von der nahegelegenen U-Bahn-Station aus zum Flughafen nach Hongkong gelangen konnte. Ich musste mehrmals umsteigen, und weil das nicht so einfach war, hatte ich viel Zeit eingeplant. Selbstverständlich rief ich meine Eltern noch an und informierte sie darüber, wann ich in etwa zu Hause sein werde und dass ich mich erneut melden würde, sobald ich in Frankfurt gelandet bin.

Auf dem Weg in die U-Bahn-Station sah ich einen Verkaufstand, der exotisches Obst und Gemüse anbot, wie zum Beispiel die verschiedenen Wurzelarten, die ich vorher noch nie zuvor gesehen hatte. Ohnehin hatte ich noch chinesische Geldscheine über und viel Platz im Koffer und so kaufte ich noch großzügig für wenig Geld ein. Eine Stange Zigaretten bekam ich für gerade mal umgerechnet zehn Euro.

Die Gegend am Eingang zur U-Bahn-Station, sah unter den vielen, bunten Lichtern im Dunkeln sehr schön aus. Ehe ich mich „kopftechnisch" für immer von China verabschiedete, hörte ich aus einem Café romantische Livemusik, was ich auf meiner Videokamera festhielt. Es war ein rührender Moment für mich, schon fast wie eine Schweigeminute beim Fußballspiel. Immerhin hatte ich die letzten acht Monate Tuchfühlung mit dem Volk, dessen findige Vorfahren der Menschheit ein vielfältiges und kulturelles Welterbe hinterlassen haben. Und ganz abgesehen davon, ob ich hier gute oder schlechte Menschen kennengelernt habe, in allen Ländern gibt es solche und solche. Auch wenn dieses Land mir das größte Leid angetan hatte, hoffte ich, dass die Wunden mit der Zeit wieder heilen würden.

Nun lief ich zum Eingang der U-Bahn-Station. Ich ging die Treppen hinunter, besorgte mir ein Fahrticket und suchte die richtige Station auf. Den Zettel, auf dem genau notiert war, wann und wo ich umsteigen musste, behielt ich in der Hand. Natürlich fiel ich wieder als Ausländer unter den vielen Chinesen auf, aber dieses Mal fielen mir auch, genau wie den Chinesen, die wenigen Ausländer ins Auge.

Die Bahn fuhr und fuhr und ich hatte das Gefühl, mich in einem Labyrinth zu befinden, denn die Stationen, wo ich hätte umsteigen müssen, fand ich nicht. Kein Wunder bei so viel Trubel, wenig Schlaf und Aufregung in den letzten Tagen. Zufällig sah ich eine junge Ausländerin, vermutlich eine Südländerin. Mein Gefühl täuschte mich nicht, sie verstand mich und half mir. Zusammen stiegen wir in die richtige U-Bahn ein. Sie komme aus Frankreich, wobei ihre Mutter Französin und der Vater Araber sei, und sie arbeite bereits über ein Jahr hier als Schaufensterdekorateurin.

Wenn ich ehrlich war, fühlte ich mich sehr unwohl und war nach wie vor niedergeschlagen durch die letzten, schlimmen Monate. Daher war mir nicht danach, längere Diskussionen zu führen. Dennoch wollte ich nicht unhöflich sein und gab ihr als Antwort, dass ich es im Tunnelbau versucht habe, aber dies nichts für mich sei, als sie daraufhin wissen wollte, was ich hier mache.

„Ich muss von Hongkong nach Deutschland", sagte ich.

„Das passt gut", meinte sie, „das freie Wochenende werde ich bei einer Freundin verbringen, die in der Nähe vom Flughafen wohnt. Nach zwei Stationen müssen wir aussteigen und wenn du möchtest, nehme ich ein Taxi für uns. Sonst müssen wir noch ein paarmal mit der Bahn umsteigen."

Ich willigte spontan ein, schließlich kannte sie sich besser aus. Zwar wusste ich noch von den Kollegen, dass eine halbe Stunde Taxifahrt quer durch China etwa umgerechnet fünf Euro kostete, dennoch sprach ich sie später im Taxi an, dass ich die Fahrt zahlen werde.

„Das passt schon", antwortete sie, „die Rechnung lass ich über meine Firma laufen."

Ehe wir den Flughafen erreichten, bedankte ich mich für ihre Hilfe.

„Gern geschehen."

Beim Aussteigen betete ich zu Gott. „Alles, was ich habe und was ich bin, habe ich nur dir zu verdanken. Dank dir, wird mir stets geholfen. Bitte lass mich wohlauf nach Hause kommen!"

Ich war eine Stunde zu früh am Flughafen. Gleich am Eingang fand eine Passkontrolle statt. Wäre ja schön, wenn ich später im Flieger wenigstens ein paar Stunden schlafen könnte, so käme mir der Flug nicht so lange vor, dachte ich. Pünktlich um kurz vor 2:00 Uhr stand ich am Check-in-Schalter. Erneut musste ich mich einer Pass- und Ticketkontrolle unterziehen. Ich wusste, dass wir eine Zwischenlandung in Doha in Qatar mit zwei Stunden Umsteigezeit haben werden.

Der Rückflug

Gegen 2:00 Uhr konnte ich dann endlich meinen Platz an Bord der Maschine einnehmen. Es war der befreiendste Flug meines Lebens. Wie sehr hatte ich mich auf diesen Moment gefreut. Auf dem knapp über achtstündigen Flug vertrieb ich mir die Zeit mit Filmeschauen oder schlafen. Ich wählte den Film „12 Jahre als Sklave" aus und einzelnen Szenen rührten mich so sehr, dass mir zwischendurch sogar die Tränen kamen. Der Film handelt von einer wahren Begebenheit. 1841 wurde ein Mann unter Drogen gesetzt und merkte, wie er unter einer anderen Identität in die Sklaverei verkauft und somit von seiner Frau und den Kindern getrennt und aus seinem Leben entrissen wurde. Nach zwölf Jahren Sklaverei befreite er sich jedoch und konnte zu seiner Familie zurückkehren. Filme nach wahrer Begebenheit fand ich schon immer sehr interessant.

Nach dem Film gab es etwas zu Essen. Die undefinierbare Bordmahlzeit wurde in einem gräulich durchweichten Presspappnapf serviert. Es war so etwas Ähnliches wie getrockneter Fisch, roch furchtbar und sah nicht weniger schauderhaft aus, aber da ich Hunger hatte, ließ ich nichts zurückgehen. Danach versuchte ich ein wenig zu schlafen.

Die Landung gegen 11:00 Uhr morgens in Doha war alles andere als sanft. Sogar einzelne Handgepäckstücke wurden aus den Ablagen über unsere Köpfe hinweg katapultiert. Gott sei Dank hatten wir wieder festen Boden unter den Füßen. Meine kurzzeitige Euphorie sollte sich schneller legen, als mir lieb war.

Durch einen Sandsturm am Morgen sah alles trüb und grau aus. Schon während des ungestümen Landeanflugs, konnte ich nur wenig von der Umgebung erkennen. Alle Passagiere stiegen aus und wir gelangten in das Flughafengebäude. Zwei Stunden warten hieß es nun, bis wir weiterfliegen konnten. Zum Glück befanden sich hier Raucherräume. Bei dem Rauch, der dort herrschte, brauchte man sich eigentlich keine Zigarette mehr anzustecken. Danach lief ich, nach dem stundenlangen Sitzen im Flugzeug, im Flughafengebäude herum und schaute mir die Duty-Free-Shop-Artikel an.

Dann entdeckte ich tatsächlich fünf oder sechs frei stehende Computer, die man kostenlos nutzen durfte. Alle Computer waren besetzt. Schließlich wurde einer nach geraumer Weile frei. Auf gut Glück versuchte ich, mich zunächst in meinem E-Mail-Account anzumelden, vergeblich. Danach wollte ich mich nach acht Monaten erstmalig wieder bei Facebook einloggen, aber irgendwie klappte das ebenfalls nicht. Wurde mein Account nach so langer Zeit automatisch gelöscht?

Eine Dame, die nun von einem weiteren Computer wegging, war jedenfalls bei Facebook online gewesen. Das hatte ich aus dem Augenwinkel gesehen. Nun stellte ich mich an diesen Rechner und versuchte mich über die Anmeldedaten der fremden Frau einzuloggen. Es klappte – sie hatte sich nicht abgemeldet. Natürlich wusste ich, dass ich keine fremden Daten nutzen durfte, aber nach so langer Zeit wollte ich auf das Profil von meiner Freundin schauen, um eventuell aktuelle Informationen zu erhalten.

Ich tippte den Namen meiner Freundin ein und sah schon die neuesten Bilder von ihr, die sie in den letzten Monaten hochgeladen hatte. Auf dem einen Bild sah sie wie immer schick angezogen aus, mit einem Lächeln im Gesicht und Sekt trinkend. Sie war ausgegangen, wie man unschwer erkennen konnte. Aber das war jetzt auch nicht schlimm, denn so was konnte ich ihr eh nicht verbieten.

Was mir auf Anhieb auffiel, war, dass ein ganz bestimmter Kerl aus Marokko nicht nur alle ihre Beiträge liebevoll kommentierte, auch all ihre Bilder hatte er geliked. Unter anderem waren da auch seinerseits Worte gefallen wie: Dass er sie liebe, worauf sie nichts entgegnete – zumindest kam es bei mir im ersten Moment so rüber. Mein Herz schlug schneller und mit zitternden Fingern steuerte ich nun auf das Profil von dem Typen. Als ich dann auf seinem Profil war, musste ich zweimal draufschauen, weil ich im ersten Moment dachte, dass ich mich verguckt habe. Er gab sich doch glatt mit dem gleichen Nachnamen wie sie aus, und in seinem Profil war deutlich zu erkennen, wie sie alle seine Beiträge und Bilder, die er gepostet hatte, kommentiert hatte. Unter einem Bild schrieb sie sogar, dass sie das Bild von ihm liebe.

Keine fünf Minuten waren vergangen und ich drehte mich um und mein Magen gleich mit. Ich entschied mich, im Warteraum Platz zu nehmen, denn plötzlich war ich wie versteinert und hatte keine Kraft mehr in den Beinen. Was hatte ich da gerade gesehen? Ich hatte ihr vertraut, hatte geglaubt, dass sie die ganze Zeit auf mich warten würde. Oder übertrieb ich zu sehr und war dies gar kein Anzeichen für ein gemeinsames Interesse aneinander oder gar eine Verbindung? Jedenfalls schien meine Freundin sichtlich an dem Kerl interessiert zu sein, denn neben dem gleichen Nachnamen schienen beide auf demselben Level zu sein. Mir ging es elend. Überall am Körper verursachte das eben Gesehene stechende Schmerzen.

Im Warteraum waren zwei Fernsehmonitore an der Wand montiert. Zwar war ich gerade selber mit mir beschäftigt und hätte vor Wut aus allen Nähten platzen können, doch meine Blicke lenkte ich trotzdem zum Bildschirm hin und ich konnte ein Flugzeugwrack erkennen. Meine Aufmerksamkeit war geweckt. Ich erfuhr, dass ein Airbus der Lufthansatochter Germanwings auf dem Weg von Barcelona nach Düsseldorf abgestürzt war. Das Flugzeug zerschellte nach minutenlangem Sinkflug in den südfranzösischen Alpen. Alle 150 Menschen an Bord der Maschine kamen ums Leben. Diese Bilder vom Wrack lösten Ängste in mir aus, zumal ich noch weitere sechseinhalb Stunden Flug vor mir hatte. „Bitte, lieber Gott", betete ich, „befreie mich von all den Schmerzen und lass mich heil zu Hause ankommen."

Danach versuchte ich einen klaren Kopf zu bewahren. Ich lenkte mich ab, indem ich mich weiter im Flughafen umschaute.

Nach zwei Stunden Pause ging die Reise weiter. Die Sonnenstrahlen drangen durch die kleinen Fenster in die Kabine. Diesmal saß ich genau in der Mitte vom Flugzeug. Auch in diesem Flieger schaute ich einen Film, um die Zeit etwas zu überbrücken. Es war ein amerikanischer Kriegsfilm, doch war er eher zum Einschlafen. Als die Essenzeit vorbei war, klappte es danach auch mit dem Einschlafen – für zwei oder drei Stunden.

Ich versuchte zunächst, die negativen Gedanken von mir abzuhalten, da ich ohnehin in letzter Zeit viel zu viel gelitten hatte. Viel mehr wollte ich nach vorne schauen und mich fühlen, als ob ich erneut geboren wurde, um im Leben voranzukommen und nicht stehen zu bleiben.

Letztendlich überstand ich auch diesen Flug, und diesmal war unsere Landung in Frankfurt viel sanfter. Später erreichte ich die Passkontrolle, vor der sich bereits lange Schlangen gebildet hatten. Es dauerte und dauerte. Unbegreiflicherweise ergriff ein nicht zu leugnendes Gefühl von Unsicherheit von mir Besitz. Waren es die Zukunftsängste, weil ich wieder bei null anfangen musste? Oder das Zugeständnis, einen Fehler gemacht zu haben, weshalb ich verhaftet wurde und ins Gefängnis musste? Oder doch die Verlustängste, weil ich mir plötzlich einbildete, meine Freundin an einen anderen verloren zu haben?

Ich hoffte, wenigstens am Gepäckband nicht mehr

lange warten zu müssen. Bei so vielen Passagieren dauerte es natürlich auch seine Zeit. Nachdem ich meiner beiden Reisegepäckstücke problemlos wieder habhaft geworden war, hatte ich eine weitere Hürde zu nehmen. Schließlich ist der Frankfurter Flughafen, als ein wichtiges Luftverkehrsdrehkreuz auf dem europäischen Kontinent, nicht nur mit der ganzen Welt, sondern auch mit allen Großstädten Deutschlands verbunden. Egal ob mit Zug, S-Bahn oder Bussen.

Ich wollte vom Frankfurter Flughafen aus mit dem Zug über Hannover nach Celle fahren, daher musste ich mir ein Fahrticket besorgen und war gespannt, wie lange die Zugfahrt dauern und wie viel Geld mich das Ticket kosten würde. Aber vorher rief ich wie versprochen meine Eltern an und sagte, dass ich spätestens gegen Abend zu Hause sein werde.

Sehr praktisch ist, dass der Bahnhof direkt an das Terminal 1 des Flughafens angebunden ist. So ging ich mit meinem Gepäck an den Schalter, tippte meinen Zielort ein und bekam gegen Bezahlung mein Ticket. Der Spaß kostete mich rund 90 Euro und nach weiteren vier Stunden kam ich so gegen 18:00 Uhr erschöpft in Celle an. Das war mein Glück, denn der letzte Bus fuhr um 19:00 Uhr, weil ich in eine umliegende Gemeinde, in der die Wohnung meiner Eltern lag, weiterfahren musste.

Nun hatte ich etwas Zeit, noch frische Luft zu schnappen, ehe ich auf dem direkten Wege nach Hause fahren konnte. Komischerweise hatte ich das Gefühl, ich sei über mehrere Jahre weggewesen.

Schließlich stieg ich in den Bus ein. Mann, ich war schon lange nicht mehr Bus gefahren, dachte ich mir so. Zum Glück war kein bekanntes Gesicht eingestiegen, weil ich sonst ganz bestimmt mit unzähligen Fragen bombardiert worden wäre.

Je näher ich zu der Wohnung meiner Eltern kam, umso mehr stieg meine Aufregung.

Ankunft zu Hause

Gegen Abend, nach gefühlten zwanzig Stunden, kam ich endlich an. Mit zittrigen Beinen stieg ich aus. Und nach einigen hundert Metern befand ich mich in der Straße, wo die Wohnung meiner Eltern war. Ich sah bereits meine Mutter mit einer türkischen Nachbarin auf der Straße stehen. Sie entdeckte mich und kam auf mich zu gelaufen. Zunächst wusste ich nicht, wie ich mich verhalten sollte. Am liebsten wäre ich im Boden versunken. Die Trauer in ihren Augen war unübersehbar und trotzdem umarmte sie mich liebevoll wie immer. Es tat mir gut, meine Mutter wiederzusehen. Denn ich wusste, dass sie am meisten darunter gelitten hatte.

„Mein Sohn, geht's dir gut und war deine Rückreise wenigstens angenehm?"

Ich bejahte ihre Frage und schon stand auch die Nachbarin daneben. Auf diese Frau traf leider der Spruch „Nur der Blitz ist schneller als das Gerücht" absolut zu. Es gab nichts, was sie nicht wusste, und was sie nicht wusste, das erfand sie - meist nichts Gutes. Daher äußerte ich mich in ihrer Anwesenheit nach Möglichkeit kaum.

„Sei gegrüßt", begann sie zu reden. „Egal was war, nun bist du wieder zu Hause. Was dir dort drüben passiert ist, gehört nun der Vergangenheit an. Schau nach vorne, egal wie andere über dich reden werden." Ich nickte schweigend und wollte nur nach Hause.

So betrat ich erstmals wieder die Wohnung meiner Eltern, wo mein Vater bereits auf mich wartete. Er umarmte mich innig und konnte seine Freudentränen kaum verbergen.

Gleich danach bestand meine Mutter darauf, dass ich mich telefonisch bei meiner Schwester melden sollte. Am liebsten hätte ich das Gespräch auf den nächsten Tag verschoben, aber ich gab dem Wunsch meiner Mutter nach und rief sie an. Ihre Besorgnis war selbst durch das Telefon spürbar und sie war froh, dass ich wieder zurück war.

„Tag und Nacht hab ich für dich gebetet, Bruder, und wo ich konnte, habe ich geholfen. Jetzt komm erst mal an und leg dich am besten hin. Was du zuerst brauchst, ist viel Ruhe. Ich gehe mal stark davon aus, dass deine Rückreise auch ziemlich anstrengend gewesen ist."

Natürlich freute ich mich, sie zu sprechen, und bedankte mich. Wir verblieben so, dass ich mich wieder bei ihr melden werde.

Wir standen immer noch im Flur und meine Mutter forderte mich nun auf, auch meinen Sohn anzurufen. Erneut gab ich ihrem Drängen nach. Diesmal ging meine Exfreundin ans Telefon, also die Kindesmutter. Auch sie freute sich, dass ich wohlauf zu Hause angekommen bin. Ehe sie den Hörer meinem Sohn weitergab, sagte sie plötzlich, dass sie meine Beziehung nichts angehe und sie dazu nichts sagen möchte. Stutzig hakte ich nach, was sie denn damit meine, und befürchtete das Schlimmste. „Das werde ich dir dann erzählen, sobald du mit unserem Sohn gesprochen hast."

Nun war mein Sohn am Telefon: „Hallo Baba, endlich bist du wieder zu Hause. Seni cok özledim. (Ich hab dich vermisst.)"

„Bende seni Canim Oglum. (Ich dich genauso, mein Sohn.) Ich komme dich schon bald abholen und dann sehen wir uns wieder, mein kleiner Schatz. Nun ist es jedoch zu spät und Zeit, ins Bett zu gehen. Bin selber total kaputt, denn die Rückreise war ziemlich anstrengend und in den letzten Tagen hab ich wenig geschlafen. Bevor du auflegst, gib mir noch mal deine Mutter. Iyi Geceler. (Gute Nacht.)"

Als erneut die Kindesmutter am Hörer war, teilte sie mir mit, dass meine Freundin bis vor ein paar Wochen in einer Spielhalle gearbeitet hatte, wo unter anderem auch ihre Tante aus Italien beschäftigt sei. Neuerdings arbeite sie auch in einer weiteren Spielhalle. All meine Befürchtungen wurden somit wahr - ich hatte es geahnt. Weiter hieß es von der Kindesmutter, dass es da ein Thema gäbe, worüber ich am besten mit meiner Freundin selber sprechen solle. Ich hörte sie noch reden, dass durch meinen Gefängnisaufenthalt unser Sohn durch einige seiner Schulfreunde gehänselt wurde. Sie sei dennoch froh, dass ich wieder zu Hause war und würde mich in absehbarer Zeit sehen wollen.

Ich war gerade mal eine halbe Stunde zu Hause und hörte eine Hiobsbotschaft nach der anderen. Jetzt war ich zu aufgewühlt, um ans Schlafen zu denken, und rief auch noch meine Freundin an. Zunächst ging sie nicht ans Telefon, erst beim zweiten Anruf nahm sie das Gespräch an. Wie gut ihre Stimme tat. Ich sagte ihr, dass ich gern zu ihr kommen würde. Zu groß war meine Sehnsucht nach ihr gewesen. Meine Eltern wollten mich erst davon abbringen, jedoch wollte ich Gewissheit, egal wie diese aussehen würde.

Meine Freundin wohnte nur zwei Straßen weiter und ich war schnell bei ihr. Als sie mir die Tür öffnete, war ein Gefühl von Unbehagen zu spüren und wir schwiegen. Sie bat mich in ihre Wohnung hinein. Etwas verlegen war ich schon. Mir entging nicht, wie sie mich von oben bis unten musterte. Danach umarmten wir uns endlich innig. Ich nahm Platz und sie bot mir einen Kaffee an, den ich dankend annahm. Wie sehr hatte ich mich danach gesehnt, wieder mit ihr am Tisch zu sitzen und dabei Kaffee zu trinken. Um sie hatte ich mir die meisten Sorgen gemacht. Denn sie hatte hier in diesem Ort niemanden gehabt.

Etwas später fragte ich sie, ob alles in Ordnung sei und ob es etwas zu erzählen gäbe. „Es ist alle gut, da gibt es nichts weiter", entgegnete sie. Zwar nahm ich ihre Antwort auf, aber so recht glauben konnte ich ihr das nicht.

Wir haben die ganze Nacht geredet. Über meine Zeit im Gefängnis und wie es dazu gekommen war, bis hin zu meinen Hoffnungen, dass sie auf mich warten wird und ich wieder bei meiner Rückkehr nach Deutschland ein normales Leben führen kann. Irgendwann fragte ich sie: „Weißt du, warum ich keinen Zugriff mehr auf meinen Facebook-Account habe?" Vielleicht hatte sie ja etwas damit zu tun, da sie meine Zugangsdaten kannte.

„Dies war notwendig, weil einer deiner Freunde etwas in deiner Chronik postete. Er wollte wissen, wo du bist. Zu der Zeit warst du bereits im Knast. Und dein ehemaliger Kollege gab die Info weiter, dass man dich in China eingesperrt habe. So nahmen die Kommentare ihren Lauf – öffentlich. Schließlich wurde es mir zu viel und ich musste etwas tun, um den Beitrag zu löschen."

Meine Freundin war ahnungslos, dass ich bereits Zugang zu Facebook gehabt hatte. Daher überraschte sie meine nächste Frage, wer der Kerl war und ob er ihr etwas bedeuten würde. Als sie ihre Sprachlosigkeit überwunden hatte, sagte sie, sie wäre mit ihm nur über Facebook befreundet. Ich gestand ihr, dass ich beide Profile angeschaut und bis zum letzten Kommentar gelesen habe. Auch sprach ich sie auf dieselben Nachnamen an. Sie blieb ruhig und nahm sich viel Zeit, bevor sie etwas sagte. Dann hörte ich, dass der Bekannte von ihr, mit dem sie schon länger über Facebook befreundet war, aus Marokko sei und Interesse für sie zeigte. Gegen ihren Willen gab er sich irgendwann mit demselben Nachnamen aus, aber sie habe keine Gefühle für ihn. Allerdings hatte sie mit einigen wenigen Männern eine normale Freundschaft angefangen, da ich sie im Stich gelassen hatte und sie sich allein fühlte. Ich schluckte, diese neuen Informationen musste ich irgendwie wegstecken.

Vor meiner Entlassung hatte ich einen Traum, in dem ich mit ihr gestritten hatte. Dies wollte ich unbedingt vermeiden, jedoch waren wir auf dem besten Wege dahin. „Ich habe dich ganz sicher nicht bewusst im Stich gelassen. Ja, ich habe Mist gebaut, das stimmt, aber nicht absichtlich." Spätestens jetzt musste ich die Notbremse ziehen, bevor die Sache aus dem Ruder lief. Ich wollte wissen, zu welchem Zeitpunkt sie erfahren habe, dass ich eingesperrt wurde.

„Gleich am nächsten Tag über einen ehemaligen Kollegen von dir", antwortete sie. „Er schrieb mir über WhatsApp, dass du Mist gebaut haben sollst. Erst nach achtundvierzig Stunden glaubte ich ihm und für mich brach eine Welt zusammen."

„Wie ging es dann weiter?", hakte ich nach.

„Ein paar Tage später erhielt ich einen Anruf von der Botschaft, wo es mir bestätigt wurde. Über E-Mails blieb ich mit denen in Kontakt und sie hielten mich auf dem Laufenden, da die Chinesen sich Zeit ließen. Da du mich als Notfallperson angegeben hattest, bekam ich sämtliche Informationen, die ich an die Mutter deines Sohnes weiterleitete. Sie gab sie an deine Schwester weiter. Irgendwann rief deine Schwester bei mir an und wir redeten öfter zusammen. Die ersten drei Monate wussten wir alle nicht, weshalb du überhaupt verhaftet worden bist und wie lange sie dich einsperren werden. Jedenfalls kam irgendwann von der Botschaft die Aussage, du bräuchtest einen Anwalt, der etwa umgerechnet viertausend Euro kosten würde."

Ich schaute sie erstaunt an und musste erst einmal meine Gedanken sortieren. Nach einer weiteren Umarmung sagte ich ihr, dass man mir einen kostenlosen Rechtsanwalt gestellt habe.

„Ich weiß", erwiderte sie, „zum Glück bekam ich diese Info rechtzeitig, genau an dem Tag, an dem ich das Geld überweisen wollte. Nur etwas später, dann wären die viertausend Euro futsch gewesen. Die unterschriebene Vollmacht hatte der Anwalt bereits von mir erhalten. Durch meine Unterschrift und Bürgschaft wäre ich zur Zahlung verpflichtet gewesen. Es kostete mich viel Mühe und Kraft sowie mehrere Tage, den Anwalt per E-Mail auf Englisch davon zu überzeugen, dass ich das Geld nicht mehr zu zahlen brauche."

„Deswegen hast du erneut in einer Spielhalle gearbeitet?", fragte ich.

„Nicht nur in einer, sagte sie. „Zwei Monate etwa arbeitete ich zunächst acht Stunden in einer Spielhalle und danach fuhr ich mit dem Fahrrad in die nächste, um weitere acht Stunden zu arbeiten. Es musste alles schnell gehen, und weil ich Erfahrungen in dem Job hatte, konnte ich dort anfangen." Nach einer kurzen Pause fuhr sie fort: „Ich freundete mich in der Zeit mit der Mutter deines Sohnes an. Ab und zu kam sie mich sogar besuchen. Jedenfalls, als es hieß, es wird Geld für die Anwaltskosten benötigt, musste ich sofort handeln und schnell Arbeit finden."

Aufmerksam hörte ich ihr zu und obwohl ich diese Arbeit nicht mochte, verstand ich sie sogar ein wenig.

„Ich fühlte mich während dieser Zeit wie eine lebendige Leiche. In dieser aussichtslosen Situation war ich quasi gezwungen, erneut in einer Spielhalle zu arbeiten", sagte sie. „Das war sicherlich nicht mein freier Wille. Deine Schwester hatte kein Geld über und deine Eltern waren in der Türkei gewesen, also musste ich etwas unternehmen. Irgendwann schlief ich bei meinen Eltern, weil die Spielhallen in derselben Stadt waren. Nur selten fuhr ich nach der Arbeit heim."

„Arbeitest du denn noch aktuell in den Spielhallen?"

„Nur noch in einer. Allerdings habe ich mir heute und die nächsten beiden Tage extra wegen dir freigenommen."

Ich schwieg und musste feststellen, dass es falsch war, sofort herzukommen, denn ich stand total neben der Spur.

„Ich muss dir übrigens noch was mitteilen", sagte sie.

Ich war auf alles gefasst und war gespannt, was als Nächstes kommen würde.

„In acht Tagen werde ich ausziehen", ließ sie mich wissen.

„Wieso das?", fragte ich.

„Ich hatte nicht ahnen können, dass du jetzt schon entlassen werden würdest. Laut der Botschaft aus Berlin hieß es nämlich, dass du frühestens im Juni dieses Jahres freikommst. Ich fühlte mich hier einsam, zumal du genau weißt, dass ich nur wegen dir hierhergezogen bin. Leider war ich die meiste Zeit über alleine hier, außer an wenigen Wochenenden, an denen mich meine Tochter besuchen kam. Einmal war sie sogar mit deinem Sohn zusammen hier, als sie beide Ferien hatten. Darum entschied ich mich, umzuziehen. Meine neue Wohnung ist übrigens nahe bei meiner Arbeitsstelle und dem Haus meiner Eltern. Wie du sehen kannst, sind die ersten

Sachen aus dieser Wohnung bereits drüben in der neu-
en."

„Wer hat dir dabei geholfen?", wollte ich nun wissen.

„Ein ehemaliger Bekannter, den ich nach Jahren
wieder auf der Arbeit getroffen habe. Er ist Afrikaner
und sehr hilfsbereit. Mehr ist da auch nicht, nur eine
normale Freundschaft."

Diese vielen Infos, die nicht gerade aufbauend waren,
reichten völlig aus, mich aus der Fassung zu bringen.
Ich hatte Mühe, die negativen Gedanken vorübergehend
zu verdrängen. Nachdem ich ein paar Mal tief Luft geholt hatte, nahm ich mir vor, sie zu überraschen und ihr
eine Freude zu bereiten. Mit dem wenigen Geld, was ich
noch überhatte, hatte ich ihr ein schickes Oberteil gekauft und überreichte es ihr jetzt. Ein Lächeln flog über
ihr Gesicht. Aus dem Massagesalon in China hatte ich
spontan die dort verwendete Flüssigkeit gekauft, mit
dieser wollte ich ihr etwas Gutes tun. Nach einer aus-
giebigen Massage cremte ich ihr noch die Füße ein.
Danach strahlte sie wie die Sonne. Nach diesem Strah-
len hatte ich mich so sehr gesehnt.

Doch die Fragen in meinem Kopf kamen nicht zur
Ruhe – ich wollte Antworten. Dieses Chaos im Kopf
löste bei mir eine Blockade aus und ich hatte Probleme,
mich ihr anzunähern. Aber nach einer Weile war auch
das überwunden und sie erwiderte wie erhofft meine
Zuneigung. Nach so langer Zeit schien es, dass wir uns
näher waren als je zuvor. Wir liebten uns so, wie schon
lange nicht mehr. Nach einer entspannenden Dusche

kuschelte sie sich noch an mich und war schon bald darauf eingeschlafen.

Aus der Hölle in die Hölle

Schlaf würde ich auch dringend benötigen, aber erneut setzte mein Gedankenkarussell ein. Ich dachte an meine Rückreise und fragte mich allen Ernstes, ob ich wirklich freigelassen worden bin, da ich mich unerklärlicherweise immer noch so fühlte, als ob ich im Gefängnis eingesperrt sei. Ich wollte noch eine Zigarette zu rauchen und mich dann hinlegen. Mein Blick fiel auf ihr Handy, welches auf dem Tisch lag. Ohne nachzudenken nahm ich es in die Hand und schnüffelte in ihren Nachrichten herum. Zwar war das eine Unterste-Schublade-Aktion von mir, aber ich suchte nach Wahrheiten, wollte mich nur vergewissern, ob ich ihr zu Recht vertrauen könne, redete ich mir ein.

Was ich dann sah, zerbrach mir das Herz. Sie schrieb mit einigen Freunden und Bekannten von mir, was für ein schlimmer Mensch ich doch sei und dass ich ihr das Arbeiten verbieten würde. Ich war erbost, niemals würde ich ihr das Arbeiten verbieten, ich wollte nur nicht, dass sie diese Tätigkeit ausübte, an einem Ort, an dem sich ausschließlich Männer aufhalten. Auch war der Job nicht ungefährlich, zumal sich die Raubüberfälle häuften.

Neugierig las ich weiter. Die meisten Gespräche fingen aus dem Grund an, weil viele Bekannte, die mich seit mindestens zwei Jahrzehnten kennen, sie nach mir fragten. Doch gerade bei denen machte sie mich schlecht und erzählte erfundene Märchen. Noch viel schlimmer war jedoch für mich, dass sie sich, seitdem ich verhaftet worden war, über Monate hinweg mit dem ehemaligen Kollegen, der mir anfangs die Kontaktdaten der Firma übermittelt hatte, geschrieben hatte. Mit schmerzerfüllten Stichen im Herzen las ich mir den kompletten Verlauf der letzten sieben Monate durch. Ohne zu übertreiben, fühlte ich mich, als würde man mir immer wieder das Herz herausreißen und wieder an derselben Stelle einsetzen. Aus heutiger Sicht kann ich sie sogar verstehen. Sie war alleine, sie war in einer schlimmen Situation und auch wenn Liebe vorhanden war, schien ihre Zukunft aussichtslos zu sein. Zumindest mit jemandem, der wohl die nächsten paar Jahre nicht mehr aus dem Gefängnis freigelassen werden würde. Doch damals brach für mich die nächste Welt zusammen.

Auf jeden Fall meinte dieser Kollege zu ihr, dass ich zu hundert Prozent mit zehn Jahren Haft zu rechnen habe, und wenn nicht so lange, dann locker mit über fünf Jahren. Ich musste lesen, wie er ihr tatsächlich schrieb, dass ich sogar die Kollegen beklaut haben soll - unter anderem soll ich ihnen auch Kreditkarten gestohlen haben. So leichtgläubig wie meine Freundin war, gab sie seine Aussage über die mögliche Haftstrafe an meine Freunde und Bekannten weiter. Letztlich auch die Lüge, ich hätte die Kollegen beklaut, worüber sie natürlich entsetzt waren und dies kaum glauben konnten. So schnell können sich in Windeseile Gerüchte verbreiten, dachte ich mir in diesem Moment und die Herzschläge von mir pumpten so schnell und laut, dass ich sie mit bloßen Ohren hören konnte.

Etwa gefühlte zwei Stunden brauchte ich für diesen einen Chatverlauf. Rund um die Uhr hatten die beiden geschrieben. Wiederholt ermutigte er sie, dass sie sich zügig von mir – einem Dieb, einem Knasti – trennen sollte. Er machte ihr über Monate Komplimente, wie schön sie doch sei, flirtete mit ihr und wollte sich sogar mit ihr treffen. Am Ende des Chatverlaufs riet er ihr, bloß weiter wegzuziehen und unbedingt mit mir Schluss zu machen. Als sie dann nach Monaten offiziell erfuhr, dass ich mit unter einem Jahr Haftstrafe rechnen könne und letztendlich sieben Monate bekommen hatte, schrieb sie ihm, dass sie mit mir erst Schluss machen werde, wenn ich mich nicht ändern würde.

Ich war mit meinen Nerven am Ende. Wusste nicht, ob ich nun völlig durchdrehen und um mich schlagen oder lieber Stärke zeigen und ruhigbleiben sollte? Nachdem ich mich etwas beruhigt hatte, weckte ich sie auf und erzählte ihr, dass ich alles gelesen hatte und dass ich zutiefst enttäuscht von ihr war, weil sie diese Märchen, die man ihr erzählt hatte, an meine Freunde und Bekannte weitergegeben hatte. Dann verließ ich in diesem Gemütszustand ihre Wohnung, ging heim und legte mich völlig enttäuscht schlafen. Erst die Sache im Internet, dann ihre Arbeit, ihre männlichen Freunde, die auf einmal Teil ihres Leben waren, dazu die Chatverläufe und die Verbreitung von Lügen über mich. Und das alles von meiner geliebten Freundin. Es war die Hölle der Höllen.

Meinem Sohn hatte ich versprochen, ihn am nächsten Tag gegen Mittag abzuholen, aber er klingelte schon ungeduldig in den frühen Morgenstunden bei uns am Haustelefon Sturm. Er wollte mich so schnell wie möglich sehen. So musste ich vorzeitig, nach wenigen Stunden Schlaf, erneut aus dem Bett hüpfen, obwohl ich sichtlich angeschlagen war. Aber nach der Dusche, die mich etwas munterer machte, gab es ein leckeres Frühstück nach türkischer Art.

Wie sehr hatte ich nicht nur die Leckereien und den super Service von meiner lieben Mutter vermisst. Auch die Wärme, die sie mir immer vermittelte, war mit keinem Geld der Welt zu begleichen.

Kurz bevor ich losfahren wollte, um endlich meinen Sohn abzuholen, übergab mir mein Vater etwa zehn an mich adressierten Briefe. Eigentlich hatte ich gerade keinen Nerv darauf, sie zu lesen, und wollte sie beiseitelegen, um sie abends zu lesen. Doch als ich mir die Briefe ansah, ahnte ich, dass der Stress noch weitergehen würde. Es waren unter anderem Nachrichten vom letzten Arbeitgeber, Jugendamt, Arbeitsamt, Finanzamt, Staatsanwaltschaft, Kfz-Versicherung sowie der deutschen Botschaft. Nach so langer Zeit waren einige Rechnungen zu begleichen. Die Kündigung sowie die Abrechnung vom letzten Arbeitgeber waren ebenfalls dabei.

Übrigens – ich habe keinen einzigen Cent von der

Tunnelbaufirma erhalten. In einem mit der Firma geführten Telefongespräch hieß es, dass ich froh sein solle, dass ich nicht draufzahlen müsse, da für mich ein Ersatz benötigt wurde.

Von der Botschaft erhielt ich einen Beleg, dass ich in China inhaftiert worden war. Mehrere Aufforderungen vom Jugendamt, den Unterhalt zu zahlen und dann im letzten Brief eine Pfändung gegen mich, da ich keinen Unterhalt gezahlt habe.

Ich hatte das Gefühl, dass alles über mir erneut zusammenbricht, aber auch das schob ich erst einmal beiseite. Im Moment gab es wichtigeres – nach acht Monaten setzte ich mich wieder hinters Steuer meines Autos und fuhr los, um meinen Sohn abzuholen.

Mein Sohn war größer geworden und ich musste mir die Tränen verkneifen, als ich ihn fest an mich drückte. Dann begrüßte ich seine Mutter und ihren Ehemann.

„Ich hatte gedacht, du würdest schlimmer aussehen, sagte die Kindesmutter, „aber dünner bist du geworden. Deine Mama wird dich sicherlich wieder aufpäppeln."

Sie wünschte uns beiden viel Spaß und schon bald verabschiedeten wir uns.

Bei den Türken gibt es einen Spruch, dass man mit den Kleinen kindlich und mit den Großen erwachsen sein solle. Die Beziehung zu meinem Sohn sah nicht anders aus. Locker und lustig, aber auch ernst, wenn es sein musste. Nun war es an der Zeit, ein ernstes Gespräch mit ihm zu führen. Natürlich fiel es mir nicht leicht, darüber zu reden, wie das alles kommen konnte und wie mein Gefängnisaufenthalt drüben im fernen Land gewesen war. Dass ich durch dick und dünn gegangen bin, um die Zeit dort drüben auszuhalten, und es zuletzt nur durch Gottes Hilfe geschafft hatte. Dabei hoffte ich natürlich auch, dass ich nicht die Vorbildfunktion verloren hatte und er mich weiterhin als Vater respektieren würde.

Ich sprach ihn an, ob er tatsächlich durch einige Mitschüler gehänselt und wegen mir angesprochen wurde, weil ich im Gefängnis gesessen habe. Er bestätigte mir, dass das tatsächlich einmal passiert war.

Oh Mann, dachte ich und schüttelte mit dem Kopf, wenn schon Schulkameraden meinen Sohn deswegen angesprochen haben und darüber Bescheid wissen, wie wird es dann erst bei den Erwachsenen sein, die mich alle kennen? Ich sollte mir keine Sorgen machen, sagte ich mir. Ich war mit mir im Reinen, ich wusste, was ich getan hatte und habe dafür gebüßt. Außerdem hatte ich das Ganze schwarz auf weiß und in deutscher Sprache.

Ich genoss das anstehende Wochenende mit meinem Sohn und meinen Eltern. Am nächsten Tag fuhren wir alle zu meiner Schwester und ihrer Familie. Mit meinen mittlerweile erwachsenen Neffen unterhielt ich mich lange. Sie gaben mir viel Kraft und Zuspruch, egal was die Leute erzählten, ich solle mich ja nicht runterziehen lassen.

Meine Schwester sagte mir, dass meine Freundin den größten Respekt verdiene, da sie sich sofort freiwillig bereit erklärte, den vierstelligen Betrag für den Rechtsanwalt aufzubringen. Des Weiteren erzählte sie, dass ihr irgendwann nicht mehr gefiel, dass immer zuerst meine Freundin anstatt sie selbst informiert wurde. So nahm sie schließlich den direkten Kontakt mit der Botschaft auf.

Meine damaligen Befürchtungen bewahrheiteten sich, noch im Urlaub erfuhren meine Eltern von meiner Verhaftung durch meine Schwester - und somit automatisch der komplette Rest der Verwandtschaft. Meine Eltern, die nicht mehr die Jüngsten waren, fielen in Depressionen und mussten neben den vorhandenen Gebrechen wie Zuckerkrankheit und sonstigen üblichen Alterskrankheiten, wie Gelenk- und Gliederschmerzen, sich nun mit der großen, zusätzlichen Last auseinandersetzten. Zum Glück bekamen sie Zuspruch von den Verwandten, dass sie gemeinsam diese schwere Situation schon irgendwie meistern werden.

Am Sonntag brachte ich meinen Sohn wieder zurück zu seiner Mutter. Auch wenn der Abschied schwerfiel, freuten wir uns jetzt schon auf das nächste Wochenende. Mir war bewusst, dass mein Sohn und ich einiges nachzuholen hatten.

Am Montag, vier Tage nach meiner Ankunft in Deutschland, musste ich mich bei der Agentur für Arbeit arbeitssuchend melden. Im Wartezimmer sah ich dann den ersten Freund, der zum Übersetzten an diesem Tag beim Arbeitsamt war und neben ihm saß ein älterer, türkischer Mann, der neu zugezogen war. Durch ihn erfuhr ich, wie die meisten sich über mich das Maul zerrissen hatten und jeder eine andere Version erzählte, weshalb ich in China verhaftet worden sei.

„Einige erzählten, du hättest was mit Drogen zu tun und wieder andere sagten etwas von Prostituierten und Vergewaltigung."

„Sollen sie mal ruhig reden, sagte ich kopfschüttelnd."

Nach einer Weile des Wartens kam ich dran. Nachdem ich dem Sachbearbeiter schilderte, was mit mir in den letzten Monaten geschehen war, sagte er nur mit leiser Stimme:

„Schauen Sie sich doch mal bitte an, Sie sind vollkommen neben der Spur. So sind Sie ganz bestimmt nicht voll arbeitsfähig. Lassen Sie sich krankschreiben und danach lassen Sie sich helfen. Daher werde ich Sie jetzt nicht vermitteln oder mit neuen Stellenangeboten konfrontieren."

Ich beherzigte den Rat des Sachbearbeiters und ging anschließend zum Arzt, dem ich ebenfalls meine Geschichte erzählte. Er schrieb mich zunächst für zwei Wochen krank. Vier Wochen später kam ein Schreiben des Arbeitsamtes, worin stand, dass ich für die nächsten sechs Monate vom Arbeitsmarkt ausgeschlossen werde.

Aber das war nichts für mich! Statt nichts zu tun und mich zu Hause mit meinen Gedanken zu quälen oder Hilfe bei einem Psychologen zu suchen, hatte ich mich darangemacht, wenigstens im Lieferservice für den Chinamann vor Ort arbeiten. Ich wollte endlich auf andere Gedanken kommen und ein wenig Taschengeld dazu verdienen.

Mit dem Jugendamt setzte ich mich in Verbindung und ich erfuhr, dass die Pfändung gegen mich zurückgenommen wurde. Die Information, dass ich im Gefängnis war, war von der Kindesmutter viel zu spät weitergegeben worden.

Natürlich war mir meine Freundin nach wie vor wichtig und ich wollte die vielen unbeantworteten Fragen klären. Da sie darauf nicht einging, suchte ich die Antworten bei anderen. Immer wieder erfuhr ich häppchenweise von Dingen, die mir nicht gefielen. So auch, dass sie wohl Geld gespart hätte, um zu dem Marokkaner zu fliegen, ihn nach Deutschland zu holen und zu heiraten. Wie sie mir versicherte, nur aus Mitleid und um ihm zu helfen. Er hätte eine alte Tante in Deutschland, die mutterseelenallein wäre und die er hier unterstützen wollte. Ich hatte sogar den Marokkaner angeschrieben und wollte ihn zur Rede stellen, doch auch über ihn erfuhr ich nichts, was mich weitergebracht hätte. Stattdessen beleidigt er mich und mir war klar, dass ich seine Pläne durchkreuzt hatte.

Während eines Gespräches sagte mir meine Freundin, dass ihre Tochter mich sehr vermisst hätte. Ich beschloss, sie gemeinsam mit meinem Sohn abzuholen, da die beiden ebenfalls ein gutes Verhältnis hatten. Als wir uns trafen, fielen wir uns sofort in die Arme und ich sah ihre Freudentränen. Nach all den Jahren habe ich sie ebenfalls ins Herz geschlossen.

Immer wieder gab es Streitgespräche zwischen meiner Freundin und mir und es kam zu unschönen Auseinandersetzungen. Mein ungutes Gefühl schien sich ständig zu verstärken, ich kam einfach nicht dazu, endlich ein wenig Frieden zu finden.

Alte Streitthemen waren noch nicht vom Tisch, da kamen bereits die nächsten. Jeden verdammten und beschissenen Tag kam eine neue Hiobsbotschaft. Als ich sie damit konfrontierte, schrie sie mich nur noch an, dass ich nicht nur ein Fremdgeher sei, sondern auch noch ein Ex-Knasti.

Ich kam mir in meiner wiedergewonnenen Freiheit zutiefst unglücklich vor. So hatte ich mir meine Rückkehr jedenfalls nicht vorgestellt. Immer wieder betete ich und wünschte mir, dass ich am liebsten wieder weit weg wäre. Ich hatte genug von Kummer und Sorgen. Gut zwei Monate nach meiner Rückkehr hielt ich etwas Abstand zu ihr und nahm mir endlich mehr Zeit für mich und meine Familie.

Der Wendepunkt

Irgendwann kam die Wende. Ich war gerade dabei im Lieferservice zu arbeiten und befand mich im Laden, als das Telefon klingelte. Weil ich für die telefonischen Bestellungen ebenfalls zuständig war, nahm ich den Hörer ab. Das Gespräch war allerdings für mich persönlich.

„Wer spricht?", fragte ich.

Es war ein alter Freund. Wir beide hatten uns zufällig vor ein paar Tagen in einem Baumarkt getroffen.

„Was gibt es denn so Wichtiges?", fragte ich.

„Ich hätte einen Job für dich. Es ist wie ein Sechser im Lotto. Komm nach Feierabend zu mir und lass uns reden."

Natürlich sagte ich zu, denn meine Neugierde war geweckt. Nach Feierabend traf ich ihn.

„Du suchst einen gut bezahlten Job, richtig?", ging er gleich in medias res.

„Ja, schon, aber ich bin momentan, laut der Agentur für Arbeit, für ein halbes Jahr aus dem Arbeitsmarkt befreit."

„Wieso das denn?"

„Weil ich total neben der Spur stehe und stattdessen eher einen Arzt und Psychologen aufsuchen müsste", antwortete ich.

„Wie auch immer. Ich weiß ja, dass du einen Metallberuf und einen deutschen Pass hast. Es werden nämlich Arbeitskräfte in Bayern für die Automobilindustrie gesucht. Zwar würde die Einstellung vorerst über eine Zeitarbeitsfirma laufen, doch neben der guten Bezahlung plus Auslöse hätten wir beide die Option, uns nach etwa vier Jahren hierher versetzten zu lassen, da es die Tochterfirma von dem Konzern ist, wo wir beide anfangen würden. Die Voraussetzung ist jedoch, dass wir nach spätestens zwei Jahren fest übernommen werden. Ich bräuchte nämlich eine Fahrgemeinschaft, da ich jedes Wochenende nach Hause fahren würde. Wäre das denn was für dich?"

Meine Eltern und meinen Sohn wollte ich nicht schon wieder verlassen.

„Du musst ja nicht sofort einwilligen und zusagen. Schlaf zwei Tage darüber und dann sagst du mir, ob du willst."

„Ich werde mit meinen Eltern und meinem Sohn reden."

Ich schlief erst mal eine Nacht darüber und sprach danach mit meinen Eltern. Eigentlich kam das Angebot wie gerufen. Zudem wünschte ich mir, erneut in der Automobilindustrie zu arbeiten. Meine Eltern sagten zu meiner Verwunderung, wenn ich mich regelmäßig zu Hause blickenlassen würde, dann wäre dies kein Problem. Auch mein Sohn meinte, ich solle die Chance ergreifen. Schon am nächsten Tag gab ich dem Freund mein Okay.

„Dann komm mit deinen Bewerbungsunterlagen in zwei Tagen zu mir. Den Kontakt zu der Firma habe ich bereits hergestellt und erzählte denen, dass ich einen weiteren Kollegen aus meiner Umgebung für eine mögliche Fahrgemeinschaft suchen werde. Also wird das mit deiner Einstellung schon klappen."

So fuhr ich zwei Tage später zu ihm und er schickte in meinem Namen online die Bewerbung an die Firma. In der Zwischenzeit suchte mein Freund im Internet nach möglichen freien Wohnungen für uns. In Bayern ist es nicht gerade einfach, eine Wohnung zu finden, und erst recht nicht auf die Schnelle. Eine Wohngemeinschaft kam für mich nicht infrage, denn ich wollte mein eigenes, kleines Reich, koste es, was es wolle. Ich hörte schon öfter, dass die Wohnungen in Bayern nicht gerade billig waren. Mein Freund, der auch diese Sache in die Hand nahm, wurde jedenfalls in einem Studentenapartment fündig.

Schon kurze Zeit später wurden wir beide zum Vorstellungsgespräch eingeladen und mit seinem Auto fuhren wir nach Bayern. Nach fünf bis sechs Stunden Fahrt, waren wir am Ziel. Nachdem wir unsere Arbeitsverträge unterschrieben in den Händen hielten, versicherte man uns, dass die Übernahmechancen sehr gut seien. Außer man würde zu oft krankmachen oder verspätet zur Arbeit kommen. Schon in drei Wochen durften wir beginnen.

Für den Nachmittag hatte mein Freund einen Besichtigungstermin für die Wohnung vereinbart. Die freien Einzelappartements hatten eine eigene kleine Küchenzeile, ein Bad mit Dusche und WC und alle Dreißig-Quadratmeter-Wohnungen waren grundmöbliert. In jedem Appartement befanden sich zudem Anschlussmöglichkeiten für Radio und Fernsehen. Internet war gratis. Die ganzen Möbel waren neu und zu guter Letzt gab es einen Gemeinschaftsraum im Keller mit Waschmaschinen und einen Raum mit Fitnessgeräten. Zudem war das Stadtzentrum in wenigen Minuten zu Fuß erreichbar. Die Arbeitsstätte war nur fünf Kilometer entfernt. Wir unterschrieben den Mietvertrag.

Die Agentur für Arbeit musste ich zu guter Letzt auch noch informieren. Die Sachbearbeiterin teilte mir mit, dass mir ein Arzt meine Arbeitsfähigkeit bestätigen müsste. Mein Hausarzt stellte mir sofort ein Schreiben aus, welches ich der Agentur für Arbeit zusendete.

Nachdem alles geklärt war, informierte ich meine Freundin über die neue Arbeitsstelle. Sie reagierte erneut ungehalten, da ich, kaum dass ich hier war, bereits wieder fortwollte.

In den letzten Tagen vor Arbeitsantritt verbrachte ich viel Zeit mit meiner Familie, bis der Tag kam und mein Freund und ich jeweils in unsere vollbepackten Autos stiegen und nach Bayern fuhren.

Die ersten Nächte konnte ich wie üblich schlecht schlafen und schon um 4:30 Uhr musste ich aus dem Bett hüpfen. Zusammen mit dem Freund ging es nach einer Dreiviertelstunde zur Arbeitsstelle und wir erhielten zusammen mit vierzig weiteren Neueingestellten eine Unterweisung. Schon ab dem zweiten Arbeitstag wurden wir am Fließband in der Vormontage angelernt.

Auch wenn die Arbeit ziemlich anstrengend war, weil man permanent an das Fließband und die Taktarbeit gebunden war, war es auf eine Art wie Gottes Segen, weil mein Wunsch in Erfüllung ging. Voller Elan machte ich mich an die neue Arbeit.

Natürlich hielt ich telefonischen Kontakt zu meinen Liebsten. Nach zehn Tagen fuhr ich erstmals heim. Zu schön war das Wiedersehen. Wie vorher abgemacht, holte ich erst meinen Sohn ab und fuhr danach erst ins Elternhaus. Wir verbrachten gemeinsam schöne Stunden.

Meine Freundin strahlte mich dieses Mal an, als ich am nächsten Tag vor ihrer Tür stand. Später am Tisch überraschte sie mich mit der Info, dass sie in der Spielhalle gekündigt habe und erzählte weiter, dass sie mich diesmal besuchen kommen würde, aber auch nur, wenn ich nichts dagegen hätte. Natürlich willigte ich ein.

Leider verging das freie Wochenende viel zu schnell und der Abschied fiel meinen Eltern nicht leicht. Ich sah die Tränen in den Augen meiner Mutter und versuchte sie zu trösten.

Diesmal war die lange Fahrt viel angenehmer, denn ich hatte Gesellschaft durch meine Freundin. An den freien Tagen verbrachten wir viel Zeit zusammen. Das Ganze hätte ein perfektes Ende genommen, leider war dem nicht so und nach ein paar Tagen gingen die Diskussionen erneut los. Ich versuchte, dennoch die Nerven zu behalten, trotz unzähliger, schlafloser Nächte. Nach zwei Wochen fuhren wir wieder heim. Da ich einen klaren Kopf für die Arbeit brauchte, sagte ich ihr, dass ich sie gern bei mir hätte, aber nur, wenn der sinnlose Streit endlich aufhört. Denn nur so könnten wir einen Neuanfang angehen."

Wir versuchten es, aber kaum waren wir wieder in meiner Wohnung, kriselte es schon. Dauernd herrschte dicke Luft.

Nach acht Wochen kam dann ganz plötzlich die Krise in der Automobilbranche. Eine Abgasmanipulation hatte das Ganze ausgelöst. Jeder sorgte sich nun um seinen Arbeitsplatz, erst recht wir Leiharbeiter, da wir nun mal unsere Arbeitsverträge mit den Zeitarbeitsfirmen hatten und nicht fest angestellt waren. Die Krise setzte jeden unter Druck, obwohl es hieß, dass die Verkaufszahlen der Autos sich sehenlassen könnten.

Fast alle Leiharbeiter wurden vor der Krise nach nur dreizehn Monaten vorzeitig fest übernommen. Leider hatte ich Pech, kaum war ich nach acht Jahren wieder in der Automobilbranche tätig, begann die nächste Krise. Die Manipulation löste unglücklicherweise das Werk aus, wo ich mich später hin versetzen lassen wollte.

Mittlerweile bin ich seit über einem Jahr dort beschäftigt, obwohl zwischenzeitlich viele mit Entlassungen rechnen mussten. Neue Gesetzte kamen, dass Leiharbeiten nur noch achtzehn Monate beschäftigt werden können. Dann werden sie entweder gekündigt oder aber müssen fest übernommen werden. Diese Regelung kann man negativ oder positiv sehen. Jedenfalls ist meine Situation ungewiss und täglich muss ich damit rechnen, dass man mich von heut auf morgen entlässt. Mein Freund, der mich hierhergeholt hatte, verließ schon nach drei Monaten Bayern und kündigte. Wegen der plötzlichen Krise, mit der niemand gerechnet hatte, warf er gleich das Handtuch.

In diesem Jahr war mein Sohn für drei Wochen in seinen Sommerferien bei mir. Meine Freundin war zwischenzeitlich dreimal so weit, ihre Sachen zu packen und für immer von mir zu gehen. Meine Stimmungsschwankungen blieben natürlich nicht unbemerkt, auch nicht bei den Kollegen. Dennoch schwamm ich mit eisernem Willen gegen den Strom und machte meine Arbeit, ohne einen einzigen Fehltag.

Von der Hilfe durch einen Psychologen hielt ich nach wie vor nichts. Stattdessen dachte ich daran, alles aufzuschreiben, um so wenigstens meinen Kummer herauszulassen.

Ich entschied mich, Ende Juni mit meinem Sohn zusammen erstmals in die Türkei zu fliegen, sodass ihn meine ganze Familie kennenlernen konnte. Ich freute mich so sehr. Leider Gottes schreckten ihn die hässlichen Vorfälle in der Türkei ab. Anschläge könnten zwar überall auf der Welt passieren, das versuchte ich mit ihm und seiner Mutter zu besprechen, aber irgendwo konnte ich beide verstehen. Gerade in Ankara wollte ich eine Weile bei Verwandten bleiben, weil wir uns schon seit vier Jahren nicht mehr gesehen hatten. Am 10. Oktober

2015 waren dort zwei Selbstmordattentate verübt worden. Bei der Explosion von zwei Sprengsätzen starben einhundertzwei Menschen und mehr als fünfhundert wurden verletzt. Wie ich später erfuhr, starb genau an diesem Tag ein Cousin von mir. Er war gerade fünfzehn gewesen. Mein Fehler war, dass ich meinem Sohn davon erzählte. Da war leider nichts mehr zu machen und er wollte keineswegs mitkommen.

So beschlossen meine Freundin und ich, einen letzten gemeinsamen Urlaub in der Türkei zu machen, danach würde jeder seinen eigenen Weg. Dieser Schritt war natürlich für beide Parteien nicht leicht, aber nötig. Denn wir sahen ein, dass es keinen Sinn mehr machte, und beendeten die fünfjährige Beziehung schweren Herzens.

Wenn ich heute so zurückblicke, frage ich mich immer noch, wie ich die Achterbahn der Gefühle in der letzten Zeit überstanden habe. Jetzt kann ich behaupten, dass ich mich nach diesem Schritt immer befreiter fühle. Nicht nur, weil ich seit Wochen Ruhe hatte, sondern auch, weil ich alles mit Abstand betrachtet weiter aufs Papier bringen konnte. Gut möglich, dass ich nun doch einen Psychologen suche, um mich vorsichtshalber behandeln zu lassen.

Auch wenn ich mich in Bayern befinde, fern von zu Hause, bin ich dennoch nah genug, um meine Familie jederzeit sehen zu können.

Ich wollte übrigens in meiner Geschichte niemandem

schaden oder ihn schlechtmachen, ich habe nur versucht, meine Erfahrungen und meine Sichtweise darzustellen. Selbstverständlich bin ich mir im Klaren darüber, dass ich mich selbst bloßgestellt habe, aber dazu stehe ich und ich kann damit leben. Ich hoffe sehr, dass mich dieser tragische, einmalige Fehler, den ich im betrunkenen Zustand in China in einer Bar gemacht habe, nicht ein Leben lang verfolgen wird. Jedenfalls habe ich daraus gelernt und musste für diesen Fehler hart büßen.

Nicht ohne Grund ist uns der Alkohol verboten. Man sieht, wozu man unter Alkoholeinfluss fähig ist. Strafrechtlich hätte man mich auch in Deutschland wegen vollendeten Diebstahls verurteilt. Das ist mir bewusst. Die spätere Rückgabe der Handys hätte man nicht als Rücktritt vom Versuch werten können, weil die Tat schon mit der Ansichnahme der Handys vollendet war. Allerdings hätte man mir wegen des Alkoholkonsums eine verminderte Schuldfähigkeit zugestanden und wahrscheinlich wäre ich mit einer Bewährungsstrafe davongekommen. Aber nun muss ich nach vorne schauen und das Beste aus meinem Leben machen.

Übrigens wünsche ich mir, dass ich nicht allein wegen meiner türkischen Wurzeln in die Kategorie falle, ich sei generell kriminell, ein Sozialschmarotzer, aggressiv, ungebildet und jemand, der gerne Frauen unterdrückt.

Zum Schluss, möchte ich mich bei allen Menschen entschuldigen, die ich gewollt oder ungewollt verletzt habe. Vor allem meinen Eltern gegenüber habe ich ein schlechtes Gewissen. Sie sind bereits in den Siebzigern und ich habe ihnen solche Schmerzen und Sorgen bereitet. Ich hoffe nur, dass wir noch lange etwas voneinander haben werden und gemeinsam viele, schöne Momente erleben können. Wenn ihr eine Mutter oder einen Vater habt, dann geht nach Hause und sagt ihnen, dass ihr sie liebt.

Ich habe gelernt, was wirklich wichtig ist, und zwar, wie wertvoll das Geschenk des Lebens ist. Wisst ihr, ich lebe nicht mehr in der Zeit, ich lebe in Momenten. Was wirklich wichtig ist, ist das, was ihr in eurem Herzen tragt. Liebe ist nur ein Wort, bis jemand kommt und ihm Bedeutung gibt.

Du kannst Medikamente kaufen, aber keine Gesundheit. Du kannst ein Haus kaufen, aber keine Familie. Du kannst eine Position kaufen, aber keinen Respekt. Du kannst ein Bett kaufen, aber keine Träume. Du kannst eine Uhr kaufen, aber keine Zeit. Du kannst ein Buch kaufen, aber keine Intelligenz und Du kannst Sex kaufen, aber keine Liebe. Denn Geld bewirkt einen Scheiß!

Danksagung

Um die Geschichte zu Papier zu bringen, habe ich gut ein Jahr gebraucht. Mein besonderer Dank gilt den Menschen, die mir dabei geholfen haben, insbesondere Melanie sowie der lieben Kim. An dieser Stelle danke ich beiden für ihre hingebungsvolle Freundschaft und Ermutigung. Sie sind mir beim Schreiben dieses Buches eine unschätzbare Hilfe gewesen.

H. Özyol

Celle, im Juni 2017